隼人と著者の歩み

隼人（著者）が辿った半生とその建築作品

興徳寺

埼玉県さいたま市西区にある曹洞宗の寺院、興徳寺（1682年開基）の平屋から二階建てへの増築を任される。表玄関横の火《か》灯《とう》窓《まど》が美しい。

興徳寺の裏門。繊細な竹垣と竹の門扉も著者の手によるもの。

氷川神社

埼玉県さいたま市大宮区にある氷川神社の神殿建築を請け負う。

住宅建築

三階建ての著者自宅。設計から施工までを自身で行った。写真の人物は、妻と義兄。

ボタ炭

作品にも登場する食事処「ボタ炭」。オープン時の華々しい様子（左）。店内の趣のある内装やテーブルなどもすべて著者自身の手による（下）。

旅先での著者。勇壮な穂高連峰を背に。

失敗しても明日があるさ

財津光夫

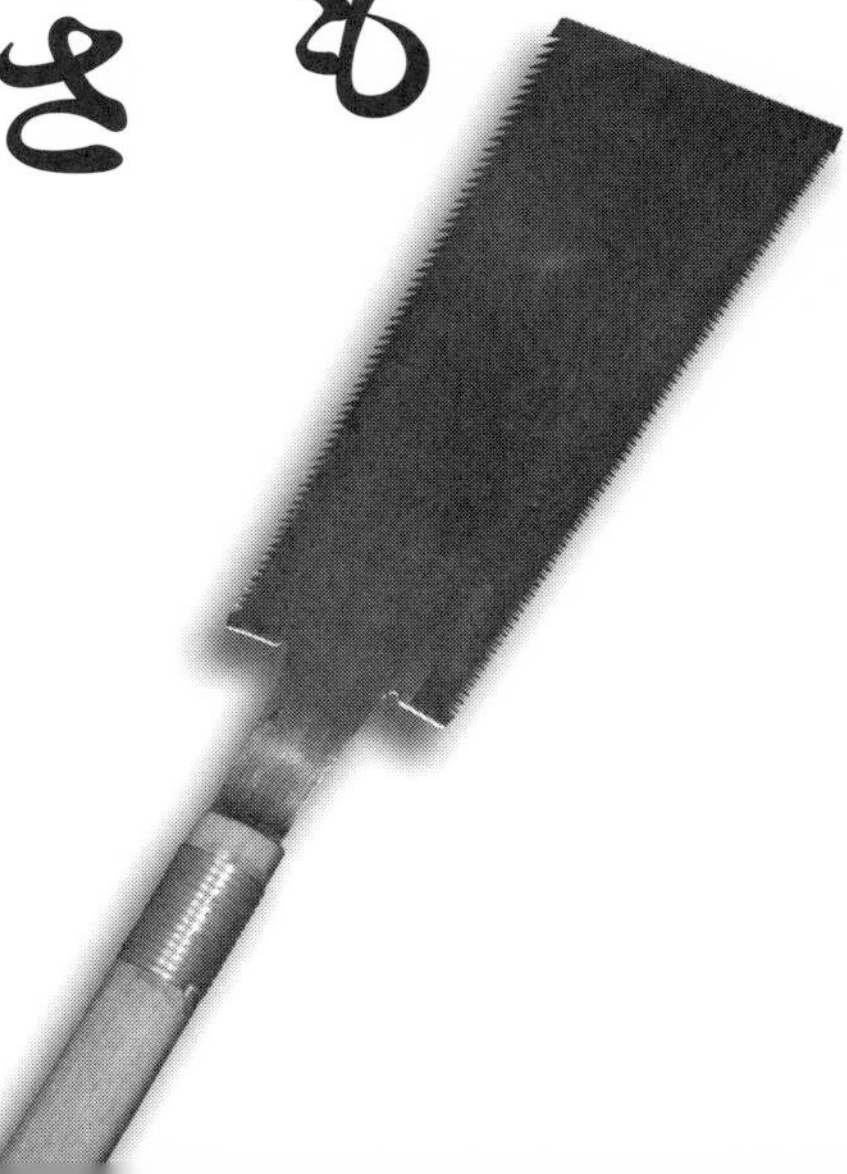

文芸社

まえがき　「昭和」の人生は実に楽しかった

私は昭和十六年の春に、小学校一年生として当時の国民学校へ入学しました。私はクラスで最も背が低く、生まれつき難聴で、右側はほとんど「ダメ」。左側は50㎝以内で、少し大きめの声でしたら会話ができます。

入学するまでは、親兄姉や近所の遊び友達などと過ごしていても、何ら問題がなかったのですが、学校ではみんなから差別を受け、やれ片端だなどと罵られました。四年生までは女性の先生でしたが、五年生になって初めて男性の先生になり、「差別用語は慎め」と注意していただきました。

その昭和二十年の夏休みに終戦となり、世の中が百八十度変りました。

民主主義の世になり、映画、風俗、スポーツなどの娯楽が花盛りとなりました。特に相撲は、今までの系統別総当たり制から部屋別総当たりとなり、ますます面白くなりました。

一方、目を転じれば、プロ野球にも変革がありました。プロ野球は、左利きが圧倒的に有利です。そこで、右利きの人を対等にするために、一日おきにベースを左回り、右回りになるようにルールを変更。三塁を一塁に交替（チェンジ）することで平等になります。

私は、昭和二十五年の春に十五歳で義務教育を修了して、大工の弟子になり、二十歳で職人となり、九州各地や大阪、東京、埼玉で働き、昭和三十七年からは埼玉県川口市、高崎線沿線などで働いております。

この原稿は、私の体験を表した記録でもあります。

終戦後は焼け野原の中で、何もかも失いました。生きて行くための「食料」も「衣類」も「住居」も、いわゆる三大生活必需品が、圧倒的に不足しているのを経験しました。

そして復興が始まった中、私は一生の仕事として建築工事関係の仕事をするようになりました。昭和二十五年当時は、大きな建築会社には電気ドリルくらいはありましたが、個人の建築工事店にはありません。昭和二十五年六月に朝鮮戦争が始まった頃より、ようやく電気ドリル(穴掘りのキリ)が一般にも普及し始めました。そして、それまでの螺旋《らせん》形の手回しの「ギムネ」からやっと解放されて、電動工具の時代が始まろうとしていました。

続いて、普及した順に述べますと、「小型電気溝切り機」、「小形の手押しの電気カンナ」、「小型の押し切り電動のこぎり」、「電動穴掘機」などが、昭和三十五年前後に次々と発売され始めます。いよいよ電動工具時代の始まりです。が、まだ大型の機械類はなく、つまり「瓦揚《かわら》機」やレッカー車のない時代の建築工法などについて、述べたいと思います。

ただ、昭和三十四年頃より石油に押されて炭鉱が次々と廃鉱になり、炭鉱の町は人口が減少し始めたので、私は関西に移って働き、そして昭和三十六年末に関東で働き始めました。

昭和二十五年から三十四年までは、私は九州地方で働いておりましたから、この本の舞台である当時の大都会東京や大阪などの様子を、まだ知らなかったのですが、その当時の、ほとんど手道具だけの工法を、記憶を辿りつつ、原稿を書き進めました。人名や会社名は仮のものですが、それ以外は記録として、99%以上の真実でもって書いております。

五年ほど前に七十七歳で現役を退いて暇になりましたから、電動工具なしの、手道具だけでの作業を後世に残しておきたいという思いから執筆を始めましたが、すでに後期高齢者ですので、記憶違いも多々あるかとは思われます。伏して、ご講読くださいますようにお願い申上げます。

以前、長野県の湯田中の渋温泉に行きました。そしてそこには木造建築の教科書がありました。昭和初期の技術の粋を込めた「ホテル金具屋」です。数百年前から鍛冶屋として、地元に根を下ろしている店舗です。山麓に威風堂々と聳えている四階建てのこの荘厳な建築物は、一目で昭和初期の技術が学べます。一人でも多くの人々に訪れてほしいと思います。前面の川畔には、別府温泉と同じように間欠泉が天空高く噴出するし、おまけに猿も多数、お出迎えしてくれますよ。

室内に目を転ずれば、大広間の舞台や格天井、階段、斉月楼の欅の長尺無垢の廊下、そして飾り棚。特にウインドウ外の提灯と、その飾り屋根細工。どれをとっても素晴らしいです。

私が注目した作品は、食堂の「唐傘天井」と「舟底天井」。素朴ですが、芸術的な香りの長く印象に残る、地元特有の作品に仕上がっていますね。しばらくは目が釘づけになり、長く楽しみました。

目次

第一章　帰郷

むかしの光、いまいずこ

白にやや近いピンク色の桜の花びらがほとんど散って、黄色味を帯びた若い芽の葉桜が、日に日に緑を増しながら、四時頃から吹き出した風に揺れている。その場所から十歩ほど離れた道路脇には、高さ3ｍほどの桃の花が、桜よりも濃い鮮やかな赤で、西日に当たって満開の花びらが綺麗に咲き、目を閉じていても、まだ瞼に残るほど甘い香りを漂わせている。

大原隼人《おおはらはやと》は、その場所にもう二時間近くも、向う正面に見える〈ボタ山〉を眺めていた。過ぎ去った六十年ほど前の風景と、今、目の前に視界いっぱいに広がる風景を思い比べながら、ふと、あの名曲「荒城《こうじょう》の月」（土井晩翠《どいばんすい》作詞、滝廉太郎《たきれんたろう》作曲）を、口ずさんでいる自分に気づき、ドキリとした。

この詞は、あまりにも有名なので、今でも全部暗記している。

一番の後二行目、

「千代の松ケ枝、わけいでし、むかしの光、いまいずこ」

二番の、

「植うる剣《つるぎ》に、照りそいし、むかしの光　いまいずこ」

三番の頭、

「今、荒城の、夜半《よわ》の月。かわらぬ光、たがためぞ」

きわめつけは四番で、これだけでこの詞の全体のイメージと、最後の一行で見事に締めくくっている。

「天上影《かげ》は、かわらねど、栄枯《えいこ》はうつる世の姿。写《うつ》さんとてか、今もなお、ああ荒城の夜半の月」

目を閉じて暗唱すれば、腸《はらわた》にしみわたる曲である。隼人が心の中で反芻して分かったことは、簡単に言えば、戦国時代の殿様が栄華のときめきから、転じて矢や刃が折れ、食も尽き果てて、戦敗れて滅亡し、城や城閣などが荒れ果てている姿だが、月の光だけは今も昔も変らずに、松の枝からもれてくる。世の中や人々が変っても、月の光だけは永久《とわ》に変らぬ姿を写しだしている。作者の気持ちが強くにじみ出ている、名曲だと思う。

ボタ山

今見ている「ボタ山」を、大原隼人が初めて目にしたのは、大分県日田市立中学校を卒業した昭和二十五年（１９５０）の春のことだった。その当時、隼人は、まだ新制中学を出たばかりの少年だった。

昭和二十二年三月三十一日、教育基本法が施行され、国民学校や町内会、部落会、隣組などの制度が次々廃止され、代りに市町村の各出張所が各地に設置された。当時でも現在と同じように、エネルギーは国民生活にとって大切だったとみえて、「復興第一」や「がんばろう新日本」などのスローガンのビラなどが、町の隅々に溢れていて、人々は貧しいけれども強く生きようとしていた。隼人もまた、大正生まれの軍隊帰りで、若くて力のある働き盛りの人たちのあとについて、汗を流しながら一所懸命に働いてきた。

今、隼人が二時間近くの間、座っているこの場所は、ボタ山と向かい合わせにある、小高い丘の頂上近くの土地を切り開いて建設した学校である。グラウンドに隣接した細い小道には小さいが、上が平らな美しい石があり、そこにゆったりと腰掛けているのである。その場所は、福岡県の筑豊地区の、当時は「嘉穂郡」と呼ばれていた。全国的な合理化の波だろうけれど、市町村の合併で、数年前に飯塚市と名が変っていた。

かつては点々と六軒長屋が並んでいたが、炭坑住宅は今やすっかり取り壊されて、新しく道路などが整備され、並行して新興住宅に変っていった。道路が直線で広くなり、片側だが歩道が作られて、所々に植木などが等間隔に植えられて、景色が一変している。リヤカーや大八車が通っていた時代から自動車の時代となり、以前は穴の開いた砂利道であったのが、眼下に続く道路は全部アスファルトで固められている。

ボタ山と、誰が名付けたのかは、隼人は知らない。地下深く掘り出した石炭*注1を選炭場で選り分けて、「商品」にならない石ころや低品炭がコンベアーで運ばれ、小型のトロッコ貨車に積

＊注1　石炭…初期には焚石として、その名を「芦屋炭」として出荷していた

まれて、細い二本のレールで頂上のヤグラの上までワイヤーで引っ張り上げられて捨てられるので、だんだんと三角形の山に成長していくのだ。小さな鉱山だと捨てる場所は一カ所が多いのだが、規模の大きな鉱山では、出発点はあまり変らないけれど、頂上で角度を少し変えて、二山とか三山にしながら捨て続けられている。こうして、ボタ山にするから、今見ているボタ山は、遠くから見ると一つだが、近くに寄ると三つの三角形の稜線が、扇形に並行して走っているのだ。

今、見ているボタ山は、閉山してから五十年もの時が流れている。かつては黒光りしていたが、今では一面に雑草が生い茂っている。以前は雨が降ると、地熱からか蒸気が空に向かって上がっていたが、緑のただの三角形の山に見えるだけだ。さすが長い年月の間、風雨にさらされたためだろうか、頂上が崩れ、鋭角だった姿が丸みを帯び、やさしい表情をしている。

風の音も静かである。六十年ほど前のこの同じ場所は、今とはまったく正反対で、当時は二十四時間切れ目なく三交替制で、石炭を積んだ長い貨車が延々と繋がって動き、排気孔や通気孔などのコンプレッサーの音や、巻き上げる大型ウィンチの音、石炭を洗う時の擦れ合うガラガラとした音、排水音、貯槽池に流れ込む水音などが混ざり合って大きな音になり、辺り一面に響いていた。しかし、当時はそれが当たり前で、誰も気にする者はいなかった。

石炭を洗った水は、大小数カ所の溜池に入れられて、底に溜った微粉炭を自然乾燥して豆炭や煉炭に加工した。石炭産業は裾野が広く、多くの人たちが働けたので、当時は大勢の人が集まる場所であった。まだ車もそれほど普及していなかったから、バスや駅のターミナルでは、長い行列ができたり、食品市場も一日中賑わっていたりしたものだった。

あの頃は、騒音や煙突の黒煙などは今ほど大問題になることはなかったように思うが、一方では、産業とは必要悪みたいなところがあって、あまりに規制しすぎると、生産活動が萎縮して、大幅に景気が落ち込む危険を覚悟しなければならない。もちろん、少しでも公害を減らす努力は必要であるし、金と時間がかかることであるので、すぐに答えを求めるのは難しいのではないだろうか。

ここまで六十年前と現在とを対比しながら、ふと、もう一度ゆっくりと目の前のボタ山を見ると、薄い雲が広がって、雲の切れ目からもれてくる光が濃淡となり、ボタ山の緑が隼人の目を癒してくれた。

立ち上がって時計を見ると、時刻は午後六時を少し回っていた。

（そうか、三時間もこの場所に座っていたのか……）

長いようでもあり、また一瞬のようでもあった。他のことは何も考えずに、ただ六十年近く前のことを思い出していただけである。

四月中旬ということもあり、寒くも暑くもないし、この地は東京よりも三十分くらい日の入りが遅いので、夕方の六時でも太陽はまだ地平線よりもだいぶ高く、昼間の明るさを保っていた。

長姉の智代の家に帰ると、姉がニコニコしながら近寄ってきて、「どこに行ったの」と聞いた。隼人が、「ウン、学校近くの山に登って来た」と言うと、「まあ、もの好きね」と、ひと言口の中で呟きながら台所のほうへ消えていった。

隼人は朝、早めにさいたま市から東京に出て、新幹線で博多行きに乗ったが、思ったより早く着き、すぐに篠栗《ささぐり》線直方経由黒崎行きの快速が来たので、飯塚駅には十三時半頃には着いた。姉は、近所に用足しに行ったのか、姿が見えなかったから、隼人はそのまま荷物を玄関先に置くと、歩いてすぐ近くの学校の山に登ったのだった。

ほどなくして姉が、お盆に茶道具と菓子を載せて、右手にはポットを持ってやってきた。

隼人は、若者のような表情で姉の目を真っ直ぐに見ながら、「姉さんも私も後期高齢者だから、若い者と違って少しは疲れるだろう」と言った。けれど昔に比べれば、東京から博多までの時間が四分の一になり、椅子が格段に良くなって、レールの継ぎ目がなくなり、断続的に響いていたガッタン、ゴットンの音が、鉄道関係者の日夜の努力で驚くほどになくなった。

外で自転車の音がして、靴音とともに玄関の戸が開き、すぐ上の姉（内堀広絵《ひろえ》）が、その全体が丸みを帯びた顔で入ってきた。左手にはビニール袋をぶら下げて、「今晩は」と小さく言ったあとで、「ちょうど美味そうな刺身が届いたので持ってきたの」と言いながら包みの外側の紐を解いて、とりあえず冷蔵庫の中に納めてから、座布団に座った。お茶を半分ぐらい飲んだところで、今度は車の音がした。

妹夫婦（川村珠世と夫耕司）が、左手に中瓶の酒を持って入ってきた。二人は若い頃には博多に近い所に住んでいたが、〈女王蜂〉の影響で、この近所に住んでいる。

四姉妹（もう一人、川村梅代という妹がいる）は、〈女王蜂〉を中心に等間隔で住んでいる。

珠世の家は、駅から歩いて十分くらいの所に、道路より30㎝ほど高い平坦な敷地に、見たところ百坪（330㎡）くらいの北半分に、住居と車庫が建っている。その南半分が庭園で、入口より中央が空地になっている。前面道路の先はゆるやかに続く小高い丘で、樹木の多い静かな環境である。妹は、良い場所を求めたと思う。

口々に「今晩は」、「お邪魔します」と、相手がみんな、自分たちより目上なので、礼儀正しい挨拶に、長姉が、

「何も、そんなに改まらないで」

と、二人の後ろに回り、両手を小さく振って卓袱台に座らせると、「小さな〈女王蜂〉」と、弟妹のみんなが認めているようにカリスマ的なリーダーシップを発揮して、「隼人が来たから、久しぶりにみんなで今夜は楽しもう」と、まずはビールをそれぞれのコップに注いだ。耕司さんの、「みんな、お互いの健康を願って」と言う乾杯の音頭により、ビールを飲みながら、広絵姉持参の刺身で雑談が始まる。すると甥の正次《まさつぐ》（長姉の智代の次男）が、姉の指示だろう、段ボール箱を二個重ねて、重そうに運んで置くと、智代と珠世がすぐに大皿にきれいに移し変えている。その様子を見ていた隼人は、コップを置いて、じーっとその皿を見つめながら、

「割烹旅館に勤めていただけあって、その手は板長の手つきだね」

と、少しオーバーに言ったので、みんなが一様にドッと笑い、和やかな雰囲気になった。

明日予定されている法要（この地方では一般には「法事」と呼んでいる）の説明を智代から詳細に聞いた後は、それぞれまた、雑談になった。目の前に盛られた酒肴を小皿に取り分けな

がら、それぞれの子どもや孫の話がひと通り終わると、最後は、戦時中や敗戦直後の昭和二十三年頃までの、当時の食糧、衣料、日用品についての話題となった。これらは全てが配給制であり、他県のことは知らないが、大原家だけではなく、近所の人や学校の友達を見ても、食べるものは梅干し、沢庵、鰯の干物。着るものは、ほとんどの子どもは、兄や姉のお下がりをところどころに継ぎ当ての布でかがって、母や姉が繕ったのを着ていた。新しい物がないのは、逆に貧富の差がなかったと言えるのかもしれないが、当時の日本人は、全体に生活水準が低かったかと思う

隼人は、交際範囲や生活感などは、他の姉弟と大差がない感じではあるが、ことボタ山に関しては、最初に見た衝撃があまりにも大きかったこともあり、今でも二年、ないし三年に一度だけしか見る機会がないというハンデを差し引いても、心の奥で深い関心を持っているのだ。

義兄勝正の法要

その朝、隼人が新聞を取りにポストに行き、空を見上げると、空の半分近くを薄い雲がかかっていた。新聞の天気予報欄を見ると、「曇り時々薄日が差す」と出ていた。

法要は午前十一時からである。昨夜は、珠世以外は酒を飲んだせいで車に乗れないこともあり、智代がさっさと八畳、十二畳、十二畳の真ん中の部屋に寝具を整え、久しぶりに兄妹三人は、夜の十一時近くまで、雑談をしながら床についた。

朝七時頃から、テレビのニュース番組を見ながらゆっくりと朝食を済ませると、女連中は身仕度だろう、この場から去っていった。隼人と耕司さんは、まだ寝間着のまま、テレビの番組を見ている。

九時少し前に智代の長女、多佳子が三人の子ども（三人とも成人）と孫三人、夫とともに車で着いた。十分ほど遅れて、次女の奈美子も三人の子ども（三人とも成人）と三人の孫と、夫の運転で同じように着いた。二人とも方角は正反対だが、車で四十分くらいの距離に住んでおり、自営の商売を営んでいる。五十代半ばの働き盛りなので、電話では頻繁に連絡し合ってはいるものの、姉妹でもそうたびたびは会えないらしく、立ち話をしている。その横を、それぞれの夫は、車のトランクから商売物の商品の入った段ボールの箱を両手に持って、智代のいる台所のほうへ運んでいる。

多佳子も奈美子も、母の智代に似て美人である。義兄の勝正に似ないで、姉の智代に似ているから、幼児の頃の姪たちを見ながら隼人は、より自分の血筋に近いような感じがして、愛おしさが増して、うれしく思ったことを思い出していた。今、隼人の目の前で二人の立ち話を眺めながら、あれからもう五十余年の月日が流れて、多佳子も奈美子もそれぞれ上の子ども二人は結婚をして、子どもにも恵まれ、孫が二人合わせて六人も連れてきたことが、感慨深かった。

老人だけで静かだった宇田川家の居間は、急に賑やかになり、特に多佳子の長男の子四歳と、奈美子の長女の子三歳が、この居間の主役となった。人の輪の中を休みなく動き回り、抱き止めても、すぐに元気よく動きはじめるその姿を、智代は目を細めて眺めている。幸福そうな表情を浮かべながら（曾孫《ひまご》が六人もいるぞ）と、口には出さないが、その目で隣に座っている隼人に向って、（どうだ）と満足そうな表情をした。

隼人の孫は、高校三年生で来年が大学受験なので、早くても七、八年先でなければ曾孫の顔は見られないし、近頃の若い人たちは、恋愛至上主義なので、結婚については、早い人も遅い人もいる。適齢期が死語になりつつあり、二極化の傾向になってきた。

隼人もそろそろ、あの世からお迎えが来そうな気がする。なぜならば大原家は、圧倒的に女性のほうが強く、智代を筆頭に皆元気だが、すでに兄二人と弟一人を失って、男は隼人と末っ子の弟の二人きりになった。その弟敏弘は、隼人より十歳年下だが、学年では十一年の違いがある。その頃から「もはや戦後ではない」と、マスコミが書きたてていたのが、神武景気であった。

その背景にあったのが、農業技術の改良だからか、それから数年、米は大豊作で、当時はまだ食糧の統制は解かれてはいなかったが、もう誰も「闇米」と言う人はいなくなった。米は自由に買えるし、食糧全体の品質も向上した。三種の神器である、テレビ、冷蔵庫、洗濯機が一般の人々にも普及し始めた時期に、敏弘は高校で学んだので、能力を最大限に発揮できたのであろう。地方銀行ではあるのだが、当時の大学出身者と変らぬ異例の若さで支店長昇格となり、各都市を転勤しながら、無事に定年まで勤めあげた。

その敏弘夫婦と、今は亡き一男の長男である亘夫婦が、二台の車で、相次いで到着した。日田市より飯塚市までが約58㎞くらいだから、一時間二十分くらいかかる。途中にある小石原峠を越えてくるのだが、現在は道路が改良されたから、時間が大幅に短縮された。日田市から、勝正の従兄弟二人も到着して、親戚はこれで全員そろった。

隣近所の、かつて勝正と親交のあった有志の三名も加わり、法要開始の十分前には、さしもの広い三部屋の間仕切り戸も取りはずされて、一番奥の仏壇の写真の顔が、南端の縁側からは小さく見える。

十一時になり、僧侶と助手とが車で到着して、着替えると、簡単な挨拶をしてすぐに仏前で読経が始まった。席次の順に焼香をして、供養が終わり、法話の後に僧侶の合掌と一礼に合わせて、参加者一同が同じように合掌、冥福を祈った。

儀式が終わったのは正午を十五分ほど過ぎていた。大人数名が素早く部屋を片付けてから、真ん中を広く開けて長机を二列に並べる。そこに、待機していた仕出し屋が手早く酒肴を机の上に並べた。儀式では、施主だった姉の智代が、初めて接客者として、末席から今日の参加者全員に対して、故人の十三回忌の法要が無事に終わったことに対する感謝の言葉を述べた。その後、上席の僧侶に対して一礼したのを合図に、参加者全員が目の高さにコップや猪口《ちょこ》を差し上げて口に運んだ。

法要が無事に終わり、和やかな雰囲気が広がり、隣席同士ほっとした表情で酒やジュースを注ぎ合っていたが、午後四時を過ぎると、半数が空席となった。亘も仕事が気になるらしく、叔父、伯母、全員に丁寧な挨拶をすると、去っていった。多佳子も奈美子も子どもと孫とを数台の車に乗せて、残り物の折詰や荷物を積むと、亘と同じように叔父や叔母に向かって丁寧に頭を下げながら、笑顔で、「お元気でね」と、小さく手を振って去っていった。

智代は、それぞれ二台、計四台の車が正反対の方向へ見えなくなるまで手を上げて見送った。車が走り去ったその道路は、炭坑が閉山後、飯塚から上山田までの旧国鉄（現ＪＲ）の線路が廃止されてから、歩道とガードレールが設備されたバイパス道に生まれ変った。

若い声が消えて、見送っていた残りの高齢者姉弟は、家の中に入って、ゆっくりとお茶を飲みながら、これからの行動について話し合った。弟の妻、大原千奈江は、自分の実弟夫婦がボタ山の麓に住んでいるから、「今夜は主人とそこに泊ります」と言った後、「義兄《にい》さん」と、隼人に目を向けた。

「明日九時に、またここに迎えに来ますから、一緒に日田へ行きましょう」

と、車で敏弘と共に走り去った。

千奈江が娘の頃、ボタ山と対面した丘陵地帯を開発した広大な炭坑住宅街の麓に、智代の夫である勝正が、旧家の広い家を買い取った。若かった隼人も協力して、道路に面した広い部屋を、勝正と二人で店舗に改造した。そこで智代が、子育てをしながら雑貨店を営んでいたのだが、まだ十二歳の少女であった千奈江が買い物に来る姿や言動を、その後十年くらい見続けており、小柄だが才女の素質を見込み、ある日、「末弟の嫁にどうかしら」と、夫の勝正に相談した。すると、短気だが、働き者で無類の世話好きである勝正は、間髪を入れずにすぐ親の所に交渉に行って、数日の後には、ほぼ下話《したばなし》をまとめあげてきた。

〈女王蜂〉の近くに住む妹たちは、「この縁談はまとまる」と信じてはいたが、改めて決定すると、その行動力と実行力にみんな一目を置き始めた。お花、お茶、料理の才能も標準以上、美しい文字を書く才もあるが、何よりも銀行員の妻らしく経済観念があり、地に足が着いた生活態度を続けていることが、最大の美点だと隼人は思った。

墓参り・実家

次の日、約束の時間に敏弘が迎えに来た。姉の智代に、「墓参りに二日ばかりで、また、飯塚に立ち寄るから」と、トランクは置いて、ビニール袋に着替えだけ持って車に乗ると、智代の家をあとにした。

日田には、午前十時十分に着いた。すぐに線香やタオル、大型のボトル二個に水を入れて、庭に咲いている花を摘んで新聞紙に包んで、そのまま三人で弟の家から3㎞離れた高台にある、父母や兄が眠る墓地に向かった。周りの雑草を除去して、墓石に水を注いでタオルで清め、枯れかかっている花を取り替えて、線香を立てると、合掌して先祖の冥福を祈った。

敏弘持参のカメラで写真を数枚写したあとで、この高台から風景を見下ろした。日田市街の俯瞰図を見るように、周りの山々に囲まれた盆地の底には、筑後川の支流、三隈《みくま》川が銀色に光り、くっきりと帯の波が蛇行しながら輝いて見える。

隼人が子どもの頃は、毎日見ていた風景だったので、まったく無関心であったが、今、目の前の景色は、運が良ければまた数年後に見ることができるが、あの世に行けばこれが最後かもしれないのだ。弟夫婦は、すでに駐車場の車の中で、隼人の戻るのを待っている。もう一度、父の墓と市街の風景を交互に見て、ゆっくりと石段を下りて、車に戻った。

弟敏弘の家から父の家は、南東へ１㎞先にあり、街の中心に近い。鉄道線路沿いで、広い敷地には、二階建てのアパートが二棟建ち、全部で十二世帯分の区割をして、その中心の通路奥に母屋が建っている。

実はこの建物は、隼人が埼玉で各種の資格を取得して、本格的に建築の請負を始めてまだ三年目の時に建てたものである。子どももまだ幼かったから、家族や職人さんの知り合いに預けて、単身で車に道具を積んで、工事をするために実家に帰ってきていた。ちょうどその頃は高度成長期であり、その勢いに乗って住宅ブームが始まったばかりだった。

隼人は、工事中のものは急いで完成させ、また予約注文が来ていた三軒は、お客様に頭を下げて、半年ばかり延期をしてもらい、父の命令通りに出張して、施工するために帰ってきていたのだった。父としては、息子が棟梁として設計から施工までを行う姿を、親戚に見せたかったのだろう。そんな父の心持ちには感謝するが、一方で、これから先何十年も埼玉で建築・請負をするのが一時中断されてしまう。その影響を考えると、隼人は複雑な心境になったものだった。
四十五、六年前のことを思い出しながら、母屋に入っていった。長い年月からか水回りや外壁は、部分的に改造していたが、本体は元の原形のままで、二間続きの和室の奥に床の間と仏間が正面に、広縁と廊下が両側にあり、鴨居の上の壁には、今は亡き父をはじめとして四名の写真が掲げてある。

父修三は、明治三十一年（1898）生まれの戌年で、昭和五十四年に八十歳で亡くなった。母好《よし》は、明治三十四年（1901）生まれの丑年で、平成五年に九十二歳で亡くなった。長男一男は、大正十四年（1925）生まれの丑年。平成七年七十歳で亡くなり、妻華代は、昭和二年（1927）生まれの卯年で、平成十九年に亡くなっている。

墓参りは、敏弘と午前中に行ったが、仏壇の前で線香を立てて合掌すると、父は三十年以上前に亡くなり、母ももう二十年近くになるが、遺影を見上げると、父の声が聞こえたような気がした。

隼人は、自転車で五分くらいの市の中心街にある、父の兄である福吉の家に行った。従姉の千代美さんに会って、挨拶をすると、土産を渡して、仏前で本家の先祖の冥福を祈った。ここでも、お茶菓子を食べながら世間話をした。隼人は、この本家と地続きの屋敷で生まれ育ったので、今でも頭の中には1㎞四方ぐらいの地図が明瞭に残っている。しかし、細い小道は廃止されて、新たに幹線道路が縦横に建設され、その両側に商店や住宅、大型スーパーがぎっしりと建ち並んでしまった。古い神社と大きな銀杏の木、河川以外は、市の都市計画から一大繁華街に生まれ変った。

土地の強制収用

戦争中、隼人が国民学校三年生の時のことである。父が困った顔をするようになり、目が充血して夜も眠れぬ様子となった。その頃、夜になると、近所の農家の人たちが頻繁に集まっては、ヒソヒソ話をしていたのが、偶然隼人の耳に入ってきた。「もう米は作れない」、「野菜などが収穫できなくなると、これから先の生活はどうなるのだろう」と。集まったみんなの顔には日頃の笑顔はなく、緊張した表情を帯び、声は怒気を含んでいた。

「市ではなく、軍だから始末が悪いよ。下手に反対したら国賊呼ばわりになるから」

当時の軍の方針には反対は許されないから、各地で同じように泣き寝入りをする人々が多かったのではあるまいか。

何でも計画は春頃からで、秋の収穫が終わり次第強制収用するらしく、まだ作物がある夏から、役人の立ち会いで有刺鉄線が張りめぐらされた。「絶対立入禁止」の札が数十m間隔で杭に張り付けてあり、道路が縦横に建設されて、馬車や牛車までもが駆り集められ、土砂や排水管などを運んでは整地していた。それを隼人は、自宅の部屋から、有刺鉄線越しに飽きもせずに眺めていた、そんな記憶が蘇った。

全部が完成しないうちから、よほど急いでいたのか、整地済みの所から次々に馬車が木材を運んでは、数人がかりで高く積み上げ始めた。幹線道路に面した出入口の門柱には、「××軍総合木材集積所」の看板が掛けてあった。門番と、事務室が入口から近い場所に建ててあり、昼夜にわたり馬車が出入りしていた。この集積所ができたおかげで、隼人は損をした気分になった。裏の集積所ができてからは、広い幹線道路を回り道して帰らなければならなくなった。生活に直結する大人の重大問題に比べれば、隼人の損は、今考えれば取るに足らないことだけれども。

翌年から、大原家の両親と子ども九名の食糧が逼迫し始めた。今まで65アールあった水田が20アールに減り、駅に近く、家からは1㎞弱あり、子どもの足では十五分以上かかった。

少年の隼人には知るよしもないが、おそらく軍から市に一括して払い下げた後に、都市計画で現在のような繁華街が実現したのであろうと思われた。隼人の瞼の奥に残っている風景は、日田駅から光岡《てるおか》駅までの間。一面の水田が広がり、列車が黒煙と汽笛を鳴らして通過する姿を、北側に面した隼人の部屋から眺めることができた。

本家の千代美さんと別れて表に出てから、北側を見ると、隼人が見馴れていた柿の木や梨の木はすでになく、隣地の境界などは区割整理で除去されて、延々と続く住宅地に変化していた。たった五十余年で、見渡す限りの水田が、人の多く集まる賑やかな場所へと変貌した現象を目の当たりにして、隼人はつくづく「栄枯盛衰」のことわざを思った。「草木は盛んに茂って栄えるが、やがて枯れはてても、また小さな芽を出して、再び元の勢いを取り戻す」、この言葉の意味を。

かつての近くの幼な友達や学友の家に寄って、久しぶりに再会してから、お互いの健康やその後の消息を確かめ合い、隼人が敏弘の家に帰ったのは午後七時少し前だった。まだ明るく、自転車のライトは、点灯の必要がなかった。

玄関に入ると千奈江が迎えてくれて、「義兄《にい》さん、すぐに風呂に入って」と言ったので、その言葉に従うことにした。ユニットバスのセットは人造大理石模様であり、シャワーも給湯もサーモで、好みの温度のお湯が出てくる。今日見たことを思い浮かべながら、浴槽に身を沈めた。

今、こうして浴槽の中に身を沈めている至福の時間は、「平和が続いている」のと、「国民の努力」の結果だろうが、主な原因は、エンゲル係数が3分の1になったことで、生活用品にその分のお金を使えるようになったからであろう。庶民が大量に買い始めたから、メーカーも大量に生産するようになり、コストがさらに年々下がっていくようになった。昔は夢だったのが、現在のような豊かな生活は、今では当たり前になってきたのであろう。

湯から上がって着替えてから居間に行くと、敏弘が夕刊を読んでいた。ひと言、「いい湯だった」と言って、卓袱台の前にあるソファに腰を下ろすと、頷いた敏弘はゆっくりと新聞を置いて、浴室のほうに消えた。

兄弟の会話

隼人が、ざーっと記事に目を通し終わった頃、敏弘が風呂から下着一枚で火照った体で歩いてきた。千奈江が時間をかけて、丁寧に料理したまぐろの刺身、かれいのから揚げ、春野菜の酢の物、五目野菜のちらしずし。これだけの豪華な料理が卓袱台いっぱいに並べられ、まずはコップでビールを飲む。肴を小皿に取り分けて食べながら、これだけの品を作れれば、ママさんも店ぐらいは始められると、隼人が笑いながら言ったら、笑顔で千奈江が、義兄さんに資本を半分出してもらってお店を始めようかしらと、大げさな身振りをしたので三人ともドッと笑った。

「ところで、お前の意見を少し聞きたいのだが」と、敏弘の目を見ながら、経済の「プロ」としてのお前に聞きたいのだが、インフレとデフレはどちらが良いと思うか、と問い掛けた。

するとと少し間をおいてから敏弘がそれに答えた。

「例えば菓子を二つに切って、一人はこれは甘くて美味しい、と。もう一人はこんな甘ったるいより私は塩味のほうが好みだな、と。まったく同じ品物でも、正反対の見方をするのだから、要するに自分の職業によって有利ならば「良い」、不利ならば「悪い」と、答えが正反対にならざるをえない。中間というものが存在しないから答えづらいけれども、私生活ではデフレが良いが、銀行員の立場からするとインフレのほうが、仕事が楽で収入も多い。なぜなら、品物の絶対数が不足して奪い合うのが、インフレだから、メーカーや工場は作れば必ず売れるし、銀行から大量の金を借りて工場を拡大し、人手を増やして増産する。商店も数々の品物を置くには、銀行からお金を借りて規模を拡大しなければ、儲けが少ないから銀行に日参するようになる。だから銀行側は有利に取引ができるようになる。反対に兄さんの立場からすると、私生活はもちろんのこと、仕事を請け負って着工してからの値上がりが一番困るわけで、原材料を海外に依存している日本としては、値上がりの情報をいち早く知れば、早いほど傷が浅く済む」

敏弘はここで、いったん言葉を切って、コップのビールをうまそうに飲んだ。千奈江は新しいビールを持ってきて栓を開けてから、両方のコップに注いで二人と対等に見える位置に座ると、もっぱら聞き役に徹している。敏弘が、再び口を開いた。

「円高、円安と同じように、日本全体から見れば、多少の違いはあるかもしれないが、輸入と輸出の金額に大きな差がないとすれば、マスコミが大騒ぎするほどではないけれども、これには、それぞれに特徴があって、輸入業者は全世界から原材料を、大手の数社で大半を輸入しており、個人および中小業者の金額は微々たるものだ。大手業者の差益は数円の変動でも、数百億円の単位になるし、これは、最初は会社がリスクに備えるために備蓄し、体力強化のためにプールするから、すぐには末端の価格は下がらない。庶民から見れば、本当は、円高は善なのに、悪に映るし、今度は輸出業者の立場から見れば、致命的な打撃を受ける。となれば大幅な減収になるし、会社全体の死活問題になるからコストの安い外国に移転する会社も出てくるが、これがまた別の問題が起きてくる。一部のマスコミや、高名な文化人がしきりに主張するのが、海外進出が技術流出につながり、コピー商品や、模倣品が数多く作られ、またコピー技術の向上で日本製品が負けるかもしれないと主張する人がいる。だが自国だけでは売れるだろうが、やがて信用がなくなり、世界からは相手にされなくなる。日本の製造業が海外に出ていくと、空洞化して国内の産業がガタガタになると言う人がいるが、日本の製造者の多くは、敗戦直後はアメリカや西洋から特許料を払い技術を導入して、失敗を重ねながら改善を合言葉に努力して、独自の技術を確立して今や世界のトップを走っている」

隼人も時々コップを傾けながら敏弘の話に相槌を打ちながら、ここで初めて口を開いた。

「お前の話に俺も同感だが、円安に比べて円高のほうが、マスコミの記事の扱いが大きいように思える。規模が小さくなれば痛手を受けるのが、あらゆるマスコミだ。ほとんどの会社から広告料のおかげで生活しているから、勢い危機感を煽る記事になるように書かざるをえない。広告料の減少は、即自分たちの生活に直結するから、円高は日本が沈没するような記事を書くのだよ」

二人共顔を見合わせて苦笑したのは、話がいつの間にか、「デフレ」や「インフレ」の話から「円安」と「円高」の話に脱線していたことに気がついたのだ。どちらからともなく飲むのをやめて、残っていた春野菜の酢の物と五目野菜のちらしずしを食べながら、

「現在では経験者ではあるが、お前がまだ赤ん坊だった頃、実感としてはないに等しいだろうから、あの配給きっぷとお金を握りしめ、長い行列をつくって、やっとの思いで買っても、その量が三分の一日分だから、もうインフレは骨身に染みて嫌だね」

隼人はそう言った後で、続けて、デフレは電話一本で好きな品物を好きな量だけ配達してくれるから殿様以上の生活が楽しめるし、おまけに金利は安いけれども今日の百万円が、三年先

でも価値が下がらずに百万円で通用するのだから安心して暮せるので、庶民には天国で、会社では地獄の正反対の構図になる、と付け加えた。

ここで隼人は酔いもあってか眠気を催し、敏弘との話を打ち切った。「もう俺は寝るから」と、ふと目の前にあるデジタルの電波時計を見ると午後九時を過ぎている。明日午前中は自転車で市内を散歩するからと言って、座敷に用意されていた蒲団に下着一枚になり、もぐり込んだ。

吹上観音

翌朝起きると、テレビの時計が六時十五分を映しだしていた。テレビのニュースを見ていた敏弘が、これから少し朝の散歩をしないか、と提案したので着替えてから運動靴を借りた。二人の今朝の目的は、吹上観音に決定した。

普通に行けば、麓まで十五分で急坂の頂上までは三十分ほどだが、ここ数日の運動不足を理由に回り道をすることにして、逆方向の西南の小川沿いにある小道から、川幅が60ｍある花月《かげつ》川の土手沿いにある道路を今度は、東の方向へと歩き出すと、小型の川舟が数隻繋留されていて、その近くには、五、六人の釣り人が竿を動かしている。

この川だけは六十年前の昔と、ほとんど変らない景色だが、川の土手沿いに建てられた住宅は、色彩豊かな建材が多い。大手業者の建売ではなく、個人の注文だろうと思われるのは、形や色にそれぞれに個性があって、変化のある建物を見るのは「プロ」である隼人には好感が持てる。

土手沿いの道は東南の方向に変り、ＪＲ久大《きゅうだい》線の高架下をくぐり、国道２１２号線に突き当たって、東北の方向に向かい、このバイパスはおだやかに曲線を描いて延びている。その歩道を十分ほど歩くと、吹上観音様の入口の門柱が建っているのが見える。

ここからの台地は、数十万年前の岩石が高さ30ｍの高さまでその岩肌をむき出しにして、そそり立つ崖になっており、岩肌が露出しているのは正面だけで、延々と続く崖は、苔、蔦や草木がへばりつくように生い茂っている。最初の二百段は石段が切り石で、きれいに積み上げているが、その先は自然の傾斜を利用した小道で、人がやっとすれ違えるほど狭い。急勾配の所だけには、鉄パイプの手摺りが設置されて、等間隔に丸太を横に渡して、すべり止めにしてある。

息をはずませて、頂上に辿り着くと、視界が開けた台地には、幅20ｍ、長さ50ｍほどの空間が広がっている。中央の観音様の両側には、氏神様が祀られている。崖の端には数百ｍにわたり高さ1ｍ20㎝の正方形、幅が12㎝角の石に穴を開けてパイプを通した玉垣が張り巡らしてあり、その石柱には観音様への寄贈した人たちの名前が彫り込んである。

二人は参拝した後、一面に広がる眼下の日田市街が、折からの朝日に映し出されて、まるで箱庭を覗いているかのように俯瞰されて、遠くに見えるのを並んで眺めた。三隈川と、すぐ下を流れている花月川が、円形に近い曲線で市街地を囲んで青白く光っている。中央にはＪＲの線路が縦に真っ直ぐに延びて、その先の東の遥か奥のこんもりとした森の中には、大原八幡宮と手前には大鳥居が見える。けれど、ここからはその鳥居は、小さくかすんでいる。

大きなマンションやビルやホテルなどが川沿いに建ち並んでいる。ここからは小さく見えるが、左から月隈《つきくま》公園、慈眼山公園、中央には亀山《きざん》公園、中洲には三隈川公園、鏡坂公園、右端には星隈公園。全部で六カ所の公園がこの吹上台地から見ることができる。中心に日田駅も見える。

目を転じて近くの敏弘の自宅を見ると、その奥に二階建ての集合住宅が二棟並んでいる。これらは敏弘が持っている貸家だが、まるで「模型」で作ったかのように小さく見える。十五分ほど眺めたあとで、下山し始めたが、帰りは歩いているのに急坂だから走っているほど早く、アッという間に入口の石段まで着いた。

広い道路に出ると、来る時は少なかった人影も、この時刻では多くなって敏弘は時々、すれ違う顔見知りの人に挨拶を交しながら、家に帰り着くと、七時半になっていた。

千奈江が台の上を片付けてから、朝食を運んできた。あさりの味噌汁、海苔と卵、高菜漬で、熱いご飯に海苔の香りで、うれしくなった。朝食後は自転車を借りて、かつて通い馴れた道の両側にある商店街を見ながら走った。シャッターの閉じている店があるかと思えば、画期的な看板の店もあり、弱肉強食が世の常とはいえ、いくら努力しても失敗することもあるし、やはり成功する人は、庶民の欲しい物や、満足できる隙間を探し出して、商売に活かすアイデアのある人や、才覚のある人のようだ。

三隈川と筏《いかだ》

　三本松町から出発して、本庄町・亀山町・堀田町・三隈町を走り、ブレーキをかけながら下り坂を三隈川に出る。河畔の遊歩道路を、自転車を押しながら歩いていき、そこの石段を三段下りた。水面より10㎝上に畳ぐらいの広さの洗い場があり、その石段に腰を下ろしてポケットからカメラを取り出して温泉街やホテル、亀山公園の奇岩壁、緑橋、川舟、屋形舟などが並ぶ紅提灯《べにちょうちん》の川面と背景の山並みを撮り終えた。

　この川は、広い所では川幅が２００ｍくらいあり、小型の川舟を二つ繋いで宴会用の屋形船に改造した温泉ホテルの屋号の横断幕を船腹に張っている。大手ホテルでは自前だが、小さな旅館では屋形船はリースのようだ。予約が多いのか幾隻もの屋形船が繋留されている。

　隼人は時間を六十七年前に戻して、戦争中だった小学校三年生の時に初めて、この広い川を泳ぎ向う岸に渡った時のうれしさを思い浮べた。当時は市販のパンツはなく、子どもも大人も褌《ふんどし》一つが当たり前で、骨と皮だけの体は真っ黒に日焼けして、大人の歯になりかかりの学友と見比べながら、その白さだけが自分と同じだったと、水の流れを見つめて思った。

　当時は戦時中でもあり、東京や大阪などの大都会は知らないが、その頃でも山の中に囲まれた日田市は、水のきれいな小京都と呼ばれており、人口は七万人余りあっても、トラックは隼人の記憶でも、ほとんど見たことがない。運搬は主に馬車で、個人では車力《しゃりき》（大八車）やリヤカーなどで、百名近くの従業員がいる大手の製材所でも、自前のトラックを持っているところはほとんどなく、専属の馬車を数台置いて製品を駅まで運んでいた。

原木は広い川に斜めにワイヤーを張って、上流から流した丸太を一カ所に集める。川師《かわし》がその丸太を仕分けして、そのまま製材所の構内へと送るか、職人さんが河畔に設置された特設台で筏[*注1]を「かずら[*注2]」で組んで、それをいくつか繋ぎ川下りの筏に仕立てる。行先は筑後川の河口にある木工で有名な「大川市」だと思う。

隼人は辺りに投げ捨ててあった「かずら」の切れ端を、二つか三つに切り裂いてから、製材所のゴミ捨場からまだ使える木片をかずらの紐で結んで肩に担いで帰る。夕方まで水遊びしても、親に叱られない知恵を子ども心に学んでいた。

亀山公園の巨岩の下に自転車を置いてから、歩いていくと石段と砂利道の坂が交互にあって、一歩一歩ずつ慎重に歩くので二十分近くかかる。頂上の日隈神社に着いて参拝した。眼下には今朝、吹上観音から見た時よりも何倍かの大きさで視界が広がり、温泉街や銭渕橋、三隈大橋、それに川舟やボートなどが銀色に光って見える。

腕時計を見ると、正午少し前を指していたので、山を下って自転車で遊歩道から、広い市街地に出て、大衆食堂で昼にした。

帰りは、来た道と同じ道を自転車で通ると、中心地にあった映画館や、その近くの劇場は、今はスーパーやパチンコ店になっており、ここでも、時代の移り変わりを感じた。角の土産店で埼玉への土産に五個ほど包んでもらい、ビニール袋に入れて自転車の前に入れて帰って、千奈江に、「俺は午後三時過ぎの日田駅発で博多に出て、もう一度飯塚に行くから」と言って座っ

＊注１　筏…木や竹をかづらやロープ等で編んで水上の川や湖に浮かべて移動させる運搬物
＊注２　かずら…植物の蔓（つる）科で野生の「シラクチヅル」のこと

た。まだ時間は一時間半ぐらいの余裕があった。お茶を飲みながらつけっ放しのテレビを見ていた敏弘に笑いかけた。

三隈川と亀山公園を三時間もブラブラしながら歩いたから疲れていた。今度、敏弘の顔を見るのは、二、三年後か。もしかしたら、あの世からかもしれないけれどと笑いながら言うと、また三人が顔を見合せて笑った。

日田駅まで敏弘が車で送ってくれた。午後三時十二分の定刻に列車は出た。座席に着くと隼人にとっては、車窓の風景は別に珍しくもないので、博多までは読みかけの週刊誌を読む。博多駅に四時半に着くと、四時三十六分発の直方行きに乗り換え、飯塚駅に五時二十分に着いた。駅からタクシーに乗り八分くらいで宇田川家に着いた。車中から携帯電話で知らせてあったので、広絵姉がもう来ていた。姉の子は二人共早く結婚して、若い時から独立して所帯を持っていた。すでに孫がもう五人いるし、それぞれ成長している。息子夫婦とは一緒に暮さず、元の古い家に頑固にも一人で暮らしている。夫の内堀由道は、昭和六年生まれの未年だが、不幸にも若くして「ガン」で亡くなった。昭和六十二年のことで隼人と同業の建築職人であった。

隼人も二十三歳の頃に三カ所ばかり、助っ人として義兄の工事現場で仕事をしたことがある。酒は好きだったが仕事熱心で、職人気質の強い人だったので敵も多かった。しかし隼人にとっては身内でもあり、四年先輩なので控えめにしていたせいもあるが、トラブルは一度もなかった。

後年、隼人がさいたま市（当時は大宮市）に自宅を新築して完成した時に、埼玉に来てもらって東京や日光などの観光地を数日間案内したことがある。その時の写真アルバムを見て、笑顔で写っているのに、その翌年にはあの世に旅立っていった。まったく惜しいがこれも神が与えた運命《さだめ》であろうか。当時の広絵姉は、かなり落ち込んではいたが、元来性格が明るいほうなので、すぐに立ち直って今では大きくなった孫の成長を、何よりの楽しみに生きているようだ。

智代の長男勝一と、次男の正次は仕事が忙しいのか、めったに姿を見せないが、正次は歩いて五分ぐらいの所に、所帯を持って独立して暮している。また勝一は特殊な資格を持っているらしく、白物の電器製品の店舗も経営しており、また電気工事などでは技術があるから、自分で全ての故障を直すので、アフターサービス完備の店との信用を得ているようだ。

宇田川家の住居は、勝正が古い旧家を買い取って、隼人も協力して一部分店舗にし、雑貨店を副業としながら、子育てをしていたのだ。現在は、次男の正次が新しく建て替えて住んでいる。

長男の勝一は、東京の電気学校を卒業すると、地元の大手企業の電器店に就職して働いていたが、その才能を見込まれたのか短い年月で独立し、２０００㎡の小さいながら店舗を開くことができた。その基本となったのが、宇田川家が先祖から受け継いでいる水田の２０００㎡の土地で、西側に川幅12ｍほどの「碇川《いかり》」が土地に隣接して流れ、遠賀《おんが》川に注いでいる。当時は、一面の水田で隼人も田植をしたことがあった。

鉄道廃線後のバイパス道路

東側の前面道路に接して新たに造られたバイパスは、旧国鉄時代の上山田線が廃止されてしまったが、すぐ近くに平恒駅《ひらつね》があり、放置された引込線が二本あった。

この広い2000㎡の土地に、大金を投じて、勝一は最初、住居と店舗を建設した。徐々に規模を広げて、現在は広い二階建ての貸家二棟を所有している。

隼人は勝一を見ていると、蛙の子はやはり蛙だな、と思う。智代も岩戸景気から、高度経済成長期の超インフレの時には少し小金が貯まると、躊躇せずに古い家屋を土地付きで買い求めて貸家にする。その繰り返しで不動産を蓄積していた。

勝一は、母親の智代の行動を子どもの時から見ているからか、智代以上に不動産を蓄積している。銀行員の弟、敏弘が説明したように、インフレとは物に価値があり、デフレとはお金に価値がある。この原則を生かした智代は、動物的な嗅覚が不動産に対してあったのだろう。智代のそうした行動とは反対に父親の勝正は、不動産を求めるたびに不満な態度を取っていたらしく意見の違いはあったようだ。

勝一が電気関係の高校を卒業すると、東京の学校で学びたいと言ったことを隼人は知って、「近所の会社員が東京に通勤しているから通えるが、部屋を用意するだけで、世話はできない」と言って、智代から勝一を預かったのだ。当時の隼人は、請負金が入ると、数日のうちに全部支払って、ほとんど手元に残らない生活だった。それに駅から2㎞もある不便な住居だから、勝一は自転車で駅まで通うことになり、不便だったと思う。生来真面目な勝一は学校も休まずに通い、時には電気関係のアルバイトをして、頑張った甲斐があって、各種の資格を取ったようで、無事に学校を卒業できたと思う。

隼人はその頃、「貧乏暇なし」のことわざ通りで、勝一の世話は妻の弓枝に任せていたから、せめて罪ほろぼしに、卒業時に姉が埼玉に来たのを機に、思い切って数日休んでは、春休みだった子どもを連れて、近くの観光地や日光などに家族旅行を兼ねて訪れた。

五時半頃、宇田川家に着いてから、三十分ばかり智代姉と、広絵姉と三人でお茶を飲みながら、日田での出来事を簡単に話した。外はまだ昼間のように明るかったので、風呂に入った。風呂は奥行が2mぐらいあり天井はドームになっていて、スイッチ一つで水流と泡が出るようになっている。ゆっくりと浴槽に浸かって、軽く体を流してから上がると、姉が浴衣を用意していた。居間に行くと、もう夕食の仕度ができていた。

広絵姉が食卓の上に作った料理を置くとエプロンを脱いで、三人で向かい合って座った。しめ鯖の八重作り・鶏のから揚げ・トマトサラダを、それぞれ小皿に取り分けて、ビールで乾杯した。また話が昔の日田の話になり、戦前と戦後のすぐまでは、日田杉が豊富に産出するので、日田下駄として各地に出荷していた。

その特徴は、木目を生かして表面を焼いて磨くと、浮き出した黒い筋がきれいな白黒の模様になって出てくる。高級品は、樹脂の少ない白木で何回も下塗りした木地に、ペーパーをかけて上塗りにしてラッカーを塗った色とりどりの下駄が生産された。

父も短期間ではあったが、軍に集積所として水田の大半を強制収用されてから、農閑期だけ下駄の加工の下請をしていた。戦中・戦後の数年だけではあったが、当時は主な産業がなく、下駄の生産にみんなが集中するから、どうしても日給が安くなる。長姉の智代はその頃、高級下駄の塗師だったが、手間賃が安く朝から夜の八時頃まで働いていた。何がきっかけかは、隼人は知らないが、高級割烹旅館の上女中で働くようになった。細面で小柄だが父に似ており、若い時に写真館のウインドウの中に上半身ではあるが、モデルとして飾られているのを子どもの時の隼人は、水遊びの帰りに前を通るたびに見てうれしくなったことを思いだした。

翌朝目を覚ますと西側にある碇川《いかり》の土手を散歩して、対岸の土手を十五分ほど歩く。昨夜半に降った雨のせいか、土手のクローバーの緑が鮮やかで、所どころにタンポポやレンゲ草が雑草の中で目立って見える。遠くには低い山が霞んで見える。空一面には白い薄い雲が広がってはいるが、碇川に架かっている二つの橋を渡って一周し、三十分ほど歩いた。少し汗が出ただけで帰り、ポストから新聞を持って居間のソファに座ると、もう朝食の仕度ができていた。

新幹線の中で

朝飯が終わると八時半になっていた。智代をはじめ家族のみんなに別れの挨拶をして、正次の車で飯塚駅まで送ってもらった。八時五十分発篠栗線博多行きに乗り、博多に九時三十八分に着いた。時間に余裕があるので、売店で土産を二個買い、缶ビールとつまみを買ってゆっくりと新幹線のホームに出ると、もう「のぞみ」が停車していた。十時八分発で十五時二十六分着の東京行きに乗った。

この新幹線が開通したのは昭和三十九年だから、もう四十七年にもなる。安全で、座れて、速い「三拍子」揃った乗り物を日本人が建設したことに、同胞として隼人はうれしく思った。それにしても明治生まれの人や、それ以前の御先祖様は、この便利な乗り物の恩恵に浴さなかったので、生まれた時代によって大きな差があるものだと、改めて感じた。

それでも新幹線ではなかったが、晩年父も母も二回ほど東京や関東各地の観光地を案内して、その時のアルバムを大切に保管している。当時を思い出しながら、無理して中古のライトバンを買って間もなくではあったが、父の前では余裕のある顔をしてかなり高級なホテルを利用したことを思い出して、つまらぬ見栄をはったものだと苦笑した。

「のぞみ」は小倉駅に停車した。窓から見ると、この小倉で隼人が五十四年前、大工五人の職人の頃、お寺の屋根と壁板の修繕と、お寺の空地に新しく始める幼稚園の建築工事をしたことを思い出した。その当時の風景とはかなり変っており、ビルの林の中に見覚えのある屋根瓦が銀色に光って見える。その当時の隼人は、弟子上がりして二年目の二十一歳であった。今では北九州市になっているが、当時は五つの市が隣接していた。昭和三十八年、合併して政令指定都市になった。

小倉以外の八幡や黒崎では、仕事をしたこともあり、大半が工場だとの印象が強かったのだが、さすがに小倉は商業都市で、街全体がきれいで、博多とあまり変らないと思った。

その頃、お寺には五十歳ぐらいの大男で、やや肥って鼻が高い住職と、その家族が住んでいた。それに六十歳過ぎの寺男一人、中年の女中二人も一緒に暮らしていた。そのほかに、園長になるために招かれた眼鏡をかけた四十五歳の専門の男や、園児の先生になる予定の若い女の人三名がいた。いずれも美人揃いで、食事時や、三時のおやつ時には、職人五人のお茶やお代わりの世話をしてくれたので、若い隼人にとっては、最高の働き場所だった。仕事は忙しかったから、朝から暗くなるまで働いていた。その当時はそれが当り前で、誰も時間を気にする人はほとんどいなかったことが頭をよぎった。

そのうちに「のぞみ」は小倉駅を発車した。九州を離れ、本州に入ると思った時、何か忘れものをしたのでは、との思いが湧いた。

それは何十回も姉智代と会いながら、今度もたった一言も言わないで、新幹線に乗ってしまったことだった。「心配かけた」「迷惑をかけた」「すまなかった」と言うべきだった。頭では分かっている。その失敗を告白しよう。

今から五十九年前、隼人が十六歳の秋だった。当時は、建築大工*注1の仕事は、「危険」「汚い」「きつい」がつきものだったが、十五歳の四月に父から教えられて、働くことには何の抵抗もなかった。現に夜に電気を点けて、残業することも珍しいことではなかった。むしろお客様の床張り工事の修繕*注2では、その日の内に完成しなければならないから、パンやうどんを食べた後も、ひと区切りつくまで仕事をした。

＊注１　大工…建築大工・板枠大工・宮大工・大型建具大工・舟大工・装飾建具大工、指物大工は例えば、タンスや長持・火鉢等を造る

＊注２　修繕…建物の全部の部分を取り替えないで、腐ったり、割れ目等の傷んだ部分のみを除去して、元の形に復旧する工事

また店舗の内装工事では、昼間に材料を加工して、すぐ取り付けできるように準備して、閉店後も夜中まで仕事をすることも時々あったけれども、それは職人の世界に入れば普通だから、苦にもならなかった。父から教えられた、「辛抱しろよ」という言葉が常に心の中にあったので、一年半は耐えたが、どうしても我慢できなかったのは、先輩職人のみんなが異口同音に、隼人の小柄（1m45㎝、体重45kg）を笑ったことだ。

一人で仕事をしている時は、問題なかったのだが、外部の外壁の下見板張り、工事の場合は足場の上なので、どうしても手が届かなくなる。その時はいっせいに罵声を浴びせられるし、義兄である親方の勝正までもが蔑む目で笑う。

一年間ぐらいは、こういう問題はなかったのは、雑用ばかりで、木材を運んだり、木屑を掃除したり、鑿《のみ》や玄能《げんのう》で「ホソ」穴を彫るような簡単なことや木材の荒切りなどだったからだ。だが、一年を過ぎたあたりから、仕事も少しは慣れてくると、他の職人さんと組んで仕事をするようになって始めて、隼人は気がついたのである。

出奔

新幹線に乗っていて、当時の仕事に嫌気がさしたことを思い出していた。

この仕事は共同でする仕事が多いから無理だと思い悩み始めて半年間は我慢したのだが、一人でできる職業に変更したほうが良いのではないか、今からでも遅くはないと思うようになっていたのだ。

若くて未熟な少年だった隼人の頭は、そう結論づけて前後の見境なども考えないで着のみ着のまま、一円の金も持たずに家を出た。前もって相談すれば良かったのにと、あとになって気がついたのだが、その時は話をすれば、姉の智代や勝正親方から叱られるのが怖くて、夜になって何一つ持たずに出たのだ。

その時父の「辛抱しろよ」とか「我慢しろよ」と言う声と、隼人の心の中にある自分は体が小さいから、大工になる素質がないのでは、との思いの二つが体の中をかけめぐっていたのだ。一人前の職人になるための、苦労や努力は覚悟していたから、何でもなかったが、どうしても腹にすえかねたのは、努力しても、もうこれ以上身長が伸びないことだった。体重は努力すれば、ある程度は増やすことはできるかもしれないが、身長だけは口惜《くや》しいが諦めるしかなかった。そのために、人格までも否定されて、無能呼ばわりされながら、毎日先輩たちに「虫ケラ」同然の扱いをされ続けて隼人の我慢も限界になっていた。

その晩、勤め先の会社の宿を出て実家へ向かったのだ。月明りの中で地図も金もない、まったくの無一文であったが、大体の地図は頭にあった。道の地図は頭にないので、そうだ、遠回りでも、線路寄りの道を、南下すれば帰れるだろうと思って、ひたすら鉄道線路寄りの道を歩き続けた。

月明りの中、冷水峠《ひやみず》を通り国鉄（現ＪＲ）駅の原田《はるだ》に着いた時、大時計を見ると十一時三十分であった。もう五時間近く歩いたことになるが、不安と興奮とで眠くはなかったので、ひたすら線路沿いを歩き続けて、鳥栖《とす》駅に午前二時に着いた。疲れていたので、大きな駅の待合室のベンチで眠っていると、突然起こされた。ベンチから立ち上がると、警察官が目の前に立っていた。座り直すと、何をしているのだ、と尋ねたから、友達を待っていたら、いつのまにか眠った、と言ったら名前と住所を聞かれた。悪いことをしたわけではないのだから、名前は本名を言ったが、住所は姉に連絡されたら大騒ぎされると困るので、架空の住所を言った。「持ち物は」と聞くから、ポケットからタオルを一枚だけ出して、あとは何にもないと言ったら、しばらく様子をじーっと見つめていたが、何も言わずに立ち去った。

待合室の大時計を見ると午前五時を指していた。三時間眠っていたことになる。秋の早朝はまだ暗く肌寒く感じたので、また歩き出した。鳥栖駅を出てやはり線路が見える道路をひたすら南に向かって歩いた。

久留米まで来ると夜が明けた。線路から広い道路が見えたので、近寄って国道210号線の標識を確かめてから、これは日田にもある数字の道路だ、この道を一直線に歩けば辿り着けると思ったので、少し元気が出てきた。久留米からは、ひたすら東に向かって歩いたが、だんだん腹が減ってきたがお金がなく、見回すと遠くに果実《きのみ》があるのが見えたので、国道からそれて畑の中にある柿の実を五個ほどポケットに入れて、草の中に隠れて食べた。道路にある電柱には御井《みい》と地名が貼ってあった。

この国道210号線は、久大線とほぼ並行に走っているから、もう迷うことなく帰れるが、やはり歩くのは時間がかかる。時計は持っていないが、正午を少し過ぎたのだろう。太陽が真上より少し西寄りだった。残りの二つある柿を、ポケットから出して、人のいない陰に隠れて座って食べた。田主丸町《たぬしまる》と地名が標示されている場所だった。近くの草の中に入って三十分ぐらい昼寝をした。それからまた、ひたすら東に向かって歩き始めた。時間が何時かは分からないが、太陽が四十五度の中天だから、午後三時半頃だろうが、電柱の帯には吉井町《よしい》の標示が貼ってある。

賑やかな中心部を少し過ぎた所に、原鶴《はらづる》温泉方面の矢印が立ててある。住宅地の切れ目に、収穫した後のトマト畑があったので近づいて見ると、立ち枯れている。その中に形の悪いトマトが数個残っていた。それをポケットに入るだけ入れて歩きながら、少しずつ食べた。酸っぱい味だったが、今の隼人にはありがたい食べ物だった。

千東駅を過ぎると、線路は大きく北の方へ曲って見えなくなった。国道をひたすら東に歩くと、杷木《はき》山に着いた。辺り一面に果実園があり、梨を二個ほど手の届く所にあったので捥《も》いでポケットに入れると、歩きながら少しずつ食べる。

その後、筑後川が銀色に開けて見えるようになると、国道と川と、対岸も国道211号線が川と並行して見えてきた。これより大分県、と出ている。あと二十数㎞で家に着くと思えば少し元気が出たが、何しろ朝から柿とトマトと梨だけの腹は力が出ない。月明りの中を筑後川沿いに、ひたすら歩き続ける。

ここまで来ると、学校の遠足で何度か見た風景なので、安心ではあったが、一日中歩きどうしなので疲れて、だんだん歩きが遅くなる頃、やっと川岸の旅館街の灯が見えてきた。家まであと2㎞だと思ったら急に足が疲れて川岸の草の上に座り込んだ。星が満天にキラキラと光って見える草の上で空を見上げながら「どうしよう。あと三十分ほどで家に着くのに、どうしても足が動かない」と感じると同時に「叱られるのでは」と、父と兄の顔が交互に浮んでは消える。

空全体が無数に見える星は、隣にくっついて見えるけれど、何十年何百光年も離れているこの雄大さに比べて、隼人はこんな小さな悩みで萎縮している。しかし、怒られたら反論しよう。そう思って立ち上がり、急ぎ足で銭渕橋《ぜにぶち》を渡り、商店街を通って、本庄町にある朝日館の前まで来ると、もう映画は終わっている時間でガラスの中の電気以外は全部消えていた。時計は十一時二十分を指している。あと三分くらいで家に辿り着くが、ゆっくり歩いた。

夜中だし静かなので玄関には入らずに、そのまま隣の納屋の中に入り、藁の中にもぐり込んだ。

翌朝早起きの父が、納屋で眠っていた隼人を見つめて黙って立っている。実は隼人は、その前に父が物を探す物音で目を覚ましていたのだ。隼人は、薄目を開けて、おずおずと父を見た。父は、しばらくそのまま隼人を見ていたが一言「飯を食え」と言って立ち去った。隼人は、「ウン」と返事はしたが、藁の上に座っていた。

その後、隼人は意を決して台所に行って、飯台の前に座った。他の兄姉《きょうだい》も周りに集まっていた。誰もが黙っている。母が隼人の前に茶碗を置くと、「歩いて来たのか」と言った。だが、それ以上聞かない。隼人も「ウン」と言っただけで、実家に戻ってきた原因や事情も一切聞かない。長兄だけが「辛抱できなかったのか」と言った後、「甘いよな」とだけ言って隼人をじろりと睨んだ。

隼人は心の中では反発を感じたが、その目を見て、何も言わなかった。他の兄姉は、中立の立場からか、黙っているのは、事を複雑にしないための心遣いからだろうと思った。父や母だけで、この問題を解決して、兄姉はタッチしないとの意思表示だろうと隼人は感じた。

手伝い

これから先「どうしよう」と、実家に戻って来てから毎日考えてはいたが、隼人の幼い頭では良い案が浮ばない。農業や家事の手伝いなどは、していた。が、父はあれ以来、具体的な事は何も言わない。

隼人が家に帰ってから十日余り過ぎた頃、父の従兄で、いつもは一人で仕事をしている大松吉二さんが、大規模な増築工事を頼まれて、手伝いをほしがっている、と父から聞かされた。弟子としてではなく、臨時でしばらく手伝ってくれないか、との話なので、とりあえず、しばらくの間、「よろしく、お願いします」と返事をして、その手伝いをすることになった。

仕事先は大原家とは親戚の「大原製菓株式会社」の工場の増築や拡張工事の関係で、大松さんは時々家に来ており、父と酒を飲んでいたので、隼人も顔だけは見たことがあったので違和感はなかった。大松さんは父と同じ年頃に見えたが、今まで隼人が見た職人の印象とは正反対で、話をする時も、もの静かなうえに笑顔であった。勝正親方は、仕事は早いが時々失敗もあった。大松さんは、ゆっくりと一つ一つ確かめるようにして、念入りに仕事をする人で、決して急がない。隼人は同じ大工職人でも、ずいぶん違いがあるものだな、と思った。もちろん、どちらが良いとか悪いとかではなくて、それぞれに顔が違うように個性も、仕事の仕方も違うことを隼人は知った。

隼人は十月の中旬から働き始めて十二月の二十五日まで働いた。まだ少し仕事は残っていたが、あとは来年の仕事にしようと綺麗に片付けて、今年の仕事はもう終わり、一日の日給を普通の職人の四分の一の日割り計算で百五十円、現在の金額で一日当り六千円ぐらいだろう、その日給（六十五日）分を纏めてもらって、それを、そっくり父に渡した。当時は、休みは月に二日であった。

「のぞみ」が名古屋に停車した。時計を見ると十三時四十二分で、降りる人よりも乗り込んで来る人のほうが多く、席はほとんど埋まり、満席に近かった。名古屋を出て、浜松辺りを通過中に売り子が来たので、缶ビールと名物の「ういろう」を買った。試しに袋を切って少し食べてみたが、甘くてビールの「つまみ」にはならないと思って元に戻して、カバンの中に入れた。ビールを飲んでいると、ハッと、また遠い昔を思い出した。

第二章　弟子入り

安井親方

隼人の最初の親方が、長姉の夫、宇田川勝正である。大正十二年の亥年生まれで職人を四人、通いで使っていた。その勝正の先輩で友人の安井宗慶は、三歳年上で大正九年生まれ。職人三人を通いで使っていた。少し急ぐ時や、大きな仕事の時は、お互いに助っ人を出し合って、合同で仕事をすることが多かった。

この安井親方は変っていて、毎朝集まる場所は現場ではなくて（その頃はみんな自転車）必ず自宅に呼んで、図面や絵を示して、十分ないし十五分ほど詳細に説明した後、使う材料をどの店から取り寄せるかまでも指示して送り出す。

隼人が初めてこの安井親方に会った時に驚いたのは、はるか年齢差があるのに、必ず「大原君」と、呼び捨てにしない。それに用件で使いに出す時や、仕事の指示をしたあとで、必ず「気を付けてやれよ」、と付け加える。今までにこの人だけが、隼人を一人の人間として扱ってくれた人であった。どの年長の職人でも隼人を呼ぶ時は、「オイ、ちょっと来い」とか、「オイ、ここを片付けろ」と命令する。

安井親方は、毎日は現場には来ないが、重要な部分だけの仕事をすると帰っていく。例えば、カウンターやウインドウの木枠などを職人がペーパーで下拵えしたあとを、その色に合ったラッカーを丁寧に塗って仕上げると、半日は触るな、と指示してさっさと帰る。

安井親方は見たところ痩せていて、どう見ても職人タイプではなく学者タイプの人だった。義兄の勝正親方の仕事は普通の住宅が多いが、安井親方は商店街の店舗専門で、外部の看板や外装内装のデザインをして、図面と立体図に水彩の絵の具で着色し、ガラスの額縁に入れてお客や職人に説明するので、ただの平面図だけの説明と違って分かりやすい。

それと、二つの映画館の宣伝ポスターの絵を描いていた。御幸《みゆき》通りの「今春館《こんぱるかん》」と西町にある「吾妻座《あづまざ》」で、当時は二本立てが多く、洋画と日本映画の抱き合わせがほとんどで、普通二週間で入れ替るから、四種類の原画を描いていた。

ある日、安井親方は顔を上げて、「まあ、そこに座れ」と言って、話したことが今でも忘れられない。

「職人には二種類の〈タイプ〉がある。君は体が小さいから、他の職人と同じことをいくら頑張っても追いつけない。見たところ頭は普通以上にありそうだから〈頭を使う〉、つまり創意や工夫をすることだ。例えば、六尺（１・８２０ｍ）の木材を、君は一回では鉋《かんな》で削れない。なぜなら身長と両手の長さが、ほぼ比例するからだ。君は身長が低い、だから少し45㎝ほど残るのだ。結果半歩下がって削ることになる。つまり二回になる。身長のある人は、つま先を伸ばして一気に一回で削れる。だから競争しても勝目はない。だけどこれはあくまで加工であるから、この次の工程が寸法を計って墨を入れ、切り刻んで組み立てる。この工程に工夫をすることにより刻みが正確になり、一回で組み立てられるから、前の加工の遅れを挽回できて、工夫次第では先に進むことができる。君は一般材ではなくて、高級材を施工できる技能を磨け。そうすれば、体力とは関係なく、大工職人の仕事は範囲が広い。君に適した部門を見つけて努力すれば、立派な職人になれる」と。

この安井親方の声が、新幹線の「のぞみ」の車内でビールを飲んでいる隼人の耳に蘇った。若い時に国家資格である「技能士」「建築士」「指導員」などの本を勉強して、いずれも一発で資格がもらえた。職人として世間にも認められたのは、安井親方の言葉が心の隅に残っており、勇気づけられて挑戦できたのだから、今でもありがたいと思っている。

「のぞみ」は、品川を十五時十八分に着いた。あと八分で東京だからか、乗客は下車の用意だろう、荷物をそれぞれ確認している。定刻通り十五時二十六分に東京駅に着いた。それから山手線で上野に出て、十六時八分発の高崎線に乗ると間もなく、さいたま市の駅が見えてきた。十六時四十分着。歩いて十二分で家に帰った。

九州からの土産を近所の知り合いや友達に、隼人の妻の弓枝が挨拶をしながら配る。今度の九州往復の旅は五日間であったが、姉への謝罪以外では、一応目的は達したと思っている。

まだ外は明るかったが、早めに風呂に入り、中瓶のビールを一本飲んで、軽い夕食のあとすぐに自室に入った。ソファに身を沈めると、いろいろな出来事が頭の中を通り過ぎていった。ふと今日の新幹線「のぞみ」での、京都から名古屋までの間に思い出した大松吉二小父さんと年末まで一緒に働いた「大原製菓株式会社」の工場の増築工事のことを述べる。

松が取れて、正月四日に隼人は、大松小父さんの家に行って年始の挨拶をした。なぜ親方と言わず小父さんと呼ぶのかは、正式に弟子入りしたわけではないし、単なる手伝いだったからだ。雑工事がまだ数多く残っているから、小父さんに「どうだ。終わるまで、手伝うか」と問われたので、「ハイ、お願いします」と頭を下げた。仕事は六日から始めるからと言われて、小父さんの家をあとにした。

大原製菓がなぜ工場の増築を大幅に拡大したのかは、当時の隼人は知る由もなかったが、その頃日本全国に有名なカ●ヤのブランドの箱には、「カ●ヤ」とパッケージされた紙箱が大量に倉庫に山積みされていた。仕事の都合で出入りしていたから、通るごとに目にしていたので、たぶん大原製菓も独自の「ブランド」は持ってはいたが、そのかたわら大企業の下請もしていたのではあるまいか。この大原製菓の工事は、後片付けも含めて二月十日に終わった。

明治生まれの小父さんは、明日は紀元節の祝日だから特別に休んで、明後日から近くの「調《しらべ》耳鼻咽喉科」医院の台所の外壁と床の張り替え工事を主に着手すると言って、さっさと自転車で帰っていった。次の日は祝日で休んでいたから、父に明日からの医院の仕事は七日ぐらいで終わると告げた。

翌日には、まず荷物を軒下に全部運び出して薦《こも》で覆って、その上から薄いゴムの古いテントだったのを被せて、雨よけにする。古く腐りかけた床板を全部除去して、大曳《おおびき》*注1と床束《ゆかづか》を新しい角材に取り替えて、これも45cm角の根太《ねだ》*注2を30cm間隔に取り付けて、床下に隠れる部分は全部、刷毛《はけ》で防腐剤を塗る。それがある程度乾くまで、外壁板などの加工をする。

床板は檜《ひのき》の本実《ほんざね》張り*注3で、壁は腰の高さまで杉のあてばめ板張り。外壁は下見板の「ササラ」張りで、押え縁《ぶち》を段斜面に加工して取り付ける。予定通り七日間で終わって、三十八日分の日給をもらって帰る。その中から父が「千円」くれた。現在の金額にして約四万円ぐらいで、次の日隼人は欲しいと思っていた「両刃の九寸鋸《のこ》27cm」と細い溝を掘る道具「作里《さくり》」と、「寸四の鑿《のみ》幅が約4cm」一本を金物店に行って買ってくると、父が戦後すぐの頃、下駄の下請け加工していた時の砥石を出して、鑿を研いで切れ味を試してみる。

二月の中旬になり、隼人は満十七歳になった。

することがないので、ブラブラしていると父が、いつになく真剣な顔で、ちょっと来い、と言って居間に座り、「知り合いに頼んでいたら今日返事が来た」と言ってから2km先の離れた川向うの高瀬地区に、「桜井田造という大正三年（1914）生まれ寅年の大工棟梁が、すでに弟子を十四人職人にして、今四人弟子を育てている。毎年一人か二人は入ってくるから、お前も、もう一度辛抱してみるか。もう大体の下話はしてきたが、体の小さいのも話はしている。二年近くの経験があれば、このあとの弟子期間が二年半で、お礼奉公が半年で満二十歳の誕生日に弟子上がりと、その知人を通して決めてきた」と父は言った。

*注1　大曳…主に9cm角材で床板と根太を支える横架材
*注2　根太…45m／m角材を大曳の上に約30cm間隔に並べて組込む
*注3　本実張り…板の耳側に凸部加工して釘で止めて、凹部加工の反対側を当て側面どうしをはぎ合わせる工法（P330参照）

そのあとで、「お前の決心次第だが、今までに病気で辞めた人はいるが、みんな弟子上がりした者も十四人の内で、十人は今でも親方の所で、その後も続けて働いている悪い所ではないように思う」と父は言ったあとで、「職人になるとすぐにさっさと出ていくが、現に十人は残っているのだから思いきってやってみるか」と暗に弟子入りを勧める父の口ぶりに、隼人も一晩考えると言って、この場を去って考えたが、二度と失敗は許されないから、どうしても慎重になってしまう。

だけど福岡や北九州ならともかく、この日田では工場や産業が限られているし、製材所と木工所は周りが山に囲まれているので、木材だけは多く産出するが、町全体を潤すほどではない。今までに日田と飯塚以外の土地に、ほとんど行ったことがない隼人にとって、自分に適した職業とは何だろう、一人だけで出来る仕事とは、いくら考えてもヒントすら浮ばない。あれや、これや、と考えているうちに、そのまま眠ってしまった。翌朝良い案が浮ばないままに、朝になったので、結局父に全て任せるしか方法がなかったから、もう一度やってみると返事をした。

再出発

二月もあと残り数日となった「大安」の日に、父と共に古い柳行李《ごうり》の中に日用品と下着を入れて、自転車で午後三時頃から桜井家に行く。十五分ほどで着くと、奥様らしい人が迎えに出ていた。その人に持参の酒を手渡して、隼人を振り返って自転車から荷物を降ろして、座敷に上がってこいと言う。奥様に案内されて、父は座敷に上がっていった。隼人は玄関先の式台の上に荷物を置いてから、奥の十畳の座敷に入った。床の間と仏壇が正面いっぱいに広がり、中央には欅《けやき》の厚い一枚板の食卓が置いてあり、簡単な酒肴が並べられている。

正面に親方である桜井田造さんが座って、父が右側に、隼人が向かい合う形で座る。父と桜井さんは、雑談から始まって、奥様のお酌で早くも酒を飲み始めた。見たところ桜井さんは、大正の初め頃の生まれらしく三十七～八歳ぐらいだと思われる。細面で男にしては色白であり、中肉中背で下あごに小さなほくろがある。父は五十四歳なので、父よりも十六～七年ほど若いことになる。

ほどなく本題に入り、弟子の期間が二年半で、お礼奉公が半年とのことであった。隼人が満十七歳になったばかりなので、二十歳の誕生日が弟子上がりになる。

大工道具、作業着、靴、自転車などは親方からの貸与。その他の下着と日用品は自身の負担、小遣い銭は月に職人の一日分の給料、食費・住居費その他の費用は桜井親方の負担。そして最後に弟子上がりの時は、親方がその後に使用中の道具一揃いと背広一着を新調するとの決まりであった。

弟子になり、弟子上がりになるまでの細かいことを書いた書面を二通作成し、父と親方とがお互い確認したあとで、師弟の杯《さかずき》をすることになり、隼人は未成年ではあったが、形式的に杯一杯だけお酒を飲んだ。

「現在は身内の職人十名弟子四名、地元採用職人十五名を、三カ所の現場に分散している。西国東《くにさき》郡真玉村と大分市内と宇佐郡長州町に配置しているが、第一責任者は必ず私の弟子にしている。身内の職人を宛行《あてがい》会社や監督との交渉や、現場経費などの出納にあたらせ、工事だけの責任者は、技術があれば地元採用の職人でも任せることもあります」と桜井親方は父に言ったあと、建物は建てる場所や用途が違えば、それに合せて施工しなければならず、例えば病棟と学校では、外部を見ただけでは大差がないようでも、内装工事は正反対に近い仕様になることが多い」と言い添え、父も時々頷《うなず》いて話を聞いている。

「若い時から近年まで、木造建築だけの経験しかなかったのですが、大企業での工事をするようになったので、近年では少しずつではあるが、鉄筋コンクリート*注1造りの建物を頼まれるようになり、施工するには、どうしても専門知識を持っている職人を、現在二名ほど働いてもらっている。私自身もその職人から型枠*注2工事全般をイロハから教わって、会社の監督からも教えてもらったから、少しは理解しましたが、まだまだ勉強しなければならないのですよ。そうしないと一歩でも手順を誤れば大損をしますから」

と大笑いしたあと、父も、よろしくお願いしますと頭を下げて自転車で帰っていった。こうして隼人は、その日から弟子入りが決まった。

残った隼人は奥様の淑江《としえ》（大正四年卯年生まれ）さんが、「夕食の用意を娘の好枝にさせたから食べて」と言って居間に案内した。夕食後、隼人より一歳年上の娘良枝さんの案内で、土間にある通路の上にある中二階の十畳の部屋に上がり、「他の弟子たちは、今はそれぞれ地方の現場に出張しているから空だが、あとで押入れから自分で夜具を出すように」と説明して下

＊注１　コンクリート…セメント・砂・砂利に水を加えて練り混ぜ、化学作用により硬化する。色々な形が自由に作れるのがコンクリートの特長である

＊注２　型枠…建物やその他の建造物のコンクリートを打ち込むときに、その建造物の形に応じて木材や鉄板等で自由に形を形成する箱状のもので、凝結・硬化の後には解体する仮の箱

りていった。

しばらくして、親方が二階に上がってくると、手に紙を片手に持って地図が書いてある紙を広げて、「明日は日田駅前からバスで守実に出て軽便鉄道で中津まで行き、別府方面行きに乗り替えて、日豊線豊前長洲《ぶぜんながす》で降りる。そこに三番弟子だった前川伸夫君に会社の車で迎えに来るように手配している。中津駅の公衆電話から、何時何分には乗ると電話をすれば、着く時間が分かるから迎えに来る。明朝六時半には起きて、朝食後、七時には家を出ろ」と言って、封筒に旅費の入ったお金を隼人に渡してくれた。「夜具は用意している。日用品と下着だけでよい。道具も準備させたから、兄弟子の指示通りに働けばいい。今夜はもう寝ろ」と言って階下《した》に降りていった。

翌朝早めに起きると親方に挨拶をして、いったん自宅に帰り、小型の柳行李に取り替えてから、父に「宇佐の近くの長洲の現場に行くことが決まり、これから三本松のバス停留所まで歩いて行くから」と言って、家を出た。五分弱で着くと七時四十分発と、時刻表に出ていた。

日田駅前発守実行きのバスが来た。始発でもう満員に近い客で、バス・ガールが切符に鋏で穴を開けて隼人に渡した、このバスは、前部がボンネット型になっており、後方には二本の円柱型のタンクがあり、木炭を燃やして、蒸気でエンジンが動いている。そのためか、たえず灰色の煙を出し「ガタゴト」と振動しながら走っている。

八時二十分に、バスは守実に着いた。歩いて軽便鉄道の駅に行き、隼人は中津行きに乗った（現在はこの鉄道は廃止になっている）。小型の蒸気機関車で、山と川をくねくねと縫うように曲がりながら、黒い煙を吐きガッタン、ゴットンと軋み、椅子は木製なので、時々立ち上がって屈伸運動をしないと尻が痺れてくる。しばらく右側の窓を眺めていると、川を隔て、巨岩奇岩が空高く延びて崖には緑が張り付いて、清流に影を落している。この前方に菊池寛の小説である『恩讐《おんしゅう》の彼方《かなた》に』で世に知られた「青の洞門《どうもん》」が見えてきて、ぽっかりと穴が口を開けている。この渓流は山国川で、この一帯を「耶馬渓《やばけい》」と呼んでいる。

長洲現場と心得

中津駅に十時四十分に着いた。降りて時刻表を見ると、十一時十分発大分行きと出ている。あと三十分近く時間があるので、いったん駅前に出た。中津は奥平氏十万石の城下町として栄えただけあって、古い町並みが所どころ残っている。福沢諭吉旧居へと案内板があり、東へ歩いてすぐなので行ってみようと思ったが、時間的に無理なので、諦めて近くを散歩する。

中津駅を十一時十分の定刻に発車した。目的の豊前長洲駅には十一時三十五分に着いた。中津駅で事前に電話していたので、現場監督の前川さんが会社の監督助手の運転で小型トラックで迎えに来ていた。五分もかからないで現場に着いた。すぐ目の前が海で、左側に駅館川《やっかん》の河口が大きく広がっている。前川さんが、監督助手の佐川さんに車を借りたお礼を言っていた。隼人の所に来て、荷物を仮設宿舎に置いてから、飯場に案内した。ちょうど昼になり、職人さんが飯場に集まってきた。前川さんは食事前に職人一同に向って、「今度、大原隼人君が新しく入ったので、よろしく頼む」と、隼人とともに軽く頭を下げて、一人一人に名前を紹介しながら、「皆さんが知っていることを全部この若者にできるだけ施工能力向上のために教えてください」と言って、職人に笑いかけながら話を終えた。

「昼食後一時になったら俺の所に来い」と言って前川さんは去っていった。隼人は時計を持っていないから、現場事務所の柱時計を見に行って五分前なのを確認して前川さんの所に行くと、紙に書いている一覧表を広げて説明しだした。

そこには「浅岡建設工事現場心得」と大きな活字で印刷されており、①現場内の紛争禁止。②不満や要望は事務所を通じて行う。③焚き火はバケツに水を用意して必ず二人以上でする事。特に火気のある間は、その場を絶対に離れてはならない。④外出は成人午後十二時まで、未成年者は午後九時まで。ただし、成人による公事での外出した場合に限り、時刻の変更を認める。⑤他業種および下職への嫌がらせをしてはならない。⑥靴とヘルメットは必ず着用。⑦指定場所以外の「たばこ」厳禁。⑧電動ドリル機の雨の中で使用禁止。⑨裸では作業をしてはならない。⑩作業中の会話禁止。ただし、掛け声および仕事の確認会話は認める。⑪目上の人に対して、朝は必ず挨拶をする事。⑫現場監督との施工の詳細なども指示に従う事。⑬その他の現場内での規律の厳守。例えば、夜間での宿舎等への女性の出入り禁止。⑭資材の無断持出し禁止。⑮発生したゴミおよび切り屑などは、その日に整理する。⑯足場上での資材の落下防止。⑰安全上体調悪化は事前に申し出る事。以上。

前川さんは、「この紙を何日か君に預けるから、繰り返し読んで覚えろ」と言ったあとで、

「君はもう二年近くの経験があるのだから、常識で知っているだろうけど、大手の会社だから規則は厳しいから、必ず守るように」と言って、午後からの仕事は、来年弟子上がりの予定である兄弟子の木村司郎さんと組んで、しばらく一緒に働けと言って道具等を倉庫から出して、隼人に伝えた。

弟子入りした翌日の二月二十八日の午後からが、浅岡建設の下請けの桜井建設有限会社での最初の仕事である。敷地は海岸から、300m余り奥に入った場所で、ゆるやかな斜面を造成した。見たところ四百三十坪（1421㎡）くらいで、その真ん中に幅4mの私道を新しく作って、その道路上の一番奥に仮設の現場事務所が、プレハブで建っている。プレハブは、当時としてはまだ珍しく、組立式になっており、外側が鉄板を張っただけで、内側は松の合板張り*注1である。二間真角の二階建てで、外階段が鉄骨で縞鋼板《しまこう》の踏み板と、パイプの手摺りがあり、二階が設計室と物置、一階に机が二脚置いてあり、事務室になっている。

青写真

隼人には全部初めて見るものばかりであった。今まで図面とは、木の板に竹の筆である墨指《すみさし》で描いたのがほとんどなので、たまに安井親方の描いたラセンのガラスペンの絵図面を見ただけだった。この事務所の二階で設計しているのは、幅590m／m、縦420m／mのトレーシング・ペーパーで、丁《てい》定規と三角定規、それに雲形定規を使って設計している。

＊注１　合板（ベニヤ板）…木材を薄くスライスした材を縦と横に交差してメラミン樹脂接着剤で貼り合せて圧縮した建材
＊注２　垂木…棟木から母屋～桁に斜めにかけ渡している小角材で、屋根全体の下地を支える部材
＊注３　破風板…切妻屋根の端の木口を隠す板で装飾も兼ねる
＊注４　鼻隠し…軒先の垂木の木口を隠して、水平に取り付ける横架板材

半円筒形の紙筒の中から感光紙をガラス枠の中に、トレーシング・ペーパーを上から重ねて、日光に二時間ぐらい晒すと、太陽光線によって周りが青く線や文字が白く浮き出して見える。これが当時の「青写真」と言った図面である。現在ではコピー機があるから、早くきれいに素人でも簡単にできるが、当時は、隼人は好奇心から二階の設計室に上がって見物していた。

私道の右側が「長洲水産物事務所」、左側に「長洲商工会事務所」と、大通りから敷地内私道の両側に、別々に畳ぐらいの大きさで板に各種類の施工許可証が貼り付けてある。左側の商工会事務所は、すでに棟上げが終わっていて、まだ骨組みだけであるが、大工が五人で屋根垂木*注2が終わって、破風《はふ》*注3や鼻隠し*注4を取り付けている。隣の水産事務所のほうは、鳶《とび》職が足場、土工、人夫などが八名でスコップやツルハシで基礎工事の根切り作業中である。

隼人は、兄弟子の木村さんと、桜井親方の十二番弟子であった、もう職人である神野光彦さんと三人で、地中梁*注5、基礎柱型の「ハンチ*注6」部分などを、15m／m厚の杉板で加工し始めた。主《メイン》な部分に使用する型枠は、幅が２８０６m／m、長さ１８１８m／m、厚さが60m／mと、長さがその半分の寸法が既成品として、大量に木工工場で生産されているから、その寸法以外を補助材として図面を見ながら、神野さんの一個作った、その補助型枠を見本に、同じ寸法で左右対称に裏桟《ざん》の垂木に木村さんと共同で作業をする。

一種類だけでも二十個だから、左右対称ではその倍数になる。合計すると数百個単位になる。現在と違って電動丸鋸、電動押切機がまだない時代であったから、その全てが、手で作っていた。あるのは重くて、太鼓腹のような、ずんぐりとした形であるドリルだけではあったが、こ

＊注５　地中梁…空中梁と同じように、基礎強化及び地盤強化を目的として、大小の地中梁を設置する
＊注６　ハンチ…柱型とベース又は梁・桁梁のつけ根部分の力のかかる部分に、三角形で補強目的の部分のこと

れが実は大変な働きものであった。

先輩が、少なくとも今までの十倍ぐらいの速さで、錐《きり》先で穴を開けるのを隼人はこの現場で初めて見た。飯塚や日田での仕事を二年近くの経験は、いずれも町家仕事であり、あの最先端の方法で工事をしていたはずの安井親方でさえも、きれいに早く穴を開けられる、この工具はまだ持っていなかった。

野丁場

後日に兄弟子である木村さんが、

「隼人君、ここの現場は、個人のお客ではなくて法人であるから、現地に仮設の宿舎や作業小屋を建てて飯場も造り、協力して集中工事をすることを、町家仕事に対して、『野丁場《のちょうば》』*注1と区別している」と教えてくれた。隼人は初めて聞く言葉だった。「現場に居住するから通勤時間も必要なく、その分仕事に集中できるから工事の効率が良くなるだろう」と言ってから、湯飲みでお茶を飲んだあとで、さらに木村さんは新入りの隼人にいろいろなことを教えてくれた。

「まずこの敷地は、私道は別にしてどちらも二百坪（661㎡）ずつで、合せて四百坪（1322㎡）になり、私道が三十坪（約99㎡）になる。建物は君もあとで図面を見て知るだろうが、一通り説明すると、商工のほうは建坪が五十坪（165・2㎡）であり、延べ面積が百坪（330・4㎡）の総二階建てになる」

＊注1　野丁場…現場の敷地内またはその周辺に、宿舎と作業詰め所等を設けて、通勤時間を減じて、その作業だけに集中する現場の状態

要約すると、次のようになる。

なぜ、こういう構造に決定したのかは、これが有効面積に対して建築単価が一番安上がりでもあり、凹凸の多い建物は、同じ面積でも外壁と内壁の表面積が大幅に増加するし、屋根も谷などが多いと、雨仕舞にコストが余分に増えるのである。

終戦後七年が過ぎていたから、三～四年前から比較すると、食糧では闇米の取締まりが緩くなっていたので、少しは楽にはなった。しかし、まだ朝鮮半島では一昨年の六月二十五日に戦争が勃発したから、工場が思ったよりもまだ完全に復活していないので、建築資材が木材は別としても、大幅に不足している。少しでも安く建物を建設するには、このような構造にならざるを得ない。

だから隣に建てる水産会社の事務所も、坪数の違いはあるものの、外観だけではあるが、同じような形の似たような建物になる。水産会社の事務所は一階の四十坪（約132㎡）が土間コンクリートで、残りの二十坪（約66㎡）が受付兼応接室・便所・宿直室・廊下・浴室であり、二階では、出入口近くの約半分が事務室になり、残り半分が地方からの若者用の共同宿舎の別棟に二十坪（約60・6㎡）の倉庫と屋根だけの渡り廊下で繋ぐ構造になっている。長四角の建物なので、仕事は楽だな、と。これは、木村さんが大工の幹部同士の話を偶然に聞いて隼人に教えてくれた。

資格

事務所のことを少し述べると、監督の宮沢さんは今年二十四歳で、小学校六年生から実業学校の建築科を四年で卒業して「浅岡建設」の見習い監督になった。そこで働きながら勉強して二十一歳の時に「建築士」の資格を取得、のちに正式の監督になってから、すでに三年になる。

助手の佐川さんは、宮沢さんとほぼ同じような学校を出て今年で二十一歳だが、五科目の中で三科目は合格したから、残りの二科目を現在夜遅くまで猛勉強中だと、宮沢さんが木村さんに話したらしい。その木村先輩からのまた聞きで、隼人は今までにそうした資格のあることを知った。目から「うろこ」が落ちた気持ちになった。学校の建築科を出ていなくても実務の経験が七年以上あれば、誰でも受験する資格が与えられ、勉強次第では時間がかかるかもしれない。この時いつかは資格が手に入ることが分かり、本やテキストを多く読んで資格を取れば、世間からも一人前だと認めてもらえると、隼人は思った。

飯塚では先輩職人から、昼休みに本や新聞を読んでいると、お前はいつからそんなに偉くなったのか、そんな暇があったら道具の手入れをしろ、研ぎ水桶の水を取り替えろ、煙草を買ってこいとか、次々に用事を言いつけられて、休ませてもらえなかった。しかし、この長洲の現場に来て、早や数日が過ぎたが、誰一人昼休みに雑用を命じたりしない。

数日後、水産の根切りが終わり、鉄筋工が組終わった順に、神野さん、木村さん、隼人の三人と、作業員三名の計六名で型枠パネルの建て込みを始めた。ベース基礎の上に地墨を合せて

＊注１　セパレーター…コンクリート用型枠の相互間隔を保持する材料で、当時は細い14m／m角材をコンクリートの厚みに応じて枠の間に挟み込んでいた。昭和30年代には軟鉄の板を山折りにして各寸法に応じて数多くの既製品が作られた。昭和40年代に入ると直径６ｍ／ｍの丸鋼に両先端にネジ付きのワッシャーや、持出し金具が取り付けられて、鋼管のバタ角材の脱着ができ、かつ化粧コンクリート用のプラスチックの止具の脱着が可能

組み立てる。柱型から地中梁の底板、側板を組むと、セパレーター*注1を取り付けて、反対側の側板を組み込み、上端に繋ぎを取り付け、梁側面には横バタ角、柱型には縦バタ角を取り付けて、なました番線と鎖（チェーン）などを使って緊結する。この作業の繰り返しで、六名で三日間で終わると、翌日から大工だけは、木材の刻み加工の作業に入った。

土木作業員と他の作業員がミキサー*注2を回してコンクリートを、鳶職工員が作った仮設の丸太と足場板で歩道を設置した上を一輪車で運んでは流し込み始めた。隼人は作業小屋の中で電気ドリルを使って、ボルト穴13ｍ／ｍを開けて今度は錐《きり》先を30ｍ／ｍに取り替えて、枘《ほぞ》穴の荒掘りをしたあとで、仕上げに鑿《のみ》で直角に彫り始める。兄弟子や職人は、仕口である蟻継《ありつぎ》ぎ*注3や鎌継*注4ぎを刻んでいる。墨付けは前川さん、他の雇い職人と二人で図面や図板を覗いては、匠に差金《さしがね》や墨壺《すみつぼ》を使って墨指で寸法を描いている。三月の上旬だから、もう日差しは、一時間近くは延びてはいるが、夕方の六時を過ぎると辺りは少しずつ薄暗くなる。

前川さんの号令で全員が道具を片付けて、仮設の水場で体と手足を洗って飯場に集まった。通いの人たちは、みんな自宅に帰るから現地採用の飯場には来ない。一昨日までは出張してきた鉄筋工員がいたが、工事が終わったので、今はもういない。大工と土木作業員と他の作業員とで合せて今日は十八名だが、その日によっては、員数が変更するから、正面の黒板に氏名を書くことにしている。飯場には中年の女の人を飯焚きに雇う例外もある。少人数の現場では、弟子たちが交替で炊事をすることもある。

当時での飯場および宿舎などは、現在のように工場で大量生産されるプレハブの簡単な組立

＊注２　ミキサー…混合機のことで、砂・砂利・セメント・水を攪拌して生のコンクリートを練合せる機械のこと
＊注３　蟻継ぎ…魚の尾ひれの形に先を広く、男木は凸部加工・女木は凹部に加工して継手を作製する
＊注４　鎌継ぎ…台形にして見た目の型は少し異なるが、蟻継ぎと原理的にはまったく同じ（P330参照）

式の仮設住宅が普及しない時代だから、地面に穴を掘って、丸太で柱、梁などを組み合せる。使用済みになった古い型枠用のパネルを、穴が開いたり、桟が壊れている材料を修理しながら、壁や間仕切りに使用して、屋根はパネルを敷きつめる。その上に便利瓦《がわら》と当時は言っていた、現在でのアスファルトルーフィング*注1を転がしながら張り、細長い木片か、丸い錻力《ぶりき》*注2の傘釘で止めていた。現場によっては、現地に大量に産出する杉皮を交互に二重張りで、継ぎ目をずらして屋根を葺く場合もあった。

いずれにしても冬は寒いし、逆に夏は暑い。サッシ窓のない時代だから、冬は隙間風を防ぐために、新聞紙を目張りした。夏はパネルの数カ所の最上部を蝶番で止めて、下部を外に突き出して支え棒で突っ張って、風が入るように庇《ひさし》の形にする。現在のクーラーなど夢のまた夢であったし、もちろん扇風機も庶民には縁のない時代で、もっぱら団扇《うちわ》で暑さを凌いでいた。

その日、三月十二日は曇り空だったが、最初の型枠を解体しブラシで掃除して、表面に養生油を塗る。三月十四日、コンクリート面に地墨を出して、アンカー、ボルトの穴を13m／mのドリルで開けて土台*注3を敷く。土台には刷毛《はけ》で防腐剤を塗る。三月十五日は水産会社の棟上げをする。

一階は土間の部分が四十坪（132・2㎡）面積で、二階梁は、ご平角材を成《せい》に使って、短角材を中に挟んで、二枚の梁を一本にボルトで繋ぐ方法で大広間の二階梁に多く用いる。一階には、その部分を展示会場にする予定なので、内部には柱を一本も立てたくない。広い空間を保ちたいために、スパンが6・363mの長大であるため、この方式を設計した。

＊注1　ルーフィング…フェルトにアスファルト類を浸透して、更に両面にも塗布をした防水紙で、主に屋根や壁等の下地材に使用する
＊注2　錻力…低炭素薄鋼板にスズをメッキした鋼板
＊注3　土台…基礎コンクリートの上に敷く横架材で柱や建物全体を支える

屋根はその当時、西洋小屋組と言われていた組立方法で、日本では「合掌組み」と言われていた。原理は、和小屋組*注4の太くて長い丸太梁を使用するのに対して、比較的細い材料を三角ベース形に組み立てる方法で、いわゆる「トラス組み」構造である。その時に使用する主要部材の中心にボルト穴の開いた金物で「ジベル」*注5という部品を挟んでボルトで締めつけると、強度が格段に向上する金物で、現在では運動靴の底にあるスパイクの刃に似ている。

組み上がった小屋組は長くて重いから、人力だけでは二階の上までは上がらない。現在では起重機《クレーン》で簡単に上がるが、当時では、そんな車はなかったから「かぐらさん」*注6といって、四寸角材120m/mで、闊葉樹《かつようじゅ》でも強度のある材料を使い、縦・横・高さ各1mの正四角形に組み立て、その中心になる丸太材の直径が25㎝ほどの材料を、上下共固定して、なお且つ自由に回転するように製作する。

下部にはワイヤーを巻き取るために、ゆるやかな凹みを付けて、上部は直径が7~8㎝の丸太が通る穴を段違いに十字形に開け、これを水平に地上に据え付ける。荷重が加わる方向の面に、複数の丸太杭を打ち込んで固定する。これを四人から八人で「ぐるぐる」回してワイヤーを巻き取る。

一方、末口《すえくち》12㎝、長さ5・5mの「ぼうず柱」*注7(次頁)を二階の梁間の中心に一直線に平角材を仮設で並べて、その上を梁間ごとに「ぼうず柱」が移動できるようにする。その両側には人が移動できるよう足場板を設置する。その三角形の小屋組は、必ず納める方向の正反対に組み立てる。これを怠ると工事が止まる（ストップ）。「ぼうず柱」の頭には、四方向に「トラ綱」*注8(次頁)とW《ダブル》滑車

＊注４　和小屋組…西洋小屋組の細い材料で三角形に組むのに対して、長く太い丸太梁等を縦横に複雑に重ねて組立てる工法
＊注５　ジベル…直径６cmぐらいで６枚ほどの刃が両方の木材の間に挟んで接合する金物で、中心にボルトを通す穴がある。ちなみに見た目はスパイクの底に似ている（P330参照）
＊注６　かぐらさん…重量物を吊り上げる、ワイヤーを巻き取る器具（P330参照）

を取り付け、要所要所にもW滑車を取り付けて、最終には、ワイヤーは「かぐらさん」が巻き取ることになる。

三月十五日と、十六日の二日間かけて棟上げが終わった。普通は、月に十五日と月末の二日間が休日だが、今月に限り棟上げの日と重なったので、十七日が全職人の休日になった。その日の朝食後、職人さんたちが去った後、兄弟子の木村さんが、「お前、宇佐神宮に行ったことがあるのか」と聞いたので、「ない」と短く答えると、「俺も、まだ行っていないので、一緒に行かないか」と言われ、それもいいかと思った。

宇佐神宮のことは、中学生の頃にも大人から、朱塗りの社殿が美しいと聞いたことを思い出して、よろしくお願いしますと頭を下げた。木村さんは、それじゃ八時半頃の、長洲駅に乗ろうと言って、二人歩いて飯場を出た。

宇佐神宮

宿舎で着替えをすると、二人でゆっくりと駅に向かった。人は多くて混雑していたが、その当時は、車はバスかトラックだけであり、たまに通る自動車は、この町でも三~四台あるタクシーだけである。小倉発の宮崎行きに乗り、一駅で宇佐駅に着き、「参宮鉄道」に乗り換えて五分ほどで宇佐参宮駅に着いた（現在は廃線となった。代わりに宇佐駅からバスで折り返し運転をしている）。

（65ページ）
＊注７　ぼうず柱…頭に四方向にトラ綱を張り、重量物を吊る長天の柱（P330参照）
＊注８　トラ綱…長い柱が倒れないように四方向に張る綱のことで、黄黒のロープが虎の毛の色に似ているから

九時頃の早い時間ではあったが、参拝客は多く、かなり混雑していた。広い境内へ通じる参道をブラブラと歩いていると、間もなく朱塗りの美しい大鳥居が見えてきた。ここの地名は、小倉山《おぐら》といい、しばらく歩くと高い櫓《やぐら》が両手を拡げた形に見える。勅使門《ちょくし》が、真正面に見え、そこを通り抜けると、大小さまざまな八幡造の白壁、朱塗柱が辺りの緑に調和している。三月の中旬であるから寒くはないが、周りは大木に覆われて、ひんやりとした空気である。

その奥に進むと「宇佐神宮若宮神社」に着いた。全国にある大小四万余りの八幡宮の一つである。総本山として知られ、祭神は、誉田別尊《ほむたわけのみこと》、応神天皇比売《ひめ》神、大帯姫命《おおたらしひめのみこと》、神功《じんぐう》皇后の三柱。小倉山に鎮座したのは、八世紀から九世紀にかけてであり、44万㎡の広大な境内には、天然記念物である「イチイ樫《がし》」の巨木が濃い緑の葉が鮮やかな色で目に映る。社殿の屋根は檜《ひ》皮葺《わだぶき》、白壁、朱漆塗りの「八幡造」は古来の様式で、国宝に指定された威風堂々とした美しい下宮の佇まいには圧倒される。

中央に高く二層のどっしりとしている櫓《やぐら》の高楼《ろう》の左右に長く延びた「勅使門」が、白い砕石《さいせき》の境内にこげ茶色に光って見える。檜皮葺屋根と朱塗りを透して見える白壁が、自然に調和して美しい。帰りに豊かにたたえる「菱型の池」に、朱の建物が水面に映ってゆらゆらと揺れて見える。

木村さんと二時間余りこの広い44万㎡の境内をほぼ見終わって、参宮駅に着くと、発車までには少し時間があったので、ベンチで一休みして、宇佐駅に十一時半頃に着いた。

宇佐駅前通りを、木村さんとブラブラ歩いて、少し外れて裏通りに入り、小さな食堂に入った。まだ正午前だったから、客は数人ほどしかいない。二十数種類のメニューがあったが、うどん（二十円）、卵丼（二十五円）に自然と目がいって、木村さんが先に卵丼と言ったので、五円安いうどんでもと思っていた隼人も、思いきって私も卵丼にすると注文した。十五分ほどで注文の品が、テーブルの上に置かれた。

食べ始めて気がついたのだが、麦が入っていない。全部白米である。しかしよく見ると、半分ぐらいは米の形が長い。つまり外国産の米のようだと思ったが、日本は米を輸入していると は、新聞でもラジオでも、隼人は聞いたことがなかった。たぶん外国人が、余りを横流ししたのが、この食堂にあるのだろう。しかし、味は良い。プロの職人が作ったのか、飯場での麦飯よりも一段と美味しい。

食べ終わり食堂を出ると、午後一時少し前である。木村さんが歩きながら「映画でも見るか」と呟いたから「ハイ」と頷いた。一流館は封切り専門で、当時五十五円する。二流館になると、「再映映画《リバイバル》」になり安く四十円である。贅沢は許されない二人は、結局二流館の二本立て（四十円）に入った。上映していたのは、市川右太衛門主演の「旗本退屈男」の共演は花柳小菊、それともう一本は、七つの顔の男で評判の片岡千恵蔵主演の「多羅尾伴内《たらおばんない》」シリーズだった。

その頃は、テレビのない時代で、ニュースは新聞かラジオでしか知る機会がない。ニュース映画が最初に始まり一本が七～八分、次に予告編が三分間ぐらい。たまにニュース映画は二本の時もある。八分間休憩して劇映画を一本上映して、さらに八分間休憩して二本目の劇映画が終わり、また八分間休憩してニュース、とこの繰り返しで、夜の十時頃までに一日の上映の全てが終わる。これがその頃の映画館のパターンであった。

小遣い銭と教え

長洲駅に午後五時頃に戻った。神宮参拝と映画見物、それに往復の運賃で九十円ほど使ったが、この日一日楽しかった。また明日から働いて、早く仕事を覚えよう、と思った。宿舎に帰ると、桜井親方が前川先輩と何やら話し合っている。隼人が長洲に来てから二度目の再会である。親方の前に行って挨拶をすると、「怪我をしないよう気をつけろ」と言ったあとで、「真玉の現場から昼頃に着いたが、これからすぐに大分の現場に行くが、前川君の指示通りに働け」と言ったのちに三月分の小遣い銭をくれた。

そしてすぐに、「どうだ、楽しいか」と言って、隼人の顔を見た。隼人はてっきり今日の宇佐八幡宮への参拝のことと思ったので、「ハイ。今日は一日中あの広い境内を歩いて見て回り楽しみました」と答えた。

「時には息抜きも良い。だがな、今楽しいかと聞いたのは、仕事のことで、今している仕事は楽しくて好きだと思わなくては上達しない。弟子になるということは、まだお前が一人前の仕事ができないからだ。失敗を学びに来たのだから、失敗しても当り前だが、しかし二度と同じような失敗は許されない。どこで、どうして失敗したかを、必ず学べ。そして次の一段上に進むのだ。この繰り返しだ。だから職人や、兄弟子から注意や小言があっても、気にするな。それは、お前を非難しているのではなく、仕事の方法や結果を非難するのだから、先輩の仕事を手本に失敗しないように、学べば良い。今のところ、半月ばかりのお前の仕事振りを前川君から聞いたが、一度も失敗がないと聞いているが、失敗は恥ではない。要は失敗しても、それを教訓にして一歩前に進むことだ」

そのあと桜井親方はみんなと一人ずつ会話をして、去って行った。その後ろ姿に、肉体とは別の苦労も隼人は感じた。

図面帳

その夜、前川さんに断って図面帳を見た。全部で三十六枚ある。右端にも六カ所穴を開けて紐で綴じてある表紙に「長洲水産物組合事務所工事設計図」と毛筆で大きく書いてあり、もう一冊も枚数は少なく二十八枚ある。長洲水産物組合事務所は表紙がブルーに対して、「長洲商工会事務所」はクリーム色で、字が違うだけで見た目は同じようだが、倉庫がない分枚数が少ないのであろう。

まず「長洲水産物組合事務所」の平面図を開いた。一階は展示室になる予定なので、ただの土間だけで、あとの残りの中央が受付兼応接室、北の端に廊下を通じて宿直室。その手前が便所と浴室になっており、西側の端が廊下と直角に階段に通じている。南側の窓が大きく、出窓になってお知らせなどの広告を貼れるように、背面に可動式の壁になっている。階段を上がると、廊下が奥の簡易共同宿舎まで通じて、中央左に会議室、その手前全部が事務室になっている。

隼人は、昨日と一昨日の二日間で建てられた現物を思い浮べて、プロが書いた「青写真」の図面を見ていた。当時は図面を太陽に向けて、「ガラス枠」を傾斜させて日光に晒して感光紙に焼き付けて作製していたからこの名がある。

今までの図面といえば、表面を鉋《かんな》でなめらかに削った板に墨指で描いた。隼人は平面図と小屋図だけしか見たことがなかったので、この二つだけの他にも敷地の配置図、基礎図、設備図、電気配線図、軸組図、四方向の立面図、内装図、矩計図《かなばかり》＊注1、展開図などの最後には仕様書の項目があって、詳細にわたり材料や材質、使用する金具や塗料も明記してある。隼人は初めてこの分厚い図面帳を一通り読んで、建築に対して少しだけ、理解したような気持ちになった。

次の日から三日間、木村さんと去年弟子入りした神田良太君と組んだ。神田君は、先に入門したから形の上では兄弟子だが、一学年下で、まだ経験が一年足らずなので隼人よりも弟子上がりが一年遅い。

木村さんをリーダーに、三人で協力しながら、一階と二階の外壁と間仕切り壁の窓台や間柱、それに筋違《すじかい》＊注2を取り付けながら、板金や「カスガイ」角材部分には、13m／mのボルトなどで緊結《きんけつ》しながら本締めでスパナを使用する。隼人たちの軸組の金物取り付けや、外部回りの部材の取り付けがほぼ終わった。職人さんたちの屋根工事もほぼ終わった。

＊注1　矩計図…垂直断面図のこと
＊注2　筋違…土台・柱・桁・梁等の内法四角形に対角線に取り付ける斜材で、地震や台風等の変形を防ぐための重要な部材

次の日は、朝から総出で二組に分かれて、男は屋根の上と梯子に分散し、ほかの男女の作業員は、梯子の側まで瓦を運ぶ。屋根の中央付近を一カ所だけ穴を開けておいた場所から、いったん二階まで揚げておいた瓦を屋根の上まで順次、手渡しで次々と運び上げる。屋根坪で八十坪（約265㎡）を全部上げ終わったら、屋根上に均等に仮置して、全ての瓦揚げが終わった頃には、もう薄暗くなりかけていた。

現在のように瓦揚機*注1がない時代だったので、このように全職人が協力して、手作業で瓦を揚げていたのである。なぜ屋根を優先するのかといえば、屋根が早く完成すれば、台風でもない限り、雨が降っても各々の職人が、休まないで仕事が継続できるからである。これはどの会社でも同じであった。

翌日から職人さんたちは、作業小屋で、敷居と鴨居の加工を始めた。まだ電気溝掘り機のない時代だったから、「元一《もといち》」と呼んでいた定規付きの刃幅が21m／mの小形鉋で鉋屑《かんなくず》の厚みだけを、何十回も挽く。敷居では、深さ4m／m鴨居が深さ15m／mまで掘り下げてから、底取り鉋と脇取鉋で溝を仕上げる。固い節は最初、ノミで除去をする。大工が現場にいない間に、土木作業員が地均《なら》しをしたり、排水のために土管などを、水糸を張って勾配を調節しながら埋めている。他の人たちは、束《つか》石を等間隔にコンクリートを流しながら、水平に埋め込んでいる。

隼人たちは、前川さんの指示で隣の商工の建物の、内部壁の工事に振り向けられた。

床上から1mの高さまでは縦羽目板*注2張りなので、横胴縁《ぶち》を取り付けて、その上からは天井まで木摺《ず》り壁*注3なので、7～8m／m厚の幅が3㎝の素性の良い木を二本ずつ十枚ごとに交互に継

＊注1　瓦揚機…大都会は知らないが、昭和29年当時には、隼人の知るかぎり九州内ではまだ普及していなかった
＊注2　羽目板…主に腰までの高さに小巾板を縦に張る板壁材
＊注3　木摺り壁…厚み7m／m幅3㎝の板を交互に張り、その面に漆喰を塗る

手を変えて張る。この張り方を「リャンコ張り」とも言う。必ず片面を張ったら、水道屋、電気屋さんが壁の中に配管工事が終わったことを確認して、反対面の壁を張る。

電気工事では薄い金属のパイプにコンセント、またはスイッチ類を天井まで、パイプの中に細いピアノ線を通している。あとで天井の下地（野縁《のぶち》のこと）ができた時点で電線を管の中に通す際に、ピアノ線で引き込むために、このように壁ができあがる前に用意しておくのである。

前川さんが木摺り壁を張る前に、全員に注意したことは、「素性の悪い木は使うな」だった。例えば曲った木や、色が一本の木の中でも赤黒いのと白とが混じっているとか、赤肌に黒い筋の木目が入っている木は「あて木」といって、必ず施工後に反り返ったりするから、必ず除外するようにと説明して、職人のいる作業小屋のほうに歩いていった。

隼人と神田君は、二人で脚立に足場板を渡して下の壁を主に張る。木村さんは天井に近い上のほうを長い脚立を使って張っている。二人は木村さんの張り方を真似しながら、一心に木摺り壁を張り進む。現在では、石膏の「ラスボード」は畳一枚の広さがあるから、その当時に比べて七〜八倍ぐらいの早さで張れるのだが、当時は細い木片を黙々と張り続けていた。

ここで、少し当時のことを述べると、大工と左官とは、兄弟のような関係で、お互いに持ちつ持たれつの間柄でなくてはならない。例えば、大工がせっかく正確に壁下地を平らに仕上げても、左官が雑な仕事をすれば、壁は綺麗には仕上がらないし、逆に大工の張った壁下地が曲っていたり、反ったりしていると、最高の技能を持っている左官でも、平らには仕上がらない。

大工が張った木摺り板壁の表面には、「角又《つのまた》」という紅藻類《こうもるい》の海草を、ドラム缶を半分に切った鍋に水とともに入れて、火を焚きながら、たえず焦げつかないよう棒で掻き回しながらドロドロの糊の状態になるまで煮詰めて、苆《すさ》[*注1]と下地用の石灰を混合して漆喰《しっくい》[*注2]を作り、下塗をしながら「髭子《ひげこ》」を八の字型に塗り込む。「髭子」とは植物繊維で20ないし25cmの長さで、壁のひび割れを防ぐ目的で使用されていた。

たった五十八年前のことではあるが、これだけの時間および労力を要していたのである。現在では、左官用では「ラスボード」、クロス貼り工事では「石膏ボード」が大量に使用されている。商工の建物の外部と、間仕切り壁の木摺り張り工事が十日ほどで終わった。

職人さんたちは、窓枠や出入口の開口部に「下げ振り」や「水平器」を使って、木枠を取り付けている。別の職人さんたちは、大曳機を取り付けながら束《つか》を立て、根搦《ねがらみ》を組み付けては、根太角材を30cm間隔に打ちつけている。その根太の上を隼人たちは、15m/m厚の幅が20cmの杉材の捨板《すていた》を捨張りにしながら、職人さんのあとを追うように張り進んで行く。三月末の休日の前の日に隼人たちは、今度は隣の水産会社の建物に移動して、外部の窓台入れを、神野光彦さんの指導のもと、取り付け始めた。端から端まで水糸を張り、水平の高さに墨を出し位置を確認して「バカ定規」[*注3]を使い、窓全部の高さ寸法を柱に書き込んで下部の窓台と、上部の楣《まぐさ》を柱に大入れに欠き込んで取り付けると、「カスガイ」を面一《つらいち》に掘り込んで納める。これの作業の繰り返しで、馴れてくると要領が分かってくるから仕事がだんだん早くなる。最後は競争しながら作業をしている。

＊注1　苆…植物繊維を機械で細かく刻んだ左官建材のこと
＊注2　漆喰…消石炭や貝灰に、ふのりや角又（つのまた）の海草を混合して塗った壁材

潮干狩りと大壁作り

その日の夜、前川さんが飯場の黒板に、「明日の休日に、目の前の海で、貝拾いの希望者は氏名を書け」と書いている。隼人は見ただけで海に入るのも、海で遊んだこともなかったので、面白そうだから早速名前を書いた。宇佐の海は遠浅なので砂が多く貝も多い。けれども、その頃は漁師以外では、近所の人が、たまに食べる分だけ貝を拾う程度で、レジャーとかバケーションの言葉も、まだ使われていなかった。潮干狩りは、ごく愛好者だけの遊びだった。

飯場の職人を含めて十八名中、七名だけが翌日の潮干狩りに参加した。隼人も小さなシャベルがないから、土木作業員が使う大きなスコップを持ち出しかけたが、あまりにも大き過ぎるので30㎝ぐらいの「かじやバール」にした。左官さんは、厚めの鏝《こて》を持ち出し、バケツや手桶を持って午前十時過ぎから潮が引き始めると、七名が素足《はだし》になって海岸までゆっくりと歩いた。三月の末日で風も弱く晴れていたから、体感としては、気温が二十度前後ぐらいだろうと思う。

桜の花も三分咲きぐらいであり、寒くも暑くもない日であったが、砂から水の中に入ると、足首が少し沈んだ。ひんやりと冷たい砂を深さ10㎝ほど掘ると、蛤《はまぐり》の二倍ぐらいの大きな二枚貝でクリーム色の肌に、半円形に濃い茶色の筋目模様が、幾重にも並行してついてくる。これはバカ貝の一種で、この貝が多量に採れた。一人平均でバケツに二杯ぐらいで、二時間半の遊びが終わって、それぞれ海水で貝を洗い、南京袋（ドンゴロス）三つに分けて詰め込む。砂地が主で、岩や石ころの所が少ないせいか、巻き貝はめったに採れなかった。アサリや蛤も数が

＊注３　バカ定規…その目的に応じて万変の木型を作って計ること。目盛りがないから読み間違いがない多量に計る場合には有利で一説にはバカ正直、つまり何十回計っても同じ答えになる

少なかった。

飯場に袋を担いで帰ると、一時少し前だった。昼食後に防火桶の水を捨てて、日陰に持っていき、採ってきた貝を入れてバケツで300mくらいの距離を数回に交替で運んで、貝が砂を吐き出しやすいようにする。先輩の職人の中には、早速七輪で火をおこして、炭火で貝を金網の上に並べて焼きながら、酒やビールを飲み始めた。これは美味しいと言いながら、数人の職人さんが談笑し、盛んに食べている。

先輩職人が酒を飲みながら、お前たちが採ってきた貝だから、一つ食わないかと言って箸で隼人の手の上に載せた。熱かったので、両手で何回か持ち変えて冷まし、汁を飲んでみると、潮の香りが鼻に大きく広がり、吸い込んで食べてみた。初めて味わう貝だった。

一通り楽しんだ後、隼人は宿舎に戻り、出入口の壁にぶら下っている図面帳を手に取って、今進行中の仕事と見比べながら勉強した。責任者の前川さんは、隼人たちと一緒に貝拾いに行ったが、昼食後は真っ直ぐに宿舎に戻り、昨夜職人さんに給料を支払った帳簿を点検している。職人さんや作業員の人たちは月給ではなくて日給だから、毎日「出面《でづら》（出勤簿のこと）」を付けて収支を詳細に記録している。

翌日からも、隼人たち三人は、一昨日の続きである窓台と、楣《まぐさ》を取り付ける作業を続けて、二日間で一通り終わった。

隼人たちは、商工で作業をした。まったく同じ手順で、まず片側だけの木摺り壁を張る。電気工と水道屋工事担当が、壁の中に配管が終わった順に反対側の木摺り壁を張り進む。このよ

＊注１　大壁作り…柱を内外から包んで張り隠して中が空洞にして空気の流動する壁で、柱を見せない工法

うにして柱を隠して木枠に額縁を取り付ける工法を「大壁作り」＊注1というが、この同じ仕事を八日間続けて終わると、今度は木村さんと神田君の三人で、捨張りの床板の上に脚立を並べて立てて足場板を渡して、天井下地の野縁を組む工事を始めた。

組み終わった野縁に、職人さんが二人で大平板を目透かしに張りながら、亜鉛釘で留めていく。隼人たちを追っかけながら張り進んでくる。この工法は大壁の部屋だけで、真壁＊注2の部屋では回り縁に、杉板を鉋で表面を削って仕上げ、片側の「側《そば》」を約５ｍ／ｍぐらい残して斜めに削り、その上に板を重ね合せて張り、竿縁に釘を打ちつけて張る。この工法を「竿縁《さおぶち》天井」と言うが、その中間に「イナゴ」＊注3を取り付ける。イナゴとは竹を長さ３cmに切ってから、「ノミ」で三角形に削り、鋸《のこ》目をつけて、竿縁と竿縁の中間の天井板に反り返らないように打ち込む竹釘の役目をするのである。

一方では、外壁に使う下見板の加工が始まった。皮つきの丸太で組んだ掘っ立て小屋である下小屋に、八名がそれぞれの「削り台」を並べて、杉板の長さ六尺（１・８１８ｍ）、厚さ10ｍ／ｍ、幅１６０ｍ／ｍ前後の板を、みんなで競争しながら削り始める。この削り終えた板を、別のグループが、前川さんが選んだ熟練した職人が、土台より桁までの外壁を、下から順次重ね張りしながら張り進んでゆく。継目には、押え縁を加工して取り付ける。

そのあとを塗装工がペンキの下塗りを、あとから追いながら塗っている。隼人も三年目に入って鉋削りは少し馴れてきたから下見板削りぐらいは無難に仕上げられるが、どうしても二度引きになるから、速さだけでは悔しいが、他の人に比べて遅くなる。

＊注２　真壁…柱が見える工法で、小舞竹・木摺り板で作る壁のこと
＊注３　イナゴ…竹を約３cmに切り三角形に削って、竿縁の中間に天井板の重ね目に突きさす。目的は反りを防ぐため（P330参照）

飯塚の安井親方の言葉どおりに、他の分野で遅れを取り戻せば良いのだから、まず図面をさらに勉強して、最終の仕上がりを頭の中に全部入れてフィルムの逆回転のように製品・仕上げ・取り付け・組み立て・刻み・寸法書き・木取り加工の順に、正反対に覚えておけば途中での失敗することが、なくなるのではあるまいか。

現に小学校三～四年生で国語では「いろは四十八文字」や濁音文字を、算数では掛け算の九九《く》などを全部暗記できるのだから、大工の仕事だって、九九のような基本となるものが、きっとあるはずだ。それは何だろうと考えていると、監督の宮沢さんが書いた立面図や展開図を隼人はしばらく眺めた。そのうち、これは安井親方が得意とする店舗の展開図と同じ手法なのに気がついて、あの頃、朝は必ず自宅に職人を呼び寄せて、十五分程度身振り手振りで絵図面を見せながら、安井親方の説明する姿が蘇った。基本は商品が完全でなければならず、建築物も、お客様からお金をいただくのであれば「商品」であることに、ほかならない。完全な製品を一つずつ（頭の中で）分解していって原材料まで辿り、理解を深めれば、出発点から製品までの工程で、失敗する度合も減少できるかもしれない。

またそれぞれの工程も、工夫次第では、今までよりも時間も短縮することも、可能ではあるまいかと、思えるようになっていた。

ラジオと時計

隼人はここまで考えて、アルミの薬缶から番茶を湯飲みに注いで飲んだ。近くでは四～五人の職人たちが、ラジオの前に座って談笑しながら聞き入っている。このラジオは幅が30㎝、奥行が20㎝、高さが45㎝ぐらいで上部が丸い曲線の形で「五球スーパー」と呼んでいたが、やや高級品である。

当時真空管は、四球が普通であったが、兄弟子の木村さんの説明によると、十二番弟子だった神野光彦さんが質屋から質流れを格安で買ってきて、みんなに聞かせている。その頃の大工の日当が、この地方では五百五十円前後だったが、ラジオの中古品の質流れ品が八百円だと知った。職人一日半の稼ぎに相当するが、現在ではラジオなら新品でも、一日働けば三台くらいは買えるから、当時としては価値がかなり高かったのである。

下品な話だが、当時の職人さんの話を総合すると、遊郭の「遊び」が七百円前後であり、泊りが千円ぐらいだと、話し合っていた。そのラジオからは、歌謡番組が始まって、前年ヒットした久保幸江と加藤雅夫のデュエットで唄った「トンコ節」や小畑実の「高原の駅よさようなら」等や、流行している神楽坂はん子の「ゲイシャ・ワルツ」、春日八郎の「赤いランプの終列車」、江利チエミの「テネシー・ワルツ」などの歌が次々と流れている。

五月二十日の夜になり、前川さんから現在総仕上げの段階であり、君たちのできる仕事は、もう限られているから、二日後には真玉の現場に移動するように言われた。真玉は田舎と聞いていたので、店が少ないだろうから、前からどうしても買いたいと思っていた腕時計を見に行くことにした。新品は手が出ないので、質屋で買おうと思った。東に一駅で宇佐の街であり、西に一駅で柳ヶ浦の町である。長洲も店はあるが少ないから、どこにしようかと迷ったが、宇佐は何度か行ったことがあり、まだ柳ヶ浦は行ったことがなかったので、好奇心もあって柳ヶ浦に決めた。大通りから歩いて少し露地に入った所が、質屋が多いと、先輩から聞いていたから、隼人は気をつけて見て回った。

小さなウインドウに時計が二個、他の品物も数個飾られていたので、思いきって戸を開けて中に入ると、眼鏡をかけた中年の髭の濃い人が笑顔で出てきた。「安い時計があったら見たいのですが」と声をかけると、隼人の服装をジロリと見てから、奥の棚から盆の上に五個ほど持ってきて並べた。腕時計が四個に、懐中時計が一個である。

当時は発条《ぜんまい》式だけであったから、手に取って見ても隼人には、良品悪品の判断が、まったくつかなくて見当もつかない。とりあえず、値段を聞いてみた。七百円から高い物で千六百円ぐらいであった。隼人は、三カ月分の小遣い銭を貯めていて、千三百円は持っていたが、全部は使えないから、いろいろと考えた末に3・5㎝ほどの円形の懐中時計を選んだ。九百円と、小父さんは言った。

隼人は深刻な表情をしながら、八百円にならないかと値引きを交渉した。小父さんはしばらくの間、帳面を見ていたが、隼人の表情を眺めて、「よろしい、その値で良い」と言ってから、使い方を丁寧に説明してくれた。右側に突き出た竜頭《りゅうず》があって、そのまま時計回りに動かせば発条を巻く。いったん引き出せば、時刻を合せられると言って、隼人の見ている前でネジを巻き、時刻を合わせた。金を払って外に出て買い求めた時計を見ると、七時十四分を指している。九時までに宿舎に帰り着けばよいから、まだ時間の余裕はある。

大通りの商店街の店先を覗きながら、時折、時計を見て歩く。汽車賃は一駅六円だから、百円の値引きは、隼人にとっては大きい。百円の値引きで気持ちにも余裕が出てきて、小さな店先に桶の中にサイダーが冷してあるのを見つけて一本（十円）買って、店先に置いてある台に腰を掛けて飲むと、泡がシューと出て冷たくて美味しかった。

隼人はうれしくて、何回もポケットから時計を出しては眺める。15㎝の鎖がついているから、落とす心配はないし時計と共に銀メッキが施してある。そろそろ列車の時間が近づいたから、駅に向かった。とうとう手に入れた。生まれて初めて自分の時計が持てた喜びで身体が軽くなって、心がウキウキした気持ちになった。

第三章　現場回り

真玉村

　五月二十二日の朝、隼人は木村さんと神田君と三人で、道具袋に大工道具を詰めた袋をぶら提げて、長洲駅前から七時半発の国見町行きのバスに乗り込んだ。四十分ぐらい走った前方に、豊後高田市を流れる桂川が見えてきた。この高田にある蕗の里にある富貴寺《ふき》と、両子山《ふたご》の中腹に建つ両子寺がある。両寺ともに古刹《こさつ》で、大堂は国宝である。高田は二年後に、隼人は電々公社（現ＮＴＴ）の建物を建設するために現地に三カ月ほど滞在することになる。

　大きな川の桂川を渡ると、国道２１３号線が真っ直ぐに延びている。バスは豊後高田で客の大半が降りたので、座席に座れたが、また大勢乗り込んできたから、ほぼ満員に近い数になった。広瀬川を過ぎた辺りから、道路は砂利道になり、バスの振動が大きくなり、揺れだした。北沖、猫石を過ぎると、町境の標識が見えてきて真玉村に入った。金屋から浜の停留所で隼人たちはバスを降りた。途中の商店街の中にある公衆電話で、木村さんが現場事務所に、今バスで着いたと電話をかけた。

　この国東《くにさき》半島は、瀬戸内海に面して周防灘に向かって拳を突き出した円形の火山半島であり、標高が721mの両子山系を源とする川は、放射状に流れて谷をつくり、その谷あいや山麓には石材が豊富にある。その石材を利用して、奈良から平安時代にかけて神仏混淆《こんこう》の独特な仏教文化が絢爛と咲き誇っていた。この国東半島の各地に点在するおびただしい数の寺、石仏、石塔、磨崖仏《まがい》などの遺跡が散在している。

この半島は、かつては九州の海の玄関口として開け、この海沿いに開けた六カ所にある郷は、安岐《あき》、武蔵、田染《たしぶ》、来縄《くなわ》、国東、伊美《いみ》など六十余の寺があり、これらの寺々は総称して、六郷《ろくごう》満山と呼ばれて、その昔に宇佐神宮の神宮寺として建立されたものである。その数や内容の豊富さといい、宇佐神宮を生んだせいもあって宇佐神宮圏が、いかにこの地に確固たる根を張りめぐらしたかが分かるのである。

時計を見ると、三十五分を過ぎていた。若い少年がリヤカーを引いてバス停に迎えに来ていた。木村さんと神田君に少年のことを聞いたが、初めて見る顔だと言った。道具と小荷物をリヤカーに積むと、少年が頭を下げて、「吉岡利治です」と言い、「今年の四月に新しく弟子入りしたのでよろしくお願いします」と挨拶をして、リヤカーを引き始めた。

後ろから、木村さんをはじめ神田君と隼人も軽くリヤカーに手を触れて歩きながら、「吉岡君、現場はバス停から、どのくらいの距離か」と聞いたら、後ろを振り返りながら笑顔で「ハイ」と返事をして、「だいたい1500mくらいだろうと思います」と言ってから、「私も勤めてまだ一カ月半ぐらいだから、正確な距離は知りません」と言った。

身長は五尺一寸（1・55m）ぐらいで、体重が50kgぐらいだと、隼人は見当をつけた。標準より小柄で、隼人よりは10㎝ぐらい高いだろうが、新制中学を出たばかりのようなので初々しい印象に見えるし、色は浅黒く痩身だから精悍な顔つきに見える。海岸通りからゆるやかだが、砂利道を曲りながら上り坂が最後まで続いて三十分で現場に着いた。午前十一時十分で隼人の胸のポケットの懐中時計は、正しく時を刻んでいた。

ここ真玉村は大分県の北部辺りに位置し、西国東郡の中にあり真玉村、上真玉、臼野の三村が昭和三十年（１９５５）に合併することが正式に決定して、町制になれば、人口が六千三百人ほどになる予定である。三年後だから、真玉と臼野の中間にある放射山稜の緩斜面を整地して学校を建設することになると、当時の地元の長老から隼人はそう聞いた。

国東半島の中心である両子山から海岸までの放射山稜は開析《かいせき》火山であり、真玉川と臼野川の二つに挟まれた地域で、大雨が降るたびに決壊していた。その氾濫原は水田化されて条理の遺構があった。放射山稜の緩斜面と、海岸に向かっている段丘面は、ミカン畑や麦畑などが多く、かつて大正から昭和初期にかけて絹糸が盛んな頃は、広い地域に桑畑が延々と続いていた。絹製品が不景気になると蚕を飼う農家が減少し、大半を占めていた桑畑は、タバコや野菜畑に変り、上流部の上真玉地域では、椎茸、柿などを多く栽培するようになった。また放射谷部分は水田が多いが、一部には畳表になる藺草《いぐさ》の栽培も盛んに行われている。

木村さんと神田、吉岡の両君と隼人は、それぞれがリヤカーから荷物を降ろして、丸太と型枠パネルで作った仮設の宿舎に運ぶと、作業小屋に入った。ここの現場は、「横川建設」と大きな櫓《やぐら》を組んで看板を掲げた正面にある。

長洲の浅岡建設は、全国的な規模の会社だが、この横川建設は大分県内の工事が主で、九州内の隣県も時には工事を請負うこともある。大分県内では大企業の会社であると、あとで隼人は知った。作業小屋に入ると、桜井親方の二番弟子だったここの責任者である馬場昭吾さんに三人が頭を下げて挨拶をした。

馬場さんは、三人に午後からの仕事の段取りと就業の規則を簡単に説明した。長洲での仕事で三カ月近く仕事をした隼人も少しは馴れてきていたので、ここの現場も大差のない内容であることが分かった。正午に近かったが、とりあえず三人は現場の材料や木片の整理や掃除をした。

馬場さんは、桜井親方とは遠い親戚でもあり、長洲の前川さんの一年先輩である。特に親方からの信頼が厚い。身体は標準よりも小さく、五尺二寸（1・57ｍ）ぐらいで小肥りだが、力は強く大きな平角材の梁を自由に動かして墨付けをしている。馬場さんは身体の割には顔が少し小さめで、色は浅黒いが、鼻筋の通ったバランスの良い美形である。桜井親方も美形で色白である。遠いとはいえ身内である弟子に、桜井親方は後継者に育てるために早くから重要である墨付けの仕事を図面で熱心に指導したらしく、弟子の中では一番だとみんなが認めていると、木村さんから教わった。

午後からの仕事は、長洲で神野光彦さんから教えられて、馴れている電気ドリルを使ってのボルトを通すための穴開けだった。小屋組みに使用するトラス梁などで陸梁、合掌材、真束、バタ角材を一列に台の上に並べて、次々に穴開けの作業を日が沈むまで続けた。

隼人は夜になって、現場事務所に挨拶に行った。ここの事務所は、長洲の現場と違ってプレハブではなく、バタ角材などの古材を組み合せた平屋建てで、屋根にはこれも少し古いが、畳よりも少し幅が狭い石綿の大波型のスレート瓦で葺いてある。部屋に入ると広く、三間×六間（5・454m×10・908m）もあり、十八坪（59・5㎡）あって、机が二脚、古いソファとテーブルが来客用だろうコの字型に置いてあり、電話機が中央にあった。

学校を建設することは、先に述べた通りだ。この敷地の広さは、東西が七十三間（約130・9m）、南北が六十五間（約118・2m）なので、全部では四千六百八十坪（18・471㎡）の長方四角形である。

この敷地に、今年は第一期工事では普通教室、職員室、理科室、音楽室、図書室、裁縫室等などを含む総二階建てを木造で建てることが決定し、現在工事中である。来年はもう一棟同じような校舎と、講堂（体育館）を兼ねた建物を第二期工事として建設する予定であることが決まっていた。現在五月の末だから、あと二年と十カ月ほどの期間しかない。木材を馬車などで運んで、現地で加工して組み立てる方式だったから、全部人力での作業であった。

そのために、大勢の作業員を必要とした。現地採用のほとんどの人たちは、自転車やバスでの通勤であった。

馬場さんと木村さんは、隼人を監督に紹介すると、すぐに用事があるらしく去っていった。隼人は見習いになってから二年余りだから、勉強のために図面を見せていただきたいと申し出た。監督は、笑顔で「しっかりと図面を見て全体像を把握するように」と注意してから、「なかなか良い心がけ」だと言ったあとで、「ただし夜の九時までだ。仕事は毎日続くから無理はするな。そして分からないことがあったら先輩に聞くか、僕の所に来ればいつでも教えるから」と言うと、製図台に向って何やら書き始めた。

翌日から、五月末日の休日の前日まで柱や梁、桁、小屋組のトラス材をみんなと同じように刻んで加工した。真玉に来て最初の休日になった。前日小遣い銭の五百円はもらったが、必要品以外はなるべく買わないようにして貯めることにした。休日は、弟子たちは真玉海岸に行って貝拾いすることにした。職人さんのほとんどの人が、バスで隣の豊後高田市に遊びに出かけていった。

残った弟子の四人は、ゆるやかにカーブした下り坂をブラブラと歩いて真玉海岸に着いた。前日の夕方に打合せ通りに、地元の浜という商店街に近い所に住んでいる作業員の山田さんが一同を待っていて貝の多く採れる所に案内した。

山田さんの説明によると、日本の多くが海岸を人工的に整備して使用しているが、ここの海岸は、人手はまったく加えていない天然の海であり、遠浅でありながら凹凸のある「リアス式」の海岸線であること。また変化の多い周防灘に面した天然の干潟が点在して潮の満ち引きによって干潟に生み出されることを話してくれた。海は海岸の松と共に美しい風景である。

十時過ぎから一時間余りで袋に二個分の収穫があった。長洲の海岸と同じようにバカ貝と、こげ茶色した細長い二枚貝の種類であるマテ貝の二つが多く採れた。その中に数は少しだが、巻き貝の種類でクボ貝とバイ貝も混じっていた。

山田さんに案内してもらったお礼を言って別れて、四人は交替で貝の入った袋を肩に担いで、ゆるやかにカーブしながら続く上り坂を飯場まで持ち帰った。桶を日蔭に置いて貝を袋から出して移すと、水を入れて砂を吐き出させるために塩を少し入れる。

休日は飯炊きの中年のおばさんが休みなので、弟子たちが当番を決めて食事の支度をする。隼人は宿舎に何名の人が残っているのか確かめに行ってから、合計八人分を二年先輩の秋本邑《ゆう》介《すけ》さんと二人で昼食を作った。さっき採ってきた貝の一部をきれいに洗って味噌汁を作り、沢庵漬を切って佃煮の瓶を取り出してみんなを呼んで少し遅い昼食をした。

午後から隼人は、宿舎の入口の台の上に置いてある青写真の図面を見て勉強する。普通図面帳は、宿舎内に置いてあって、作業小屋や現場に持ち込むことはめったにない。その代わり「平面図」や「小屋図」などは、薄くて白い板に裏桟《ざん》を施した図板に、墨指で図面帳から写し取って、平面図や小屋図に書き込んでいくのである。何でそんなに手間暇をかけるのか。それは図面帳を風雨に晒さないためで、板では少々雨に濡れても傷まないからである。土台や梁、桁、母屋《もや》*注1などの寸法だけを測る道具を尺杖*注2（間竿《けんざお》）とも言う。

これとは別に、柱の墨付けに必要な矩計《かなばかり》*注3尺杖は、約3㎝の角材で、素性の良い材料を用いて、基礎、土台、床高、壁貫《かべぬき》または窓台、開口部、天井高、桁、梁などの寸法を実物と同じに具体的に書き入れるのである。それに一階用と二階用の二種類を作製するのだが、小規模の町場で使う場合では、一本で一階用のほかの面に、二階用を書き込んで二面で使用する場合もある。角材は四面あるから、このように兼用するのである。

*注1　母屋…屋根の一部分の横架材のこと
*注2　尺杖…3センチ角材に寸法の目盛りをつけた定規で、長い材料を測る
*注3　矩計…建物施工の基本となる。地盤・基礎・土台・床・窓・天井・桁・梁・屋根等の実寸法を描く

作業小屋の壁に工事が終わるまで展示する実寸法矩計図は、馬場先輩が作製したもので、これは長洲の現場で少し「バカ定規」で述べたが、目的はまったく同じだ。しかし規模が何十倍も大きい。長さが二十六尺（約7・878m）で幅が50㎝で、厚さ15m／mの表面が白い板を繋ぎ合せて裏桟に止めて作製した板に地盤面、基礎高、土台、大曳、根太、床板、窓台および楣《まぐさ》、壁胴縁、壁貫、天井高、胴差、合せ梁、ここまでが一階部分である。

その上から二階部分になり、二階梁から始まって、一階と同じ順序で、天井の上が敷桁、陸梁、軒桁、真束《しんづか》、母屋、棟木の順に全部使用する材料の実寸法を描く図板なのである。これを見て大工職人は、自分が受け持っている仕事の範囲を簡単な「バカ定規」に写し取って現場の作業をするのである。

桜井親方の丁寧な説明

前日から大分の現場から真玉入りした桜井親方が、六月九日の九時頃、柱の刻みをしていた隼人の所に来て「ちょっと来い」と言って図面帳を見ながら地面に細い棒で三角形に大きく線を引いた。

「この中に母屋に使う予定の角材を仮並べして、新品の型枠パネルを敷き詰めて、継目には頭を少し残して釘で枠止めしろ」と指図して、「これから小屋梁の原寸起こしをするから手伝え」と言った。隼人は言われた通りにパネルを並べ終えると、桜井親方は、続けた。

「ここの学校の屋根は、切妻《きりづま》屋根ではなく、方形小屋組の形で屋根の図面になっているから、これから原寸起こしをして型板を取る。まず底辺に水平線を一本墨打って梁間《はりま》が五間（約9・090m）、中心梁の右と左では、まったく同じだ。とすると型板を取る原寸は、半分の三角形の底辺の長さは4・545mだから、平陸梁に対して隅陸梁は対角線の長さに等しいから6・426mになる。尺杖を使って距離を測って指金と墨指により真束の芯から桁芯を出して直角に三、四、五の原理は、いわゆる『ピタゴラスの定理』で直角線を出すのだ」

と説明した。ここまでは隼人も学校で算数の時間で習ったから簡単に理解できた。

それから屋根の勾配が、五寸勾配だから22・5度の角度になり、梁間の半分が4・545mだから×22・5度を掛け合せると高さが2・272mになる。平合掌も、隅合掌も棟の高さは同じだから、1・414倍の距離の垂直線上に水平線を引き、軒桁の山から真束上に乗る棟木の山までに斜線の墨を打って、平梁と隅梁の二つの三角形の墨を出し、最初は平合掌から、寸法を桜井親方は書き始めた。


　山墨の基本線から、母屋材の厚みは「普通幅×高さ」のことを「成《せい》」という。その母屋材を載せる合掌梁と渡り顎《あご》という仕口分の欠き合せが重複するから、合掌梁の上端墨だけを出して、母屋の欠き込みの部分のみの線を指金で描く。そのあと合掌材の成である下端墨を出して第一方杖《ほうづえ》と第二方杖を実寸法で書いて真束および陸梁の上端、合掌材の下端に、方杖の欠き込みの墨を斜線に引き、梁のほぼ三等分の位置に第一角バタ、第二角バタの幅を実寸法に合せて二本の線を引くのである。その接点の中心にボルトを通す穴墨を書いて、陸梁と合掌尻《がっしょうじり》との接合の欠き込み斜線を書いて、平合掌の墨出しの桜井親方の説明が終わったのである。

原寸出し

親方は、ここで煙草を一服しながら秋本邑介君を呼んでこいと言った。その旨、彼に伝えると、邑介君は墨壺と指金を持って原寸台まで来た。この秋本君と隼人は同学年だが、弟子入りが一年十カ月ほど隼人のほうが早いから、一応兄弟子になる。隼人は三月の誕生日が弟子上がりと決めており、邑介君は四月が弟子入りで、逆に隼人のほうが四十五日ぐらい早く弟子上がりすることになる。

なぜ桜井親方は、秋本君よりも隼人のほうを先に呼んで手伝わせたのかは分からないが、親方は監督の増田さんと、事務所で仕事の打合せや、その他のことを話し合ったらしい。監督から「珍しい少年だ。熱心に図面を見ている」と聞いたのであろう。その頃は、職人さんでも自分の受持ちの仕事の範囲だけしか図面を見ることはなく、まして弟子が今までに図面帳を見ることは一度もなく、図板だけで作業をしていたのだから、変った奴だと思ったのであろう。

その秋本君と二人で、親方の見ている前で墨に合わせて13m／m厚の杉板を原寸に合わせて形板に写し取っていく。二人は一通りの陸梁、真束、合掌材、方杖、バタ角材などの型を取り終わると、仕口《しくち》の取合せを鋸《のこ》とノミで加工して原寸の上に重ねて置いておくと、梁の半分である直角三角形の型板を組み合わせる。すると親方が下の原寸図[*注1]と型板[*注2]が合致するのかを最終確

＊注１　原寸図…原寸大の寸法を描き、それを型板に写し取って作製する
＊注２　型板…原寸図から作製した板を墨付けに使用する

認し、ボルト穴の位置や斜線である仕口などを全部チェックする。それから今度は、黒色の墨壺ではなくて、赤に近い朱色である朱壺で二人に手伝わせて隅合掌の原寸を書き始めた。

墨と朱なので、線が重複または交差しても区別ができるから、同じような手順で親方の指示通りに原寸図を書いて型板を作製する。当然ではあるが、長さが1・41倍になることは、平梁に対して1・41の割合で勾配が緩くなる。例えば、屋根勾配が変化しても、この割合は変らない原則である。

作製した型板を前の平梁と同じように原寸に合せて置いて、水平に組み合せ各仕口を全部「チェック」してから、型板を紐で結び、完成した型板の束を置くと今までの真剣な表情を和らげて、「これは強度には関係はないが、一応参考のために話しておく」と言って続けた。

「お前たちは気がつかなかっただろうが、長さ9mに対して真束をわざと3㎝短くしたが、これは棟上げの時組み上がった陸梁は、水平だと目の錯覚で、どうしても中心が下がって見える」

桜井親方は、隼人たちに諭すように教えてくれる。そしてまた続けて言った。

「例えば、天井を張る時でも、八畳の部屋の中心で15m／mほど水平よりも高く吊り上げる。それで下から見ると平らに見える。余談だが海を見ていると、広くて遠くを見るとわずかだが、曲線に見える。だいたいだが地球の曲線は5㎞ごとに約2mずつ差があるから一直線が水平とは限らない」

それからこれも余談の続きのような口調で、こう二人に言った。

「何で職人ではなくて、お前たちにこの型起こしを立ち会わせたのかは、小屋材はその仕口が直角ではなくて、そのほとんどが斜角だから出来上がりの形が頭の中に入ってないと、刻みの時に失敗するのを防ぐためである。個人の建物と違って自治体の仕事は、少しの疵でもチェックして、やり直しがあるから。墨付けは無理でも、もうお前たちは二年余り作業をしているから、前川君や馬場君からの話だと刻みに限っては失敗することはないが、念のために立ち会わせた。しっかり頭の中に入れろ」

と言ってから、その場で「馬場君の指示通りにしてくれ」と言って事務所のほうに去っていった。

型板を出した日の二日後の午後三時の一服の時間前に、馬場さんが弟子一同を集めて「君たちに少し話がある」と言った。

「大原君と吉岡君は今年に入ったから、説明するが、田植の季節になった。ご苦労だが毎年のことで田植だけは大勢でなければならない。隣近所の協力もあってみんなで植えるから、今から着替えの下着だけ用意して三時半のバスで日田に行ってくれ。ここに五人が車中で食べるコッペパンを用意した。三、四日間ぐらいだが、正直言って、ここの現場も忙しいが、飯場で使っている米も、実は去年お前たちが作った米だ」そう言って五人を送り出した。

日田へ行く前に食事を済まし、すぐ目の前のバス・ターミナルに行くと、大山行きのバスがあと十分で出ると時刻表に出ている。隼人は木村さんに断って明朝七時半までには行くから、と言って、歩いて十三分ぐらいの自宅に帰った。

帰ると自宅でもみんな夕食は終わったところだったが、隼人は済ませていたから居間に入りお茶を飲んでいると、いつの間にか父がそばに来ていた。母は台所で食器などの後片付けをしている。父が何も言わなかったので、隼人から一時帰ってきたわけを話しただけだった。

農作業

翌日は朝六時少し過ぎに起きると、そのままご飯も食べずに走って高瀬地区にある大宮町の桜井親方の家に着いた。みんなもすでに全員が起きており、それぞれが家の周りを掃除していた。木村さんに挨拶をすると、隼人より一年先輩の原口朋宏さんを紹介された。昨日まで大分の現場で七番弟子の高井則誼《のりよし》さんと十番弟子の倉本照也さんや、ほかの外来職人とともに、また地元で雇った六名の大工さん、それに作業員を含めて十名で出かけた。現場の小さな建物は、大阪の大手電機メーカーの支社になる事務所の三十坪（約１００㎡）を工事中であると話された。

日田に到着すると、それぞれが鍬《くわ》、張り綱、竹籠、天秤棒、手桶などを持って、歩いて五〜六分の大山川に向かった。左岸にある川岸に通称黒岩と呼んでいる台地に広がる河川敷の水田で緩やかな段差になっており、形や広さは異なるが、畦で四枚に区切ってある。

水田いっぱいに水が張られて、代掻《しろか》きが終わった順の上段から、みんなで田植を始めて二日間で終わった。この水田の土手からの夕陽が三隈川の水面を朱色に染めて、亀山公園や三隈川公園の遠景が折からの夕陽に水面上に浮き上がって赤く映えて美しい。作業が終わって農具は水田の水路で藁《わら》くずを丸めて洗うと、家に持ち帰り物置に整理して納める。

翌日は、水田とは反対の700m上流にある、大山川左岸の山稜に少しだけ下った丘の、広さ20aの果樹園へ行く。大半が梨の木だが、番線を張り渡して柵仕立てにしている。柿が五本、梅が三本、栗が八本ほど植えてある。雑草を全員で刈り取って十時の一休みの時間に、長女の好枝さんが味付けした握り飯と野菜の漬物を持ってきた。近所の手伝いの人を含めて十二名が茣蓙《ござ》を敷いて皿や薬缶を中心に輪になって休憩したあとは、ほぼ午前中で雑草を刈り終わって堆肥にするため一カ所に積んだ。

午後からは二手に分かれた。梅の実を落して収穫する人と、縦横に張り渡した番線に梨の枝を棕櫚《しゅろ》の縄で誘引して結合する人。この季節では、梅以外の樹木は剪定ができないので、十一月の中旬過ぎからせいぜい三月中旬までに剪定しないと、樹液が枝の切り口から出て木を傷めることになる。

夏の日の長い一日がやっと薄暗くなりかけて、梅の実をそれぞれ袋に詰めて自転車の荷台に載せ、一同が帰り着いた時は、八時を少し回っていた。朝早くから遅くまで働いたから、三日間で農作業が終わった。順番に風呂に入り夕食が終わって中二階の部屋にみんなが集まった時は、ちょうど十時になっていた。すると長女の好枝さんが、小さな袋の束六枚を持って上がってくると、一人ずつ袋を手渡して、下に降りていった。

隼人と吉岡君以外は袋の中身を知っているらしく、そのまま無造作にポケットに突っ込んだ。

隼人は初めてなので表をよく見ると、毛筆で奥様の字で「ご苦労さん」と書いてあった。袋を開けて見ると、中身は五百円入っている。三日間の農作業をして一カ月分の小遣い銭と同額であるのは思ってもみなかった臨時収入である。水田の仕事が片付いたので、実家に帰ることにした。

家に帰り着くと十一時近くになっており、まだ母だけが起きていた。翌日は休みなので、ゆっくりと過ごして午前中は理髪店《とこや》に行って頭を刈ってもらい八十円を払って帰った。午後からは近くの日田映劇《えいげき》に行って看板のポスターを見ると、洋画の封切でヴィヴィアン・リーとクラーク・ゲーブル主演の「風と共に去りぬ」と、マール・オベロン主演で監督が、あの有名なウィリアム・ワイラーである「嵐ヶ丘」の豪華二本立である。

映画の合間のスピーカーからは、大音響で二十五年から二十六年頃に流行った伊藤久男の歌う「イヨマンテの夜」と、津村謙の唄の「東京の椿姫」、菅原都々子の「江の島悲歌（エレジー）」など五曲ほどが、繰り返し放送している。映画を見たかったが、通常は九十円だが、特別な映画らしくこの日は百二十円であった。

リバイバルになれば安くなるからと諦めて、約200m離れている朝日館に行くと、ここでも客寄せにスピーカーから笠置《かさぎ》シヅ子の「買物ブギー」と、四年前のリバイバルの「東京ブギウギ」と淡谷《あわや》のり子の「白樺の小径」や「灰田勝彦」唄の「アルプスの牧場」が大音響で流れている。ポスターを見ると三船敏郎主演の「馬喰《ばくろう》一代」と片岡千恵蔵主演の「多羅尾伴内《たらおばんない》」シリーズの「七つの顔の男」の二本立てである。日田映劇の半額である六十円であり、「馬喰一代」も新作なので迷わずに朝日館に入った。

館内に入ると満席に近かったが、前の方に少し空席があったから、そこに座ると、ニュース映画が始まったばかりだった。七月一日から東京の羽田空港が正式にアメリカから返還が決定して新たに東京国際空港として発足するために準備している模様を映し出し、続いて五月に「ボクシング世界フライ級」のタイトル・マッチで白井義男がチャンピオンのダド・マリノを倒して日本人で初めての世界チャンピオンになった場面が映し出されている。八分間の休憩の後に「七つの顔の男」が上映されて、五分間の休憩の次の「馬喰一代」が上映されて、映画館を出たのは午後五時十五分だった。

夏なので陽はまだ高くて、暗い所から急に出てきたので眩しかったが、短い橋を渡り「盆地湯」の側道を通って帰る。真玉に行ったら、しばらく映画は見られない。豊後高田か、宇佐まで出れば映画館はあるが、今の隼人にはそんなお金の余裕はないから、この日の映画は楽しかった。

翌日早朝に隼人は、歩いて五分ほどの三本松のバス停留所から二月末日に乗った同じ時刻の七時四十分発の守実行きに乗る。日田駅前発は七時三十二分、同じく木村さんをはじめ、みんなと合流して五名が揃った。守実に八時二十分に着くと、歩いて軽便鉄道の駅から、中津行きに乗った。中津に十時四十分に着くと、十一時十分発の小倉発、大分行きに乗り、宇佐駅に十一時四十三分に着いた。宇佐駅前から、国見町行きが十二時二十分発のバスだから、あと三十七分ほどの時間はある。食堂に入るか、店でコッペパンを食べるかで相談をしたが、調理には時間が多くかかるので、五名分が三十五～六分では料理はできても、食べる時間がないから諦めて店先でコッペパンや、だんごを買って椅子に座って、お茶をもらって昼食にした。

当時、お茶や水はお金を払って買う習慣はなかった。もう一人の弟子である原口さんは、日田から国鉄（現ＪＲ九州）の久大線で大分まで行けるので、一人で大分に向かった。みんなは、まだ宇佐駅前だが列車一本だけなので、もうとっくに大分に着いていると思う。

ドブロク

宇佐駅前から、バスは定刻の十二時二十分に発車した。着席すると、バス・ガールが各席を蝶のように身を翻して移動し、切符に鋏を入れている。豊後高田市に入ると桂川を渡る。ここからは国道２１３号線が海岸に向かって延びている。五月に通った時よりも田園風景の緑が鮮やかな濃い色に変化して目を楽しませる。広瀬川を過ぎると、北沖、猫石を通って金屋から真玉村に入って商店街がある浜の停留所に着いた。

十五時十二分に浜の停留所で降りると、五名はそれぞれ小さな手荷物を持って１・５㎞先の現場に向かってなだらかな上り坂の曲がりくねった道を歩いて十五時三十分に着いた。事務所の監督・増田さんと、作業小屋の馬場さんをはじめ先輩職人の皆さんに向かって挨拶をし、自分の持ち場に散って仕事を始めた。

作業が終わり、飯場に集まると、夕食後に馬場さんが、「六月二十四日、二十五日の二日間で棟上げの予定を組んでいるから、それに間に合うように頑張ってもらいたい。現在身内職人が六名、地元の外来職人が八名、弟子が五人、あとは人夫が十二名だが、明日から棟上げの日まで八日間あり、一日余裕の日程を組んではいるけれど天候が心配だ。雨が降ったら作業小屋の中で刻み加工をする。作業員を上手に使って加工材と未加工材を作業小屋の内外に素早く交換して、作業小屋の内側は一定の広さを保って作業をすること。以上」、そう言い残して宿舎のほうに去っていった。

職人さんの数名は、地元から通ってくる作業員と親しくなり、内緒で安く買っておいた「ドブロク酒」を飲みながら、最初は仕事の話から始まって時々煮干と漬物を肴に、映画やスポーツの話になる。最後は「下ネタ」である遊郭の話になると、俄然全員の顔に生気が漲《みなぎ》って話の内容が佳境に入るまで、延々と夜遅くまで「ドブロク酒」を飲み合っている。隼人は薬缶のお茶を飲みながら、職人さんが読み捨てた新聞を読むと早々と宿舎に帰った。

棟上げ

ここ数日は、雨と薄曇りが交互に変化するので、作業員は大変な作業になる。現在と違って当時は軽いビニール・シートなどの品物がないから、厚い布地にゴムか、樹脂を塗布した六畳ぐらいの広さであるテント布を使用した。重いので、二人一組になって何枚も木材の上に広げたり、畳んだりしながら作業する。棟上げの期日が決定しているから、刻み加工は、お互い競争になる。

隼人は、原寸型起こしを手伝った経験から、ほぼ全体の形を理解していた。刻み加工の作業も比較的楽であった。前日に基礎の上に墨出しをして、土台にアンカーボルトの穴を開けて、職人さんと三人で広い校舎の基礎土台の組入を終了した。

翌日の棟上げは、大工と作業員の三十一名が三組に分かれて、頭《かしら》が十名を指図して、「ぼうず柱」と「かぐらさん」の準備をする。大工は二組に分かれ、東と西から始めて、胴差梁と妻梁まで起こす。東と西が合体すると、合せ梁を組んで、三組が合同し「かぐらさん」と「ぼうず柱」を使って順々に合せ梁を吊り上げながら半回転させて納める。

二階梁が組み終わると、その上に足場板を渡して二階の外回り柱と、廊下と教室との間仕切り柱を建ててゆく。二階の柱を建て終わったところで一日が終わった。翌日は、かぐらさんと、ぼうず柱、トラ綱係を含む小屋梁組立係や屋根上作業を四組に分かれてから、まず平合掌を吊り上げて納めると、ぼうず柱をわざと斜めに傾けて妻陸梁から、隅陸梁の左右ある二本を納める。妻合掌、隅合掌の順に納めて、方杖とバタ角材をカスガイやボルトで締めつけると、隅合掌の「方形小屋組」が完成する。定規で描いたような二等辺三角形である。

次は平合掌を次々と、1・8m間隔に吊る。吊り上げては納めて、二組吊るごとに母屋材を「交互」(リャンコとも言う)に組込む。最後はもう一方の端である隅合掌を、ぼうず柱を少し傾けて組み立てていく。母屋材と棟木が納まると、「下振《さげふり》」*注1を使う。下振とは、丈夫な糸に円錐形の錘《おもり》をつけて、地球の引力を利用した道具の一種で、垂直を出す(現在では垂直トランシ

*注1　下振…水糸に錘(おもり)をつけて地球の引力を利用して垂直を出す道具
*注2　歪み直し…柱を垂直にするため、ロープと仮筋違で調整する工法

ットの光学機器が普及している）。

　次に柱が垂直になるように、ロープと仮筋違とで調整しながら止めていく。この作業を家起し、または歪み直し＊注2と呼んでいる地方もある。棟上げが全部終わったのは、午後六時三十分を少し回っていたが、六月の一番昼間の長い季節で、まだ太陽は沈んではなくて美しい夕陽が赤く雲の切れ間から弱い光で照らし出している。

　翌日から大工は、全員で屋根工事に取りかかり、陸梁の上に足場板を仮に並べて、垂木や野心板＊注3をその上に仮置きして、垂木の取り付けが終わった順に野心板を張り始める。

　一方、本職の鳶工二名が作業員数人を使って足場を組み立て始め、地面に穴を掘って足場丸太を等間隔に建てて、丸太を抱き合せに横に渡して番線で締めつける。この繰り返しで上へと足場を組んで行く。屋根工事は、野心板張りが四日間で終わり、その上に「ルーフィング（防水紙）」を張って瓦桟《かわらざん》＊注4を等間隔に並べて、取り付け終わったのは六月三十日である。

　七月一日は休日で、隼人は近所の作業員の人と知り合って、遊びに行ったり、包丁を研いでやったり、簡単な棚を作ったりして真玉に伝わる昔話を聞いたりして一日を過ごした。

　翌日から、外部の軸組から作業を始めて筋違や間柱などを取り付けた。基本的に教室は、一部屋が幅五・五間《けん》（約10ｍ）で、奥行四間（７・２７２ｍ）、二十二坪だから72・72㎡になる。これが一階で八個分、二階と合せて十六個分だが、廊下が幅一間（１・８１８ｍ）、長さが四十四間（約80ｍ）だから、１４５・４㎡になる。

二階も同じ広さだから、総廊下面積は２９０・８㎡になる。これと一階と二階の教室の面積

＊注3　野心板…垂木の上に並べて張り進む板で、化粧せずに製材したままの板を張る、屋根上での下地材。この上に瓦等を葺く
＊注4　瓦桟…日本瓦の場合には、22.5ｍ／ｍごとに等間隔に野心板の上に釘で止めて、瓦のすべり留めにする約15ｍ／ｍ角材

が全部で1163・5㎡になる。ただし職員室は教室よりも広いし、逆に階段室から裁縫室、図書室、宿直室、音楽室などは教室よりも狭い。

これが第一期工事分であり、第二期工事は来年以降になり、学舎は決定済みだが、体育館と、それに付属する倉庫はあくまで予定であり、予算の関係では延期する可能性もある。しかし、敷地は余裕をもって確保している。

学校の教室は、一般の住宅と違いがあるとすれば、一般の住宅は南側に大きく開口部を設けて採光に重点を置くが、冬期の夜の断熱効果を考えて、他の部屋は最小限に留めて、南側に比べて窓は小さい。その点学校の教室は、職員の先生は別にして、児童が使用する教室は、夜に使用することは滅多にないから、窓を大きく取っている。それも南側と同じ大きさで、廊下との間仕切り窓も北側の窓も大きく開口するから、どうしても地震や台風による揺れに対して壁が少なくなる。この欠点を補うために、柱と同寸法の筋違を×の字型に壁の全部に入れて、強度を保つのである。

また木造の大きな建物であるから、一定の面積に対して廊下を除いた間仕切壁には、数カ所に防火壁*注1を設ける。防火壁とは、「ラス下地」板にフェルト紙を貼って、その上にワイヤーラス網を張り、ピアノ鋼線で押えてモルタルを最低でも三回以上塗って、厚みが30m／m以上にするのだ。こうして両面で60m／m厚に仕上げる。

住宅密集地の都会の学校では、これ以上の強度の壁だと思われるが、真玉の学校はこの時建設中であったから、現在では住宅は密集していない緑の豊かな環境である。それに長洲は、海

＊注1　防火壁…大規模な木造建築物は、一定の面積に対して間仕切り壁にワイヤーラス等を張り、モルタルを厚く塗り延焼を防ぐ壁のこと

が目の前であった現場なので、夕陽が沈み行く時には海と雲とが、さまざまな茜色に染まり美しかった。この真玉の現場は、海から1・5㎞ぐらいあるが、屋根の上や近くの丘の上からの眺めは、西北の方向に沈む夕陽は、長洲に遜色がないほど同じように美しい風景である。

学校建設は順調に進んで、九月の終わりには最後の仕上げの段階になっていた。馬場さんから、「神田君と隼人の二名だけ、先に安心院《あじむ》に行ってくれ。長洲で一緒だった前川君が、『安心院農業学校』の工事を始めたから、お前たちも行って指示通りに働け」と言われた。そして月末の小遣い銭をもらい、明日十月一日の休日の朝、メモに用件と簡単な地図を渡された。二人に別々に封筒に入った旅費を渡し、「今日はもう早く寝て身体を休めろ」と言って、馬場さんは職人さんに渡す給料の計算を始めた。

翌朝、神田君と二人で真玉から宇佐に出た。宇佐駅前で、「今日は休日だし、夕方までに着けばよいのだから、これからどうする」と神田君が聞いたので、隼人は「このまま安心院に行って着いてから、ゆっくり休んだほうが良いと思うのだが」と言って、バスの時刻表を見た。だが直行便はなかった。となると、バスは乗り換えになる。宇佐駅前の地図を見ると、鉄道で南下して立石駅からバスか、または北上して柳ヶ浦駅からバス便があると駅員が教えてくれた。

立石駅は、長洲駅と別府湾に面した日出《ひじ》駅との中間ぐらいの距離である。結局立石駅からのほうが、距離が近いし時間も少ないから、二人は鉄道で宇佐から立石に向かった。

立石駅前から、城山、原、山浦、内川野までは、緑の多い山林と田園風景が続いているが、蔵山のバス停を過ぎると佐田、且尾から住宅が多く見られるようになった。矢崎、飯田、新原でバスを降りて、下市の近くにある学校の建設現場まで道具袋を持って歩き、二十分近くかけて現場に着くと、一時少し前であった。

安心院現場

現場に着くと、まだ工事は始まったばかりなのか、仮設の飯場も宿舎もできたばかりのようで、本工事には取りかかってはいなかった。

前川さんに挨拶してから、遅い昼食のあと、現場事務所に行った。そこには「広瀬建設KK」、「安心院農業高等学校」工事事務所の看板が大きく出ている。監督の尾藤利治《としじ》さんと助手の林善典さんの名前を、前川さんが間に立って紹介したので、隼人たち二人は同時に頭を下げて「お世話になります。よろしくお願いします」と言って宿舎に戻った。

宿舎に入ると前川さんは、明日からの仕事の工程や種類を簡単に説明したあとで、雑談として話を語り出した。

「ここの安心院町は、宇佐郡の駅館《やっかん》川上流である佐田、津房、深見の三つの川が流れている地域で、周りは山に囲まれた盆地であり、三村を合併して人口が一万人を超える規模になった。米麦が中心の農業だが、戦後の復興もあって周辺山地からは、良質の木材、薪炭、竹材、椎茸などの主要になり得る産業が育ってはいる。まだ大きく伸ばす町にするためには、若い人材を育てる必要がある。この町に農業産物専門学校を建てることに一町三村で合意して、この現場が始まった」

と、説明を聞きながら、隼人は長洲の現場で海に注ぐ西隣の駅館川の大きな河口を毎日見ながら作業をしていた、あの川の上流が安心院町だったのかと思った。つい数時間前にバスで、幾重にも曲がった川の上を、何回も橋を渡ってきた風景を思い浮べて、三つの川が合流した美しい水に恵まれたこの地域は、人材を育てればきっと農産物で成功する良い街になると、重ねて思った。

原寸出し

翌日から隼人と神田君は、兄弟子の神野光彦さんの指導で、校舎と体育館の基礎作りの作業を始めた。まず図面の一頁の総図から、この学校の敷地は幅が80・44ｍ、奥行が70・88ｍだから、約千七百二十四坪（約５７００㎡）である。校舎も体育館も北側の境界線から３ｍ間隔を取って建物を建てるから、西側と建築物と東側の間隔は、それぞれ５ｍ程度の空地に配置するように設計されている。

監督の尾藤さんと神野さんの指導で、境界から３ｍの位置に東から最初の杭を打ち込んで、西側も同じように杭を打って水糸を張り、「大矩《おおがね》*注1」、木製の貫板《ぬきいた》を直角三角形に作った大きな道具で直角を求める。現在は「トランシット光学レベル機器」で直角が出せる。鋼製の巻尺（スケール）で寸法を測って杭を打つ。

＊注１　大矩…木製の大型の三角定規で、直角を出す重要な道具

この繰り返しの作業で、建物の柱の中心線を四角形に出して、その芯から80㎝離れた場所に角だけ三本の杭を打ち込み、それから順次貫板の長さに応じて、建物と平行に一直線に平均して1・2mごとに杭を打ち込む。建物の周りを一周するまで杭を打ち続けて終わると、今度は監督助手の林さんが三脚を立て、その上に「光学レベル機器」を乗せて水平を調整し、すぐ林さんが手招きする。

隼人が行くと「バカ棒」を杭に垂直に上下するよう指示して「『バカ棒』の十字印をレベル機が読み取るから、手首をぐるぐる回したら杭に印を付けろ、必ず指先を見よ、空を指したら上に、地面を指したら下げよ。それから上でも下でも大きく動かす時は強く、ミリ単位の時はピクピクと少し指先を動かせ」と、そう言い終えてから、まず中央の標準杭を最初に印を付けて、順次杭の全部を林さんが覗き込む。水平望遠鏡で手首の動きに合せて印を付け終わってから、また最初の標準杭を再度確認して誤差のないのを確かめて、レベル出しは終わった。

水平貫を神田君と隼人は、神野さんの指示通りに地面から75㎝の高さに建物の囲いに全部取り付け終わると、その水平貫に水糸を何本も張って図面の寸法に合わせる。尺杖で指金を使って、印を書き入れていく。この重要な部分は馴れているのは神野さんである。隼人は常に零寸法の部分を貫の墨に合わせて尺杖を手で固定しているのを確認して、図面と照らし合わせながら神野さんが、芯印《しんじるし》を墨指で次々と付けていく。

体育館と校舎の墨出しが全部終わって、尾藤さんと林さんの二人で図面と照合しながら、三十分近くかかって検査が終わった。この作業は「遣方出し《やりかた＊注1》」と言う。地方によっては、「水盛《みずもり》

＊注1　遣方出し…基礎を作る際に、主要な柱。間仕切り・壁等の中心線及び高さを示すため、杭と貫（ぬき）を水平に設けた、仮設物

出し」とか「水平縄張り」とも言う。

翌日からは、大工は先輩が墨付けした角材を刻み始めた。土木作業員たちは、昨日遣方出しをした基礎事業の根切り作業を始めた。

体育館

校舎については、真玉の学校と同じような造りであるから、ここでは繰り返さないが、体育館だけは少し述べる。

古代ギリシャにおいては、体育館が重要な教育施設であった。ここでは体育館のための各種のスポーツが行われたほか、学者の講演も催されたが、近代になると十九世紀の初め、ドイツに現れ「ドイツの体操の父」と言われたフリードリヒ・ヤーンは、各地の屋内に会場を造って体操を広めた。これが近代の体育館の始まりとされているが、その後プロスポーツの発達に伴って、体育館はアメリカで特殊の発達を遂げた。

またプロスポーツの施設として、1925年ニューヨーク市に世界最初の総合施設を持つ「マディソン・スクエア・ガーデン」が建設され、1965年には、アメリカのプロ野球で初めてテキサス州ヒューストン市に屋根付き球場が開場し、その後は日本をはじめ、世界各地で大規模な施設が続々と誕生した。

体育は古代より中近代までは、肉体の発育や運動能力が主な目的であったが、近代では、それに加えて精神的、性格の形成、感情の陶冶、知能の発達、社会性の獲得、健康な肉体と健全な精神を養う目的で、天候に左右されずに広く発達したのが体育館である。

さて話を戻して、安心院の体育館は、一階ではあるが二階と同じ高さの6mであり、大半の材料が120m／mの正四角形の角材だけであり、基本的には三角形だけれど、細部は多角形に複雑に組合って屋根全体が、おだやかな曲線になっている。そのために校舎と違って瓦*注1が使えないから、長尺のカラー鉄板を最近「三晃式《さんこう》*注2」の商標で売出した道具で幅が一・五尺（約455m／m）間隔で、木材の真《しん》木を入れた瓦棒葺き*注3が一般的だったが、この道具の発明で、真木が不要になり直線だけだった屋根を、曲線での屋根を葺くことが可能になった。

何よりも今までの真木を入れるこの方式は、夏の猛暑や冬の厳寒での気温差で真木が劣化して細くなり、止めている釘やその他の金物が軟らかになって抜け落ちて、強度が減少する方式だったのを、施工方法を改良したのが、この新しい「三晃式」である。

もう一つ、隼人が初めて目にしたのは、体育館は内部が壁や柱がない大きな空間なので、どうしても台風や地震に弱い。この欠点を補うために、外部に梁行、桁行とともに数カ所均等に三角形のバッ*注4トレスを建物と一体に、外壁と同じ仕上がりで補強する工法を用いている。安心院の現場は、十月の初めから翌年の一月末までの四カ月間でほぼ終了したが、冬でもまだ周りの山は緑が多く残っており、新鮮な農産物が、この安心院には豊富にあって、隼人にとっては楽しい現場であった。

＊注１　瓦…およそ次の８種類がある。平瓦・軒先瓦・右袖瓦・左袖瓦・角軒先瓦・熨斗（のし）瓦・雁振（がんぶり）瓦・鬼瓦

＊注２　三晃式…今までの瓦棒葺きと同じだが、真木が不要で２種類の工具を使い分けて、笠木も被せて、徐々に折り進みながら直線でも曲線でも加工が可能

姪浜現場

安心院の現場は、まだ完全には終わってはいなかったが、仕上げの段階だから隼人たちのできる作業は限られている。そして次の現場である、初めて県外の福岡市の姪浜《めいはま》に行くことになった。安心院の現場は、高度な造作工事だけなので職人さんが数人だけ残った。その他の者たちは、正月休みが終わった一月六日から移る。博多に出て市街地より10㎞ほどの西端地区で、西の唐津や糸島半島から、福岡に通じる街道である。旧宿場町として栄え、明治の終わり頃から炭鉱の町として栄えた市内路面電車の終点だ。鉄道で行くと筑肥《ちくひ》線の姪浜駅下車である。

この地は、玄界灘に面していて、玄界国定公園に編入された景勝地であり、糸島半島に続く首にあたる長垂《ながたれ》海岸にある含紅雲母「ペグマタイト」岩脈は、天然記念物に指定されている。昭和八年に福岡市に編入されて以来、町は活気に満ちて、人口がだんだん増加してきたから学校の校舎が足りなくなった。姪浜駅より北に向かって海側から中学校、３００ｍ手前に小学校があるが、人口が増したので、そこから西へ１・２㎞の十郎川の近くに新しく学校を作ることになった。

この川を渡ると、ゆるやかな弧を描く今津浜の美しい松原が続き、絶好の海水浴場になっており、目の前に続く海には、北部がやや細長く南側は丸みを帯びて太くなっている能古《のこ》島がある。船で十五分ぐらいで行ける台形状の島であり、全体が美しい景観で海水浴場や自然遊歩道などがあり、戦後の復興が進んで、新たな「レジャー施設」の建設が始まっている。

＊注３　瓦棒葺き…屋根面の上に真木の小角材を設けて、長尺の鉄板を折り上げてその真木全体も鉄板を加工して被せる工法で、雨の流れが良好である
＊注４　バットレス…地震や台風に備えて、大きな空間のある建物には外部の数カ所に三角形の超大形の筋違を、外壁と同じ材料で均等に張る

姪浜から今津浜の間には「生の松原《いき》」が続き、この地には「元寇防塁跡《げんこうぼうるい》」がある。文永十一年（1274）の第一回元寇の後、北条時宗は本土防衛のために博多湾沿いに長さ20㎞におよぶ石垣を築いた。その遺跡が現在でも、今津浜や生の松原などに残っている。

天明四年（1784）、島の西海岸で一人の農夫が、厚さ8m／m、23m／m四方の小さな金印を発掘して、それには「漢委奴国王《かんのわのなのこくおう》」と刻まれていた。これが有名な金印であり、漢の光武帝が日本の使者に授けたものであり、博多湾沿いの、どこかに奴《な》の国があったことを物語っている。現物は国宝に指定されて、旧領主黒田家に所蔵されている。

博多と福岡

福岡市の中央を流れる那珂川を境にして、東側が古くからある商人の町として栄えたのが博多であり、一方西側である福岡は、武家の町として栄え、黒田氏五十二万石が関ヶ原の戦の功により、この地で城を築いた。前地の備前の国の「福岡」から興ったのを記念して、この城を福岡城と名付けて以来、人々が集まり始めて城下町として栄え、1889年の市制を敷く際に「市名」を決める際には大いにもめて「福岡」だ、「博多」だ、と双方の町民が言い争った。その末に、投票で一票の差で博多が破れて福岡市と決まり、その埋め合せに鉄道の駅名は「博多」と決定した。現在でも東の人は博多と呼び、西の人は福岡と呼び合うほどライバル意識がある。

その福岡城跡の外濠を利用した入江を公園にしており、市民の憩いの場所で周囲が２kmの水の公園であり、池の中に三つの島を作って、橋で結んである。季節には桜、ツツジ、青柳が美しいし、ボートなども楽しめる。この池は黒問川で博多湾に通じており、満潮時には海水が流入して淡水魚や海水魚が釣れる。この大濠《おおほり》公園と相対する小高い「荒戸」の丘が、西公園として眼下に博多湾を一望すれば海の中道や、前面には志賀島があり、左側には能古島が見える。

この西公園は桜の名所であり、松、ツツジ、カエデなどの緑に恵まれ、園内には黒田孝高《よしたか》と、その子である黒田長政を祀る光雲《てるも》神社がある。また「黒田節」のモデルとなった母里太兵衛《もりたへえ》の像や徳富蘇峰《とくとみそほう》の詩碑もある。南を振り返れば、大濠公園の水面が光って見える。

福岡の中心街から、15km南の西鉄二日市駅から西鉄太宰府線を使って東へ２・５km行くと、太宰府天満宮がある。全国各地の天神様の総本社である。回廊を巡らした檜皮葺の本殿は、天正十九年（１５９１）に小早川隆景《たかかげ》が再建したもので、流造の特徴があり「心字池」に架かる太鼓橋が美しく映る。

時の右大臣であった菅原道真は優れた政治家であり、学者でもあったが、藤原時平のざん言によって太宰権帥《だざいのごんのそつ》として左遷された。二年後の延喜三年（９０３）二月に、太宰府内の榎寺の配所でこの世を去った。この地は梅の名所で知られ、約１３０種、６０００株も境内にあり、道真公が左遷のため京の都を発つ時に庭の梅の木に向って「東風《こち》吹かば　匂いおこせよ　梅の花　主《あるじ》なしとて　春な忘れそ」と詠んで別れを惜しんだことは、よく知られている。

話がつい、現地の見聞記に脱線してしまったが本筋に戻すと、姪浜の学校建設は昭和二十八年一月六日から始めて、大手の建設会社である「浅岡建設ＫＫ」であり、長洲での会社と同じであるから、その日から迷わずに仕事をすることができた。

監督は、矢野礼士《れいし》さん。助手は本間義将さんであり、工事責任者は五番弟子の梅田拓治さんで、真玉の現場では馬場さんを支えてリーダーとして工事をしたから、隼人は顔見知りである。以下は身内職人の八番弟子の原沢政《まさ》さん、十四番弟子の前田伸哉《なかや》さんで、以下は弟子が五名。福岡市近郊から通勤してくる職人十三名、土木作業員が八名、作業員が六名で作業が始まった。

一月二十五日から、大分の現場から杵築《きつき》市の現場を回り終わって、このチームが新たに加わった七番弟子の高井則誼《のりよし》さん、十番弟子の倉本照也《てるや》さんの二名は、隼人は初対面であったが、一年先輩の原口朋宏さんとは、昨年の農作業の三日間一緒だったから顔見知りである。

二月の三日と四日の二日間で一棟目の校舎の棟上げをして、十八日、十九日で二棟目の校舎と職員室、附属教室の棟上げが無事に終わった。北からの海風が強く、この季節だから寒かったが、好天に恵まれて、工事は予定通りに順調に進んでいる。

この町は炭鉱や織物と人形などの生産も盛んで、村落ごとに石炭を燃料に利用しての共同浴場がある。その浴場は、工事作業員入口にある係の人に木札を見せると入浴ができる。浅岡建設か、桜井親方かが、地元の学校建設の作業員でもあるからか、特別に配慮してもらい村落の人と話し合って何がしかの金銭を渡しているのだろうと思われるが、その木札のおかげで毎日作業が終わって、ただで入浴ができることは働く者にとっては楽しみの一つである。

この学校の工事は五月末日までの予定であるが、工事事務所内の工程表のグラフを見ると順調に進んでいる。三月十六日の昼少し前に、別府市内の温泉旅館の増築工事中の親方が姪浜の現場に来て、「日本でも五指に入る大手の大森組が、今度黒崎駅前の工場を、今ある工場の隣地に建設することになったので、高井君を責任者として、木村さん、隼人、吉岡君の四名で三月十八日の朝の列車で発って十一時頃には着くように」と指示して、現場事務所の建物の中に去っていった。

黒崎現場

その日の朝、道具と手荷物を持って、高井さんの指示に従い、一緒に姪浜駅から（筑肥線）で博多に出て、博多駅から鹿児島本線の上り列車に乗った。車窓からは右側が山や緑の多い丘陵地が続き、左側は玄界灘から響灘が見え隠れする。海岸線を東に向かって蒸気を出しながら十一時少し前に黒崎駅に着いた。

この線路を挟んで北側が、明治の中期からの海岸線の低地や洞海湾《どうかい》の埋立てによる広大な面積の土地を生み出し「安川電機」「小野田セメント[*注1]」「黒崎窯業」「三菱化成」などの大工場が建設されている。一方の南側は帆柱山、東隣の皿倉山の麓まで商店街と住宅地が、昭和四年の大規模な区画整理により大住宅街が形成されていて、すぐ東隣の八幡に比べて大戦時の戦災が少なかったから、ほとんどの住宅が残っている。

線路の北側東へ７００ｍの地に、江戸時代の初期に福岡・黒田藩の支城が築かれた黒崎城跡

＊注１　セメント…無機質粉末を砂や水を加えて練ると硬化する物質

が残っている。高井さんを中心に黒崎駅を降りた。宿舎は、駅から歩いて七分ほどの商店街から二つ目の通りに入った閑静な住宅街の中にあった。大きな建物だが、安普請《やすぶしん》であり、総二階建ての元はアパート用に造られたようで、プロである大工の目にはすぐに分かる。部屋は一世帯ごとに小さく六畳と四畳半に区切られている。

一階の道路に面した部屋の二部屋の境《さかい》壁を取り払って十二畳間にして、固定のテーブルと長椅子を仮設に作っている。道路に面した壁を解体して流し台と食器棚を新しく作って、職人や作業員の飯場として使用している。浴室はなく、近くに銭湯が、３００ないし２００ｍの間隔であるし、また夜も十時過ぎまで開いている。部屋は原則六畳間に三人～四人の相部屋で、他職種との相部屋もある。

入門申請書

高井さんがみんなを集めて、ガリ版印刷の用紙で、「安川電機ＫＫ入門許可申請書」の該当する項目に記入して現場に向かう決まりになっているから、一時までに書き終わるように言うと、そのまま飯場に降りていった。一同はその申請書を読みながら、とりあえず腹が減ったから、昼食後に書くことにして、飯場で昼食後に書き始めた。

入門申請書を繰り返し読んで、まず大森組工事現場から始まって、桜井班、職種、住所と氏名、年齢と性別を書くと、下欄には持込みの品物の種類および員数とその年月日を詳細に記入する。それから歩いて、線路の北側にある安川電機工場の南門の前に並んで、一人ずつ申請書と持込みの道具とを係の人が点検する。

その品質にも、上中下のランクを付けている。なぜかといえば、例えば、門内に入れば現在稼働している工場にある新品に近い工具と古い工具を交換して持ち去ることを防ぐためである。全員四名が終わったのは二十分後であった。

一辺が５００ｍ四方の広大な敷地には、入口附近は高さ２・５ｍの板塀であるが、奥のほうから先は鋼鉄製の金網が張り巡らされている。その上方には有刺鉄線《ゆうし》が縦横にこれも張り巡らされている。これは防犯対策であろう。黒崎駅前にある南門が正門であるが、各塀の中央附近の東北西面にも、資材の搬出入用である臨時の門番がいて、３ｍ幅くらいの出入口が設けてある。

四人が工事現場まで来ると、工場の敷地はもう土木作業員が基礎工事の根切り作業をしている。現場事務所は、ここから50ｍ東寄りにも六間《けん》×三間（10・９０８ｍ）×５・４５４ｍ、十八坪総二階建て三十六坪（１１８・８㎡）である本格的なプレハブで建っている。高井さんを先頭に事務所で挨拶をすると、監督と助手の氏名と、その担当部署が印刷された紙を渡された。それは左記の通りに書いてあった。

安川電機工場建設　黒崎
大森組ＫＫ現場

総監督　亀井大介
土木・大工　掘田照次
鉄骨　菊地久義
鉄骨助手　黒木慎吾
土木　野原豊浩
大工　児玉大義
土木　中野則雄
設備　佐倉浩好

その後、作業員全員に義務である、セルロイドに安全ピンが付いた名札を渡された。見ると大森組は初めから印刷されていたので、職種と氏名を書いて胸につけることと説明を受けた。昭和二十八年三月の頃は、ナイロンは靴下やYシャツなどは普及し始めてはいたが、ビニールやプラスチックは、まだ日本では普及していなかったから、フィルムや学用品などもセルロイドであった。

杭打ち

黒崎での初仕事は、敷地から30m離れた北側の海に近い場所に、長さ20m×直径27~30㎝の北洋材松丸太が山積みされている、この丸太材を作業員六名と大工四名が協力して、樫《かし》の棒をテコに使って丸太を一本ずつ転がしながら平らな台の上に並べて丸太の末口を斧で三角錐[*注1]にすることである。

最初は弟子の三人が荒削りしたのを、高井さんがきれいに仕上げると、丸太の頭の部分に角の面を削り取って中心に30ｍ／ｍの穴をドリルで深さ50ｍ／ｍくらい開ける。これで一本の作業が終了する。仕上がった丸太は、作業員がウィンチ係の人に合図をしてワイヤーを掛けると、基礎打ち込み現場までウィンチが引き寄せる。この繰り返しで、一千数百本を十五日間で削り終わった。

現在では各種の移動抗打機があるが、昭和二十八年三月時点ではなかったので、簡単に当時の工事方法を述べると、まず監督と助手が鋼巻尺（スケール）で建物の寸法を図面に照らして測量をしながら、鉄骨柱の立つ位置に小さな杭を打ち込む。この杭を中心に、石灰で十字形の印を作業員が手で掴んで撒く。これを土工が直径35㎝、深さ30㎝の穴をスコップで掘る。

この穴を歯車（ギヤ）のある螺旋錐《らせんきり》の機械で回転させて、深さ1・5ｍまで掘り下げる。この穴に大工が三角錐に削った杭《くい》先を入れて、トラ綱と小型のウィンチを使い作業員六名で一本ずつ立てていく。ここまでは螺旋錐やウィンチの運転士以外は普通の作業員でできるが、ここから先の作業は特殊チームになる。

30㎝×15㎝の平角材を長さ21ｍまで継《つぎ》手仕口を交互に継いで、二本の平角材を接合して1ｍ間隔に鋼線で緊結する。30㎝角材で長さ21ｍが出来上がる。これを大工が一本作って、足は鉄

＊注1　三角錐…木杭の先を削る形を三角錐に加工する

板で巻き、頭はトラ綱用と分銅《ふんどう》を吊る鉄製金物を取り付けて、二本の柱の間を45㎝開けて立てる。四方にトラ綱を張り、足元には厚い鉄板を敷いて、仮立てにしている杭が、この柱の真ん中になる位置まで移動して固定する。

二本坑《こう》には、鉄の分銅の寸法を30㎝角にし、長さが60㎝に仕上げ、その中心には真矢鋼《しんやこう》を通す穴が縦に貫通している。この分銅を二本坑に吊してウィンチで分銅を上下させて杭を打ち込むのである。

ここで重要なことは、必ず真矢鋼の棒が丸太杭の頭に突き刺さっていることである。これで、重さが1トンもある分銅が必ず杭の頭の中心に振《ぶ》れずに上下して、確実に杭を打ち込むことができるのである。大工は二本坑の製作と丸太杭の作業が終わると、引き続き杭を打ち終わった順序から、基礎である仮枠《かりわく》組立工事に作業員などとの協力で建て込みを始めた。バタ角材と番線で仮枠を緊結し終わった順から、土木作業員が大工を追いながら、コンクリートを流し込んでいく。

作業は順調に進行している。ここ数日は、日本海特有の冷たい北風も、四月に入って寒さが急に和らいで春の日射しが続いている。その時、正確には四月六日の午前十時八分にウィンチと分銅の杭を叩く音が消えた。作業員全員が手を休めて、二本坑の頂上を見上げている鳶《とび》の頭《かしら》が、しきりに調べているのをみんなで黙って見つめている。

しばらくして頭が降りてきて、土木監督の掘田さんに説明している。その二人が基礎工事の仮枠建込作業中の大工の所に来て、高井さんに説明を始めた。話の内容は側で作業をしている隼人にも聞こえてくる。原因は、ウィンチの負担を軽減するための滑車（プーリー）が二段に設置する、いわゆるW（ダブル）滑車にあるようである。

二本杭の頂点にある主「フック」の滑車は健在だが、その下にある二段目の滑車を支えるシャフト金棒の取り付け部分が震動により口が大きく開き過ぎである。事故になる前に、早めにその位置より50㎝下に新しい穴を開けて、新しいシャフトと交換しなければならないと、掘田さんが高井さんに紙に図を書いて説明している。この21ｍの二本杭を一担倒して再度起こせば、まる一日の時間を空費することになるから、誰か大工が上がって穴を開けてくれとの相談である。

高所作業

もちろん鳶は、高所作業が専門ではあるが、ギムネ*注1で木に穴を開ける経験はない。ここは大工しかいない。高井さんが、木村さんと隼人を見た。目がちょっと来いと言う顔である。二人が近寄ると、吉岡君も近くに来た。再度掘田さんが念入りに説明を始めた。大工は穴を掘るだけで良い、あとの金物の取り付けは全部鳶がやる。ここで隼人が、おそるおそる初めて口を開いた。私で良かったらその作業をやりましょうか、と。

鳶と監督の掘田さんが、身長１４３㎝で体重が45㎏の隼人をしばらく見ていた。高井さんに、この子で大丈夫かと問い質すと、この子は小さいが、もう経験は三年になるから穴掘の技術は

＊注１　ギムネ…木材に対して水平に手で回して穴を開ける道具で、錐（きり）のこと

問題はないが、木登りはどうかな、と答えた。

そこで総監督に来てもらい、決断を仰ぐことになった。角縁の眼鏡をかけた亀井さんが着くと、すぐに「君、自信はあるか」と一言、隼人に問うた。「はい、やります」と答えると、「落ち着いてやってくれ」と言って許可したから、道具を持って二本坑の下に立ち、まず細いロープを腰に結んで、下を見ないで、ひたすら上へと登っていった。

上に着くと、「太いロープとギムネ錐《きり》を結んでくれ」と頼んでいた通りにゆっくりと道具とロープを引き上げて、太めのロープで身体を柱に安全帯とに結び終えた。そしてギムネで指定された位置に穴を開け始めた。作業員二十数名が下から全員が見守る中で、二本の柱に穴を開け終わったのは、開始から二十分が経過していた。下に合図すると「降りてこい」と言われたので、上がる時よりも慎重に降りると、監督が「ご苦労さん」と言ってくれた。見上げると、もう鳶の人が二人で金具の取り付けを始めていた。

高木さんの所に行って「終わりました」と報告すると、笑顔で「上手くできたね」と褒めてくれた。すると事務所のほうから総監督の亀井さんが歩み寄って「ご苦労さん」と言ったあとで、缶詰の乾パンを隼人に手渡して「君はもう十分仕事をしたから、今日はゆっくり休養しろ」と言った。

高木さんを見ると、高木さんも頷いて隼人に向って、「大原君、監督の言う通り、午後から君はゆっくり休養しろ」と許可が出た。隼人は、今日の自分が少しは役に立ったのだと思うと休養よりも、そのことのほうがうれしくなった。

名札を外して宿舎に帰ると、賄いの小母《おば》さんが夕食の材料を桶で洗っていた。「あら、今日は早いのね」と言ったあとで、「どこか身体の具合が悪いの」と心配そうに聞いたから、「いいえ」と、事故の作業をしたことを簡単に説明した。午後九時までは、自分の自由な時間ですと答えると、小母さんは、「あなた、見かけによらず凄いのね」と、うれしそうな顔で笑った。

隼人は、黒崎に来てまだ一度も映画を見ていない。映画館は六館ぐらいあったが、その中で日本映画専門の黒崎大映に行ってウインドウのブロマイドを眺めた。館内のスピーカーからは、今流行している初代コロムビア・ローズの「娘十九はまだ純情よ」と鶴田浩二の「ハワイの夜」や「街のサンドイッチマン」、それに天才少女と騒がれていた美空ひばりの「リンゴ追分」などの曲が繰り返しスピーカーから流れている。

主演は宇野重吉、共演乙羽信子の「愛妻物語」と、主演が高峰秀子の「稲妻」が上映されている。料金は宇佐や日田では五十五円から六十円であるが、黒崎は中都市だからか、七十円である。十円高いとは思ったが、思い切って入場すると、まだ昼間の二時少し前だからか、空席がかなりある。見渡すと館内はきれいで椅子も上等で、立ち見せずにゆっくり座れたので満足であった。

館外に出ると、まだ明るさは残ってはいたが、いつもよりは少し早いが銭湯に入った。安心院は八円だったが、黒崎は十円だった。湯舟に体を沈めて目を閉じると、今日見た映画のシーンや、午前中の出来事が蘇った。

翌日現場に行くと、周りの隼人を見る目が、昨日までとは違っていた。以前は、ひ弱な少年に見られていたが、作業員たちの態度が、型枠起こしの隼人の要請にも、すぐに応じるようになった。

四月十日、木村さんの弟子上がりの日である。半年間のお礼奉公が終わって、今日からは職人である。朝みんなの祝福を受けて黒崎から日田に向かった。今夜、弟子上がりの宴が行われることだろう。隼人も満一年が過ぎて早や三年の経験になり、あと二年弱で職人になれる予定であるから、これからも今まで以上に先輩から学んで働こうと思った。

二日間休んだきりで、木村さんが再び黒崎の現場に戻ってきた。この黒崎の現場は、工場なので全部鉄骨造であり、屋根と壁は人工加工品の波形石綿スレート板張り[*注1]である。この石綿施工は、最近専門業者などの下請に出すようになり、大工の仕事ではなくなった。大工の仕事は、基礎仮枠工事が終われば終了ではあるが、何しろ基礎だけでも、間口（幅）が50ｍの奥行（長さ）が３００ｍもあるから、全部で1万５０００㎡もの大工場である。

この基礎工事が終わるのは、予定表では五月の初め頃である。現在と違って、日曜とか、連休とか、ゴールデン・ウィークなどは一切なかった時代で、月に二回の休みだけが、職人や商人のささやかな楽しみの世界であった。

＊注１　石綿スレートおよび大波フレキシブル板…石綿とポルトランドセメントを混和して、圧搾して形成した建材。当時は工場の屋根は、ほとんどこの製品で屋根等を葺いていた。また、外壁にも使用していた

製缶鳶

基礎工事の終わった北側の端から、鉄骨の組立工事が始まった。平屋建てではあるが、高さが6mもあり、屋根を加えると8mを超す。隼人は、木造では今まで何十回も大きな建物の組立作業を見ているが、鉄骨造は初めてでもあり、好奇心から時々作業中に、どんな方法で組み立てるのか見ていると、最初は妻側の柱を両端に一本ずつ立てて、その間に10m間隔で四本立てる。柱は比較的軽いから、移動式の小型ウィンチで起こして、間口が50mなので、10mのトラス梁を五本固定ウィンチで巻き上げるが、滑車（プーリー）の位置は、その都度変更して製缶鳶《せいかんとび》がトラス梁の継手を丸リベットで次々と接合していく。

このリベット[*注1]は、コークスの火で赤熱して、ステッキぐらいの長さの鉄棒で挟んで大きく振って投げ上げる。これを上で左手に漏斗《じょうご》形の容器を持ってカチッと受け止める。特に残業で夜になると、投光器の光に照らされて、投げたリベットが火の玉となって空中を飛んでカチッと音を発して受け止めるのだ。まさに阿吽《あうん》の呼吸であり神業に近い。これが鉄骨組立のプロの技である。製缶鳶は特殊な職業である。接合部はエアー・ハンマーで、ダダ……ッと大きな音で接着する。

このトラス梁は5mの間隔で長さ300mだから、全部で61本のトラス梁を架設する。このトラス梁の上に直角に、片流れ屋根がある、。そして直角三角形であるトラス梁を、[*注2]のこぎり型屋根の形に、垂直の面に採光ガラス窓を設置して工場全体の明かりにするのである。もちろ

＊注1　リベット…鋼材を接合する重ね目に穴を開けて接合する、びょうのこと。棒鋼の片方の頭をプレスして穴に入れて赤熱して、ハンマーで圧縮し接合する

＊注2　のこぎり型屋根…のこぎりの歯に似た片流れの屋根で、南側の垂直部分には大きめの明かり窓を設け、採光を目的とする。主に工場等に多い

ん大工の仕事ではないが、工場というのは、このようにして建設されてゆくのだ、と目の前の作業を眺めながら隼人には参考になった。

四月十二日に木村さんが再び黒崎に戻った。三日後の十五日は休日であった。桜井親方が二人の少年を連れてきて、今度、弟子入りした柿坂正典君と酒田辰成《たつしげ》君を、昼食時の飯場内で残っていた数人に紹介した。ほとんどは外出していたが、隼人は先日に休息したばかりだったので、同じ宿舎内にいた。土木の親方で杭打ちの指揮をしながら働いている五十歳前後の人と朝の洗面所で、たまたま顔が合ったので思いきって、隼人は親方に深々と頭を下げて、「少しお教え願いたいと思いますが」と問いかけると、「休日だから、朝食後八時過ぎならば部屋にいるから、いつでも来なさい」と答えてくれた。

朝食後、隼人は近くの煙草屋で「ピース」四十円を買って、八時半頃に土木の親方の部屋に行った。先日の木登りの件で、二本杭の近くで腰を下ろしてタバコを吸っていたのを隼人は知っていたので持ってきたのだ。「ピース」を差出すと、親方は軽く手を振って「気を遣わなくてもいいのだよ」と言ってくれたが、隼人は強くその手の上に乗せたら、上機嫌で受け取ってくれた。

遣方杭《やりかたくい》は何回も削ったが、海岸の埋立地に打ち込む長大な杭は初めての経験だったから尋ねた。

「削りの方法ですが、なぜ鉛筆削りのように円錐形ではなくて、三角錐にするのですか」と疑問を問うと、親方は笑顔で説明を始めた。最初はみんな考えることは同じらしく、丸く削るほうが抵抗は少なく早く沈下するが、なぜか打ち込むにつれて、どうしても曲がって頭が振れてくる。昔から道普請《みちぶしん》や山林などの傾斜地の土留め、河川の護岸工事などで、何千本、何万本と打ち込んでいるが、どうしても頭の先が、一直線に並ばずに曲がってしまうのだと答えてくれた。そして次のように語ってくれたのだ。

「何万回も失敗しているうちに、ある日急に雨が強くなり、杭の先を削っていた木挽きが荒削りの三角錐にしたまま病気になり、仕方なく打ち込み作業員が、荒縄を張った通りに、その杭を掛矢《かけや》*注1で打ち込み始めたところ、その全部が垂直に頭が一直線になった。

この偶然が近所の評判になり、次第に杭の先削りは三角錐が定着していくようになったのだ。君はこの理屈が分かるかな。もう少し説明すると、杭の先を細く円錐、つまり鉛筆を削るようにすると、先が小さな石でも当ると、その石をよけて、柔らかい土の方に曲がる上から叩くと、ますます曲がる。このようにして先が曲がって沈下するから、どうしても頭が振れてくる。この話は昔から口伝いに伝わって、この俺も先輩からのまた聞きで、それを君に伝えるから、また聞きの繰り返しだよ」と言って大きく笑って、目の前の湯飲みに、お茶を注いでくれた。

そのお茶をいただくと「参考になりました」とお礼を言って隼人は頭を下げて立ち上がった。

翌日から隼人は忙しくなった。二人の弟弟子《おとうとでし》の面倒を見る役を高木さんから命じられたからである。木村さんは、先日弟子上がりをして職人になったから、もうお役御免になり、この現場では隼人が一番上である。まだ原口さんと秋本さんはいるが、姪浜の現場にいるから、隼人は吉岡君にも手伝わせて使う道具の名前と使用方法、材料の長さの単位などは、分《ぶ》、寸《すん》、尺《しゃく》、

＊注１　掛矢…超大型の木槌のこと

間《けん》で計り、釘や金物は全てインチであるけれども、角材などの寸法が尺や寸であるから、ボルトやカスガイなどの金物は、寸またはインチを併用することもある。

木材の場合は大別して二種類で、針葉樹と広葉樹に分けて、主に建築構造材は、安価で成長が早い針葉樹を使用するが、内装材は、装飾的な目的もあって、一般には広葉樹が広く使用される。堅くて光沢もあるが、欠点は値段が高価であることだ。

大工の場合は、普通、森や林に立っている木材などよりも、製材して板状か角材になった半製品を加工するのが職業だから、一見してすぐに材質の種類を、針葉樹であれば、杉、松、檜《ひのき》、檜葉《ひば》、栂《つが》の名を瞬時に見分ける。また広葉樹であれば、桜、欅《けやき》、樫《かし》、栴檀《せんだん》、楠《くすのき》などの造作材の名はもちろん、その使用する場所には、どの材が適しているかまで覚えなければ、一人前の職人にはなれない。

隼人は兄弟子ではあるが、年下の神田君と吉岡君を今まで指導してきたが、新たに二人の弟弟子の指導が加わった。

黒崎の現場である「安川電機」の基礎工事も予定通り、四月二十五日に終わった。

豊後森

翌二十六日は手荷物や道具などを整理して、荷作りが済んだ順に駅から次の現場である「豊《ぶん》後森《ごもり》駅止メ」と、真玉の第二期工事の人は「宇佐駅止メ」にして、それぞれ送ると、昼食後に

「お互い元気で、また会おう」と二手に分かれて日豊線と、鹿児島本線の下り列車にそれぞれ反対の方向に乗り込んだ。

豊後森駅から県道43号線を少し西へ歩いて、帆足の町中を旧道の上の市から、森中、栄のバス停から少し東寄りの現場に着いた。約２㎞弱の距離である（現在は、この旧道より東側に並行して国道３８７号線がバイパス道として宇佐市まで開通している）。

当時は駅前の一部を除いて全部砂利道であったから、荷車もガタゴトと大きな音を立てながら押していった。宿舎に荷物を全部降ろして、責任者の梅田さんに挨拶した。その足ですぐに現場事務所に行き、監督の杉田健司さんと助手の村井久男さんに到着の挨拶をして、深々と頭を下げた。あとの二人も隼人に続いて頭を下げた。入口には「豊後森・専売公社・専用倉庫」新築工事事務所「沼沢建設kk」、と大きく書かれた看板が掲げてある。

すぐ隣の現場を見ると、もう基礎の型枠は終わっており、コンクリートも半分近くは打ち込んでいた。当時は、ミキサー車やポンプ車*注1などはなく、現場では広い鉄板の上で、土木作業員がスコップで練り合せてコンクリートを流し込んでいた。ただし、黒崎の大森組ほどの規模になると、モーターで廻す大型のミキサーがあって、混合したコンクリートを一輪車で土木作業員が広い足場板の上を行き来しながら流し込んでいた。

次の日の四月二十七日から、木材の刻みの作業に入った。墨付けは梅田さんと原沢さんが二人で分担し、大きな梁丸太は一緒でする。細めの柱や桁、母屋などは別々で墨付けしている。地元職人二名と秋本さんと隼人の四人で刻み加工をして、柿坂・酒田の両君らには、材料を運

＊注１　ポンプ車…直径10cm前後のパイプ内に超高圧を加えて、流体を輸送する装置車輛

搬させたり、並べさせたりし、加工済み材を現場近くに整理して積み上げる仕事を教えながら、作業をさせる。

五月一日は休日であり、事務所の提案で五月五日の日は、地元で盛大に「童話祭」があるから、この日に休んだらどうだろう、地元から通ってくる人もいるので、との話し合いに梅田さんも同意した。そこで棟上げを五月二日に決定して、残り四日間で刻み加工に全力を傾けた。五月一日に隼人は、原沢さんの指導で土台敷きの施置工事をして、夕方には全部組み終わった。

五月二日は好天に恵まれて、大工八名、作業員三名、土木作業員四名で棟上げが始まった。間口五間《けん》（約９・０９０ｍ）、奥行六間（10・９０８ｍ）で、坪数は三十坪（99・17㎡）である。中心には間仕切り壁があり、平屋建てだが、一般の住宅が柱の長さ３ｍに対して、この倉庫は４ｍだから、１ｍほど長い。総勢十五名で柱を起こし、丸太梁を組み上げ終わったのは午後二時半で、母屋と棟木が組み終わったのが、ちょうど三時であった。

少し休憩して、今度は二手に分かれて、地上組は筋違入れと、間柱立て。屋根組は金物取付と垂木の取り付けを始めた。隼人は屋根組になり、下から作業員が差出す垂木材や広小舞材を上で受け取り、母屋材の上に仮置きしながら積む。午後六時に垂木の取り付けは全部釘で組み立て、まだ日暮れまでは間があったが、普通の日よりも三十分も早く棟上げの日なので終了した。

宴会

午後六時半、まだ外は明るかったが、工事用の投光器と裸電球が用意されて、監督の杉田さんの司会で「沼沢建設」の重役の工事に対する労いの言葉と注意があった。次に「専売公社」支店長の簡単な挨拶のあとに、「好天に恵まれて、無事に上棟できたことを、皆さんと共に喜びを分かち合い、ささやかではあるが、酒肴を用意したから、召上ってください」の声で宴会が始まった。

そして棟梁である梅田さんの乾杯の音頭で、みんな立ち上がり、コップに注ぎ合った酒を目の高さにして一礼すると、口々に「おめでとう」と大声を出して飲み始めた。

肴は鯖ではあったが、プロの味付けで山海の珍味が詰めてある。その頃は、未成年者でも、働いていれば宴会の時は酒を酌み交わすのは当り前で、誰一人咎《とが》める人はなく、むしろ「俺の酌を受けろ、飲まねえと、一人前にはなれないぞ」と言って、先輩が注いでくれる。酒と肴と赤飯で腹いっぱいになり、久しぶりに満足した夜であった。ほど良く酒で酔いが回ったところで、棟梁である梅田さんの棟上げの時に唄う「祝い唄」が始まった。ダミ声だが、年季の入った馴れた唄声で、一同が話をやめて聴きいって、手拍子や箸でコップを叩く者もいる。「祝い唄」が終わると、今度は無礼講になり、それぞれ声自慢の人が次々と民謡や流行歌などを唄い出して、夜更けまで残っていたのは宿舎の者たちだけだった。

その時、唄われた詞は、次のようなものだった。

【一】祝い目出たあ〜や、若松様よ、枝も栄えて、え〜葉も繁え〜る。
〈囃子〉エイショウエイ、エイショウエイ。アレワサ、エイショウエイ、ショウエイ。
【二】ここの座敷〜は、祝いの座敷〜き、鶴と亀とが、舞い遊ぶ。
エイショウエイ、エイショウエイ。アレワサ、エイショウエイ、ショウエイ。
【三】ここのお庭に〜、お井戸を、掘れ〜ば、水は若水〜金が湧あ〜く。
エイショウエイ、エイショウエイ。アレワサ、エイショウエイ、ショウエイ。

この唄は、昔から博多地方の神社の「お祭りの唄」らしいが、詳しいことは、隼人は知らない。祝いの席では、必ず九州北部の地方では唄い継がれて、ほとんどの人がこの唄は知っている。隼人は、曲はダメでも歌詞は全部暗唱している。

次の日から屋根の工事に取りかかった。この公社倉庫の屋根は、二等辺三角形で構成した形の「方形屋根」である。梅田さんが、「君は、屋根工事には適している。何しろ傾斜の上でも動きが早い」と珍しく褒めてくれた。姪浜の時もそうだったが、今度も屋根組に指定された。屋根の頂上には、自然に換気ができるように長さ1m、高さ50㎝の小さな屋根、つまり気象観測用である百葉箱と同じで四方の「よろい戸式」小巾板を45度の角度に均等に透き間を開けている。雨は入らないが、空気は自由に出入りできる構造にしてある。

五月三日と四日の二日間で、野心板張りと、ルーフィング張りが完了した。翌日は延期されていた休日である。

童話祭

休日は、普通の日よりも一時間ぐらい飯場に集まるのが遅く、七時頃になる。朝食後はラジオを聞いたり、新聞を回し読みしたりして九時頃になって、弟子四人（他の三人は、真玉の二期工事に行って、ここ玖珠町にはいない）が、バスで会場近くまで行くと、もう会場内は「のぼり旗」や各種の屋台店がずらりと並んで、大人よりも子どもの数のほうが多いのは、やはり「童話祭」だからだろうか。近県からの「貸切りバス」と「乗合バス」で前部がボンネット型の木炭バスと、前部が箱型のガソリン車でキャブ・オーバー型の最新式のバスも数台混ざっている。

この会場は玖珠盆地の中心の近くにあり、角埋山《つのむれやま》の麓に昔の森藩主、久留島《くるしま》氏の庭園を主体として造成された「三島公園」である。この殿様の末裔である久留島武彦氏が日本各地に童話口演行脚をしている先生で、五月五日の「子どもの日」には故郷である森町で「童話祭」を開催するのである。ここには先生を記念して大きな「童話碑」が建っている。

ここから見える北側には、大岩扇山《だいがんせんざん》があって、頂上が平らな独特の「メサ地形」が玖珠盆地を取り巻いて続いており、北東に宝山《たからやま》、南東に青野山《あおやさん》、すぐ真南に切株山、その奥には万年山《はねやま》が眺望できる。「メサ」とは、スペイン語で、テーブルの意味である。水平な岩層からなるテーブル状の地形で、一番近い切株山は、玖珠川沿いから眺めると、立木を水平に切った切り株に似ている。

この山の山頂一帯は、昔玖珠城跡としての歴史があり、塚脇の町並みを通り過ぎると、道は大きな曲線が続くが、笹ヶ原まで来ると、ここからが万年山への登山口で、頂上までは1・5kmとの標識がある。玖珠川には名滝が多い。上流から「清水瀑園《ほくえん》」続いて「竜門滝」、下流の「三日月の滝」と「慈恩《じおん》滝」などがあるが、その中にあって旧国鉄（現JR九州）北山田駅を降りると、すぐ目の前に玖珠川が流れている。

対岸のゆるやかな山地は国有林でもあり、小田《おた》の中西の杉で有名な美林が延々と続く。この杉を隼人は後年、鉋で削ったことがあるが、地肌が黒光りして鏡のように顔が映って広葉樹の光沢がある。

次の日からは、外壁に使う南京下見板*注1の表面の鉋削りが始まった。地元職人二名と秋本さんと隼人の四人である。柿坂君と酒田君は、まだ削りができないから、梅田さんと原沢さんの下見板張りの助手をして、もっぱら釘の打込みを習っている。

外壁を半分ほどの高さまで張り進むと、今度は四方の壁に、天井近くには開閉なしの採光だけを目的とした窓を建具屋が作る。ガラス窓は、図面通りに枠を加工する。鴨居は「ドブ決《さく》里《り》*注2」で、敷居は「雨返し削り」である。それと土台に近い高さの位置に吸気だけを目的とした「キツネ窓」を取り付ける枠を作って嵌め込む。

これは小さくて内法《のり》が高さ20cm、幅40cmで、手の掌に乗るほどだが重要な役目をする。簡単

＊注1　南京下見板…木の板を横に水平に下から上へと重ねながら張り進む工法で、又の名を鎧張り（よろいばり）とも言う

＊注2　ドブ決里…建具の縦枠幅に、窓枠に溝を5m／m程の深さに掘り、透き間風や雨水の浸入を防ぐ戸当りのこと

に構造を説明すると、幅が7〜8㎝の小幅板を、外側は等間隔に同じ幅で透して、縦に固定して張る。その内側に、幅が10㎝ないし12㎝の小幅板を、上と下の桟に、外側の板の透間の位置に合せて作り、左右に少し移動すれば、外板と内板が重なる。その透間の分だけ外が覗けるし、指先で少し移動すれば、閉じる。瞬時に開閉が可能だから、騙す、つまり「キツネ窓」*注3の語源は、ここから出た言葉だと隼人は想像をしたが、もちろん詳しいことは知らない。

十五日ほどで外壁張りが終わった。内部の板は厚めで18m/mあり、幅が20㎝前後で、長さ六尺（1・818m）で、この板の側耳《そばみみ》を真っ直ぐに削って相決《あいじゃく》り*注4加工を四人が、それぞれ受け持って仕上げると、梅田さんと原沢さんが弟子二人を手伝わせて張り進む。側耳の相決りは、全部手作業なので表面削りよりも時間が余計かかった。

それでも外壁と内壁張りは、休日を挟んでも三十三日で終わった。最後の天井板加工は、天井板は重ね張りなので、重ね部分を斜めに削り落とすだけなので、相決りよりも加工が早い。その反面、取り付けには、周りが水平張りだが、中心部は換気のため、漏斗《じょうご》型に組み立てて、「ガラリ屋根」*注5は小さいから上に行くほど細くしながら板を張り進むのである。

台車製材機

隼人は、子どもの日の次の休日には外出しないで、監督助手の村井さんに図面の疑問について質問して教えてもらった。そのあとで、「この現場の木材は、どこの産地の製品ですか」と

＊注３　キツネ窓…幅が８㎝ほどの板を、外側は等間隔に固定する。内側の板は幅10㎝で上下に桟をつけて作製し、左右に移動する。共通語では無双窓と言い、方言で異なる
＊注４　相決り…板と板との継ぎ重ね部分を半々の厚みに削り取って、はぎ合せて接合する
＊注５　ガラリ屋根…屋根の頂上に小さな屋根を作り、四方の壁には小巾板片で45度の隙間で設置して、換気を目的とする工法

尋ねると、

「構造材と造作材を含めて全て、地元の玖珠が七割と日田が三割ぐらいだが、玖珠産は主に構造材で、造作材は日田産、特に板材だよ。君は日田出身だから、大手の製材所は戦後復興を見越して二年ほど前から、手押しのテーブル式帯鋸《おびのこ》ではなく、台車式で二本のレールの上を往復する自動製材機を導入してからは、飛躍的に生産が増大すると同時に品質も格段に向上した」

と答えてくれて、続けて話した。

「数年前までの板は木肌が粗く、中には鋸目の小さな段差があるのも交じっていたが、最近の板は表面が肌理《きめ》の細かい木肌に変り、君も加工して気がついているだろうが、荒鉋《かんな》を使わずに、中仕《し》工《こ》鉋と仕上げ鉋だけで板を削れるようになった。その理由は、何でも中京か、関西地方の機械のメーカーである商品名〈菊川〉が作った台車のレールの片方が、等脚《とうきゃく》台形で、車輪が台形の上底《じょうてい》に噛み合う形、つまり凸凹で密着した状態での木材を積んだ台車が走行するから、振れずに正確で均等な製品に仕上がるのだ」

と教えてくれた。村井さんの話を整理すると以下になる。

日田の製品は福岡や北九州を中心に、遠くは京阪神地区にまで出荷されているが、この日田の成功を見て、玖珠の大手の製材所でも数社がこの最新式の機械を導入し始めたから、もともと木材の豊富な玖珠地区も、日田と変らぬブランドの製品が育つのだろう。

この製品の利点は、手押し十年、腹押し十五年と言っていた製材工は、機械の操作さえ覚えると、短期間で熟練工並みの正確無比の作品を作り出せるようになったのだ、と。

お茶の一服が済むと、再び村井さんが語りだした。

「うちの会社は、県内では大手のほうだが、木材に関して銘木以外では、ほとんど県内産を調達している。他県産に比べて価格も安いし、品質も比較的、安定している。それと重要なのは、製品の納期が確実で、契約通りに実行されるかだ。僕たちは工程表を組み、工事の進行状況を記録して、会社に報告する義務があるから工事が遅れたら困る。木材に限らず建物に使う百種類以上もの材料から成り立っているので、僕たちの仕事の半分は、これに神経を使っている。君たちの目から見れば、体を動かさないで、椅子に座って楽だと思うだろうが、これでも結構疲れるのだよ。現に僕たちは現場に入れば、決った休日がないのは、進行中の建物の監理や、資材の防犯などの見回りも、その他の役目も兼ねているし、長雨や台風などの時は特に神経を使う。普通の用件は電話で済むが、どうしても外出する場合でも、必ず一人は残らなければならない」

と、ここで笑顔になってから、「君は図面の事で質問をしに来たんだったね。これからも建物に関しては、僕の知っていることは教えるから」と、機嫌よく言ってくれた。

隼人は丁寧に頭を下げて宿舎に戻ってから、今日の村井さんの話を反芻しながら、思ったよりも今日は収穫があった。忘れないうちに要点だけをメモした。

天井張り工事が終わると、外壁の南京下見張りの継手《つぎて》と中間に使う「ささら子押縁」*注1の加工を始めた。これは外壁の継目に雨水が侵入するのを防ぐと同時に、反りや日割れをも防ぎ、外壁板の補強が目的で取り付けるのである。一方、内部は荷《に》摺《ず》り桟《ざん》を加工する。これは荷物や手

＊注１　ささら子押縁…外壁の下見板の重ねの厚みだけ板面が斜めだから、押え縁を羽刻みに裏側を加工して、密着して取り付ける

押し車などが、壁に当たっても壁板を直接傷つけることを防ぐ目的の角材で、屋根垂木と同寸法の材を縦に約46㎝間隔で取り付ける。

玖珠の「たばこ保管倉庫」工事も、あと残りわずかだが、親方の家の恒例の季節田植作業が六月十三日と決まった。豊後森から日田までは約四十五分ぐらいだから、十二日の夕方は少し早めに切り上げた。荷物と道具を荷作りして、道具は別に丸通《まるつう》（日本通運のロゴマーク）で送り、日用品は両手に持って列車に乗り込む。日田駅前で大山行きの日田バスに乗り、高瀬地区の大宮バス停で降りる。ここから親方の家は１００ｍぐらいで、近い日田の郊外だが、住宅は密集している。

親方の家に着くと、遠いはずの真玉から原口さんと神田君、それに吉岡君が一足先に帰っていた。吉岡君は黒崎で知っていたが、原口さんと神田君は、新入りの柿坂君と酒田君とは初めての出会いなので、秋本さんと隼人が交互に二人を紹介した。そのあと年長の順に入浴して、夕食後は土間の上にある中二階の十畳の部屋に集まった。

柿坂君は、日田市郊外の有田の奥にある羽田《はた》出身であり、酒田君は、これも日田市郊外だが、方向が正反対で少し遠く、福岡と熊本に近い県境の昔、江戸時代末期には黄金の郷として有名だった中津江の鯛生《たいお》金山出身である。翌日から四日間で、田植と果樹園の手入れを終わると休日になった。

今年も臨時の小遣い銭をもらって、隼人と神田君と吉岡君は自宅が近いので、その日の朝、奥様の承諾を得てそれぞれ自宅に帰った。隼人が家に帰ると、父も母も農作業で留守だったが、義姉が自宅内にある小さな2アールばかりの畑作業をしていた。隼人を見ると、家に入って、一年ぶりに帰ってきた隼人にお茶を沸かして淹れてくれながら、「元気だった？」と言ったあとで、「どうーお、少しは仕事も馴れた」との問いに、隼人は次のように答えた。

「職人になれば別だが、弟子の期限内であれば、今の野丁場仕事は集団生活なので、先輩でも部下に対して扱《こ》き使うことはできないし、それと私用で雑用を命じることは会社の監督の目が光っているから、一般の町場職人のような振る舞いはしない。その代わり工程表があるから、時には遅れを取り戻すために、激しい競争になるから、体を酷使することもある。

　まだよくは分からないが、もし年季が明けて、職人になれば、町場仕事を選ぶと思う。その理由は、まだ一年半弱での経験ではあるが職人になったといえども会社組織の監理下にあり、工事では絶対服従である。それに注文主との接点がないから無理だろう」と言った。

　その点、町場仕事は、そのほとんどが個人であり、法人であっても、その規模が小さいから、三時などの一服時の雑談でも、棟梁の指示はあるものの価格や時間の大幅な変更がない限り、なるべく注文主の納得する工事の話し合いを談笑しながら交わして、円満な方法で作業を進める職人のほうが人気は高い。隼人は、伸びるかどうかの姿を、安井親方の下で店舗の工事をしていた職人さんを何回も見て、肌でそう感じたのである。

　夕方になって父母が農作業から帰ってきた。夕食後、親も、義姉と同じように聞いてきたから、昼間義姉に話した通りを繰り返し語ったあとで、五年ぶりに変電所の鬼原さんと、その家族に豊後森で会ったと話した。戦前・戦中・戦後の昭和二十二年三月までは、名称が同じ隣保《りんぽ》班であったが、四月一日から、村落会、隣組制度が廃止された。名前が変っただけで、今までと同じように、本庄町第10班に変更になったが、回覧板や地区の寄合[*注1]は前とまったく変らなかった。

昭和二十三年まで一学年下であった鬼原さんや、その他の友達と中学校に通っていたが、下校時は学年が違うから別々だけれども下校してからは、一緒に遊んだ仲だった。

隼人の家から南に本家があり、その南隣に「高川木工所」があって、その西側は、戦争中は一面の水田であったから、変電所が丸見えだったが、軍事用の木工品が衰退して、戦後になって、この水田に「高川木工所」が製材所を新築した。今まで畦道を通って変電所に行っていたのが、本家の前の幹線道路への迂回をしなければ、行けなくなった。直線距離だと50ｍぐらいだが、迂回すると２００ｍになった。

翌朝六時に起きると、そのまま母に「これから行く」と告げて走って約２㎞の道を30分で親方の家に着くと、みんなも周りの掃除を始めていた。隼人は藁を切って草と糠《ぬか》を混ぜて、馬に餌を与えた。

＊注１　寄合…この地方では寄合のことを、常会と言う

第四章　台風、そして余波

地元の日田市現場

朝食後、真玉の二期工事の連中（三名）は、日田駅行きのバスで去っていった。残った四名は、それぞれ自転車に道具を積んで約１㎞の道を、高瀬地区「銭渕橋」から西へゆるやかな下り坂を３００ｍぐらい下った。そこの道路から２ｍほど低い土地が、今度桜井親方が請負った「高瀬・石井地区農業協同組合」総合事務所の新築工事の現場である。その場所から北に１００ｍの所にある三隈川の河岸には、中堅ではあるが、広い敷地の製材所が三軒続いて建っている。いずれも従業員二十数名規模である。製材所は川上から順に矢野、山多、藤森である。対岸は遊歩道の上に高い石垣を積んであり、数十軒余りのホテルや旅館街が並んでいる。その下流には、日田で一番大きな「前吉製材所」がある。百数十名の従業員の中に、専門の川師が盛んに鳶口を使って、川から丸太を引き揚げている。

この製材所は、川から貯水場、製材所内と細い二本のレールを敷いて、手押しではあるが、トロッコが何台か動いている。この工場には、隼人の伯父が鋸《のこ》の目立《めだて》の工場長として働いている。「昭和天皇」の九州地方の御巡幸の際には、伯父が代表して工場内を御案内したそうである。あとで父からこの話を聞いたから、はっきりとした日時は隼人には分からない。

三つの製材所の川下である「藤盛製材所」の南側の空地で、二日前から梅田さんと原沢さんが、豊後森の仕事を終えて角材に墨付けを始めていた。隼人たちは細い丸太材を使って、仮設の作業小屋を作り始めた。梅雨時なので屋根が必要である。細めの足場用丸太で仮設の柱の穴を掘って、足元を埋め、番線を使って、幅が二・五間（4・545m）、長さが六間（10・908m）の組み立てが一日で終わった。次の日は、少し雨模様であったが、雨合羽を着て濡れながら波トタンの継目を重ね張りし、その上から小巾板を押えにトタンの上から取り付ける。

次の日から雨が本格的に降りだした。その日は材料を刻んでいたが、その六月二十三日夜、急遽桜井親方が、別府の現場から帰ってきて、「ラジオのニュースで聞いたが、ここ数日は豪雨が続くから、明日から刻みは一時中止して、高台の家を一時借りたから、荷車に積める資材は、そこに全部運び込め。長尺丸太梁などは、杭を打ち込んで、ロープで流れないように固く緊結せよ」と言って二十四日と二十五日の二日間、激しい雨の中での作業をしたが、二十五日の夕刻には、川の増水は危険水位をはるかに超えて、全ての木造橋は「通行止め」になった。

翌朝には、さらに雨量が増して作業は中断することになった。前面の道路に出ると、バスもトラックも「通行止め」なのか一台も見えない。道路よりも一段低い水田は、もうほとんど水没している。その先に見える大山川は濁流が氾濫して流失した家屋や流木の夥《おびただ》しい群が浮きつ沈みつ流れ去っていく。外は土砂降りだが、井戸端に集って、それぞれ作業着の洗濯を始めて、農作業小屋に思い思いの場所に干している。

親方の家は裏山からは少し離れているし、水流は強いが、畑も今のところ目立つほど土砂は流れ込んではいない。別にすることがないから、みんな自然と居間に集まった。五球スーパー新型のラジオがあり、古い手回しの発条式の蓄音機もあったが、壊れていたので新しく電気式の蓄音機で、隼人より一歳年上の長女の好枝さんが盛んに流行歌のレコードをかけている。

雨降の憂鬱さを吹き飛ばすような賑やかな「トンコ節」や「ゲイシャ・ワルツ」、「リンゴ追分」などで、年下である二女の雪枝さんも、橋が通行止めなので洋裁店に通えないからか、姉と交代でレコードをかけている。ふと、この美人の姉妹を見ながら、婿さんになる男はどういう容貌の男だろうと、一瞬隼人の頭の中をかすめていった。

北部・中部九州水害

翌二十七日も、依然として雨が激しく屋根を叩いている。新聞を見ると、大見出しで、九州西北部を豪雨が襲ったと報じている。二十六日午後の六時までの降雨量は、大分４１７ｍ／ｍ、福岡３３５ｍ／ｍ、下関１７７ｍ／ｍ、佐賀３９０ｍ／ｍ。これらの降雨量は、明治二十三年（１８９０）より統計を開始以来最高であり、文字通り未曾有の水害で被害状況は、各河川の堤防は軒並みに決壊した。筑後川、矢部川の堤防決壊によって筑後平野と佐賀平野は、一面が大海原となり、米軍機での上空からの写真記者は、これほどの広範囲な大海原は、これまでに見たことがない、と記事にはあった。

降雨量の割に災害が大きかったのは、熊本市だった。白川の氾濫により阿蘇山の火山灰と大量の流木が、膨大に熊本市街地を襲ったからである。二十七日の夕方には、雨も小降りになったが、親方が「まだ川には近づくな。夏の雨は、ここでは小降りでも上流で豪雨の場合があるから、危険だぞ」の言葉に従って家の中でじっとしていた。

翌二十八日の午後のラジオのニュースで、アナウンサーが悲痛な叫び声で、関門鉄道トンネルでは、下関側と門司口から、大量の濁流が浸入してトンネルの中央部は、天井まで完全に水没した。本州と九州間の鉄道が遮断され不通になり、復旧の見通しは早くても二十日間ぐらいは、かかるだろう。続いて遠賀川でも氾濫して、筑豊各地の炭鉱でも浸水や水没が相次ぎ、石炭の生産が麻痺状態であり、北九州の五市でも背後の山からの濁流が市街地を洗い、商店なども甚大な損害が続出した、と報じている。

最後にアナウンサーは、戦争中の昭和十七年十一月の開通以来、初めてのことで、油断も多少あったのではないかとの、鉄道関係者の話を伝えていた。それも十年余りの間には、台風や豪雨などが何度かあったが、いずれも無事だったからである。

後日の新聞記事によれば、梅雨前線が九州地方に停滞したため、１００ｍ／ｍ以上の雨が断続的に七回もあり、鉄道は各地で寸断され、北部九州を中心に西日本各地の死者および行方不明者の合計は、１０８２人に達したと、記事は報じている。

二十九日午前九時までの総雨量は、７００ｍ／ｍを超えた。各地に大量に雨が降ったのが、大きな原因ではあるも、その要因は戦後の住宅の復興を急いだために、山林の伐採が、植林に比して追いつかなかったとの指摘もある。

その他には昭和二十五年に発足した「国家警察予備隊」は、朝鮮戦争勃発を機にアメリカの要請で、急遽七万五千人で創設したが、その後増員を重ね「保安隊」と呼び名が変り、二十六日には筑後川の水害に早くも久留米市の国警の要請で五百人が出動して、多くの人命救助や食糧補給に大活躍をして多くの市民から賞賛された。

七日間も降り続いた雨も峠を越して、小康状態になり、さしもの大山川も減水して沈下橋の橋台が見えるようになった。半月余り前に植えた水田も畦が数カ所壊れた水流によって、土砂が流れ込み、逆に大きく抉《えぐ》り取られて穴が開いた場所もある。水田の復旧作業を始めて三日後に、親方が「農協の仕事は秋まで延期になった」と言った。

天ケ瀬現場

敷地が水害で荒れ地になり、復旧には時間もかかる。作業小屋も全部流された。製材所も川岸に近かったから壊滅的な損害を受けた。木材の流失は仕方がないかもしれないが、機械類が水没したから、修理などで再開には少なくとも二カ月はかかるらしく、予定を変更して昨日、「契約はまだだが緊急に職人を手配してくれ」と親方から連絡があった。

場所は、天ヶ瀬温泉の対岸にある山腹の「湯の山発電所」だ。「俺もあとから行くが、隼人と秋本、梅田と原沢にも通知した。鉄道は寸断されて、折り返し運転らしいから当てにはならん」と言われた。隼人は自転車に荒道具だけ積んで、二人が来るのを待って、四人で大山町を経由して山道の近道を通り、土木の親方も現地で合流する予定になった。日田から天ヶ瀬まで直線距離だと18㎞ぐらいだが、山道は曲線が多いから25㎞はある。通常なら二時間もあれば十分だとの要請を受けて、水害で道路が荒れていて倍の四時間以上もかかって天ヶ瀬に四人が辿り着いた。

民家の空屋を九州電力が借りた部屋に落ち着いて、午後一時で遅い昼食をすると、梅田さんと土木作業員の親方の高盛さんを中心に正面には九州電力の湯の花発電所の部長の岩井明久さんと係長の岡崎利弥さんが、簡単な図面を前に広げて、説明を始めた。

「今回の水害により隧道《ずいどう》(トンネル)内の天井、壁、坑道が随所に破壊されていた。天災とはいえ、会社としては一刻も早く復旧したいので、皆様方の協力を、お願いする」と。

まず橋が全部流されたから、対岸である発電所の復旧に取りかかり、必要な物資の運搬が先決となる。仮設橋も検討したが、仮設では少しの雨でも、また流される恐れがある。それに費用は、ともかくとして、時間が大幅にかかる。そこで費用も安く、短日時で施工が可能なケーブル運搬に決定して、技術的なことは両親方に任せて、必要資材は急を要するから当社で緊急手配した、との話だった。

その日は、道路から4、5m下にある、川岸の露天風呂に石段を下りて入ると、湯は湧き出るからきれいだが、熱いから溝を掘って、川の水を取り込んでいるが、まだ多少濁りがある。周りを見渡すと、水害の爪痕が生々しい。川岸にあった旅館は対岸も含めて、ほとんど壊滅的な被害である。

中でも痛ましいのは、新築して間もない鉄筋三階建ての「成天閣」別館で、川岸の基礎の上に建てた絶景の場所であったが、魔の神に魅入られて、根こそぎ消え去った。この天ヶ瀬の温泉街は、交通の便が良く、二十数軒のホテルや旅館がある。一番遠い所でも十分以内で国鉄（現ＪＲ）天ヶ瀬駅から歩いて行ける。駅を降りて少しブラブラ歩くと、もう宿の前だし、泉質も硫黄を含んで外傷や皮膚病に効くと評判である（現在は日田市に編入された）。

ケーブル

翌日から、土木作業員と他の作業員の人たちは二組に分かれて、地盤の固い場所を選んで一辺が４ｍの正方形の穴を掘り始めた。別の組は、会社が木造の川舟と船頭を貸切って、道具や人員を対岸へ何回も往復して運んでいる。山の中腹に櫓《やぐら》を据え付ける。穴を掘るためである。

一方、大工は四人で末口24㎝、長さ４ｍの松丸太を三角形に組めるように加工し始めた。全部で三角形が八組である。一カ所が四個で十二本だから、両方では二十四本になる。それに主ケーブル・ワイヤーを取り付ける本梁は特大で、末口が30㎝の丸太であり、それに四組の三角形梁を繋ぐ桟材は、15㎝の二ツ割材である。

これを三日間で加工が終わり、大工も二組に分かれて、隼人は原沢さんと組んで対岸の山の中腹に、すでに土木作業員が掘った穴に捨てコンクリートが打設された中に、人夫数人と共に組み立てて、ボルトや大形のカスガイなどの金物を組み合せて堅牢《けんろう》に組み立てが終わった。

その丸太槽に、低辺から1mまでコンクリートを土木作業員が早速流し込んでいく。並行して300kg巻ほどの中型のウィンチの取り付けと、大分市からケーブルの専門家が来て、土木土木作業員の親方高盛さんと打ち合せをしながら、主ケーブル・ワイヤーの設置作業が始まった。その時刻、大工は梅田さんが隧道（トンネル）の破損箇所の数と、曲線の型を簡単な図面にして、四人で型枠の加工が始まった。

この作業から四日後、主ケーブルに畳一枚ほどの広さで、高さ1・5mばかりの鉄枠の駕籠《かご》が複数の車輪で吊り下げられて、細いワイヤーがこちら側のウィンチのドラムで対岸の山腹にある櫓に定滑車（プール）を通じて巻き取ると、ゆるやかに上昇しながら対岸に向かって前進していく。

この作業は三人が一組で、つまりウィンチの運転士と、その側に二本の紅白の小旗を持ち、対岸にも同じくお互いに小旗で「サイン」を決めて進行する。停止、早く、ゆっくり、そのまま、などの合図をして、鉄駕籠を操作しながら往復のテストを繰り返している。現在では、トランシーバーや携帯電話があるが、当時も無線はあっても、まだ一般には普及してはいなかったので、このような方法をとっていた。

雪国にあるスキー場のリフトと原理的には同じであるが、その当時の隼人の記憶では、リフトは九州地方には現存していなかったと思う。川舟はあるが、作業員の輸送には時間がかかり過ぎるから、このリフトを利用しようと計画した。

しかし自分から進んで乗る人はいない。荷物の運搬は何回もテストしたが、人間が乗るのは初めてで、土木作業員の若者二十三歳と、隼人十八歳が最初に試し乗りすることになり、面積の半分くらいに型枠を積んで、土木作業員の親方と梅田さんの注意を受けて、乗り込んだ。鉄駕籠が櫓を離れると、国道上で約10ｍ、川岸で18ｍ。川の中央で水面から40ｍ、向う岸で50ｍ、山麓で65ｍ。この先は山の急斜面で地面が急接近して、40ｍから櫓に近づくにつれて、20ｍ、10ｍ、３ｍで停止である。

型枠を降ろして、また二人は引き返した。みんなが注目して見上げていたが、無事に手前の櫓までで降りると、ケーブルの専門家を中心に輪になって説明が始まった。この太いケーブルは、荷重が2トンだが、安全係数により半分以下の８００kgで運行する。ウィンチは３００kg巻きだが、複数の滑車の使用によって負荷が減少されて、これも安全をクリアしている。

荷物は一回が８００kgであり、人間はそれ以内、つまり人員は目安として八人以内に限定する。本来は、人は乗れないが、一刻も早く電源復旧のため、特別の許可の期限を切って受けている。その他の注意事項の講義を受けて話は終わった。中には今まで通りに川舟で渡ると主張する人もいるが、時間が三十分もかかる。ケーブルだとわずか五分である。選択はそれぞれ自由である。

七月十日から隧道（トンネル）の破損箇所に型枠を組み込み始めた。角材や番線で緊結し終わった順に、土木作業員がコンクリートを流し込んでいく。柿坂、酒田の両君も、七月八日から参加して、作業員に交ざって型枠を解体したのを再利用するため、金属ブラシで表面を掃除して、保護油を塗ると「もっこ」を二人で天秤棒を通して、次の場所へと運搬している。大きな破損箇所は石工が主導して、土木作業員や他の作業員たちの協力で、石を積み込み終わったその後を大工が型枠を組む。この繰り返しで、作業そのものは単純だが、常に水滴が落ちるし、急ぐ工事だから重労働ではある。

この突貫工事は、七月二十五日に大工の工事は終了した。翌二十六日は移動日で、自転車に道具や手荷物を積んで日田に帰った。帰りは、山道も水害の跡はまだ残ってはいたが、大半は修理されて歩く回数も往路よりははるかに楽であった。

石井発電所

三隈川の中心から、下流に向かって並行している左側に、国道210号線が久留米市まで延びている。その国道の下を川岸に沿って三隈川の水を導水して運河が建設され、約3㎞余り下流に九州電力・石井発電所がある。つまり、この発電所は三隈川そのものが天然のダムである。後年、この水害を機に、福岡県との境に近い夜明《よあけ》町の上流に、水量調整機能を兼ねた水力発電「夜明ダム」が建設された。これにより、今まで細々と続いていた丸太輸送の筏流しが終了した。

この発電所も、今回の水害により大きな被害を受けた。発電所の建物は、大型発電機部分は切石を積み上げた「組積構造」で、その上は高さ6ｍの鉄骨構造であるが、窓や壁は多量の木材が使用されている。今回の大量の雨が背後の山から国道を横切って運河に注ぎ、その運河も溢れて建物を直撃した。そのために三台の発電機の内、中央だけが軽傷で両端は重傷なので停止して、機械の専門の作業員が修理をしている。

その作業員を保護するために、麻の網を繋ぎ合わせて、機械の上にロープを使って透かして張り、その網の上から天井まで約6mの高さまで丸太足場を建物の周囲に沿って、二人の本職の鳶の人と隼人と秋本さんと四人で足場を組み始めた。丸太柱一本ではなく二本で並行に組む「鳥居型」の本格的な足場である。

丸太の縦と横の十字交差に頭を輪にした番線を「しの」と呼んでいる。先の尖った道具を使って差し込んで、回転させながら捩《ね》じると固定する。この繰り返しで作業員の差し出す丸太を受取りながら、上へ上へと足場を組んでいく。短い繋ぎ「コロ丸太」を等間隔に固定して、その上に作業員が幅広の足場板を並行に敷いていく。この足場板は二枚合せると幅が60cmになるから、作業員でも高所まで登れるのである。

この本職の鳶から足場架設作業を手伝ったことで、隼人は基本を学んだから、後年は大変有利であった。それは大勢の電機機械工が働いている、その真上での作業を安全に完璧に組み上げた、その技術を見ながら働いたからである。

内部や外部の壁の破損修理には、真夏だからガラス戸は一時全部除去して、内部足場から足場丸太を外に持ち出し、外部壁および窓枠などの破損部分を修理しながら作業を進めているが、外部は一番高い所で約10mである。

川岸に建っている建物なので、飛沫を作って流れる水面は絶壁だが、外部は若い隼人と秋本さんを梅田さんが指名されて作業をする。資材置場や作業小屋は、九州電力が近くの山林の一部を期限つきで借りている。そこに臨時の丸太小屋を建てて使用している。建物の修理作業は、現在ある物体を見ながら、その通りに真似て新しく作り替えるから、隼人も大工になって三・五年を少し過ぎていたので、この程度の工事なら、次々と工事を進められるまでになった。

九月もあと残りわずか数日で、本体の工事は終わって、職人さんは次の現場へ向かった。隼人と秋本さんと二人が残り、足場の解体作業が始まった。もう本職の鳶も機械工もいない。三名の後片付けの作業をする作業員がいるだけで、この広い空間がガランとしている。大型の「番線切断カッター」を使って上部から丸太足場を解体しながら、下へ下へと解体する。その丸太や足場板を作業員たちが協力して建物の外へと運び出している。

最後の足場丸太と、足場板を運び終わると、麻の網の除去作業の網と網を繋いでいる、棕櫚《しゅろ》の縄を解きながら一枚一枚撤去していく。この作業を五名で三日間かけて終了すると、残りは掃除だけだから秋本さんと二人で、石井発電所をあとにした。

三隈川の遊歩道路

九月二十七日の朝、高瀬地区に三軒ある製材所の川下である「藤森製材所」は、あの水害から三カ月と二十五日ほど経過しているが、まだ帯鋸一台を動かしているだけである。そこから川上である「山多」と「矢野」製材所はさらに酷く、まだ水害の後片付けと、機械の復旧作業中であり、言葉も出ないほどの傷跡である。

藤森製材所の南側にある空地は、水害前に農協の工事に使用するため、急遽隼人たちが作業小屋を建てたが、全部流されたから新たにその場所に、柿坂君と酒田君が、丸太小屋を仮設で建てている。四日間もかかってまだ完成していない、やはり経験不足である。

一方、梅田さんと原沢さんは、地面にパネルを敷いて、円型の原寸図を描いて型板を取っている。今度の工事は、六月の水害で被害に遭った日田市の旅館街である。三隈川河畔にある遊歩道路が寸断された。緑橋から竹田公園までの間が二十数カ所に陥没したり、ぱっくり穴が開いたりして、その下が抉り取られている。そのため危険防止のロープが張られ通行止めである。

この川は筑後川の支流で、福岡県浮羽町に入ると三隈川から筑後川と名前が変る。その三隈川も、盆地の市街地から上流の郊外で三つの支流に分かれる。大山川は阿蘇山系、玖珠川は九重山系、花月川は耶馬渓が水源である。遊歩道の水深は、その端から平均して２・４ｍ前後である。

隼人は図面を見ると、国か県かはよく知らないが、土木課の印がある。図面によると高さが３ｍで、低辺が２ｍ、最上部が90㎝の円錐形である。低辺と頂点を十等分にして、30㎝間隔に内側と外側の円形の型板を円は３６０度を八等分にすれば45度、直角の半分である。

内側だけで八十八枚になる。外側枠はコンクリートの厚みが12㎝だから、内側よりも円形が少し大きくなるが、数は内側と同じく八十八枚になる。これで一基分の基礎の型枠の桟の異寸法の数は百七十六枚になる。ただし、内外共それぞれ八枚は同寸法になる。これを七基分作製することにした。毎日一基分のコンクリートを流して、八日目には最初の型枠を解体して再利用できるからである。

梅田さんと原沢さんが、原寸で型を取った型板を使って、隼人と秋本さんは、二人の弟弟子を指導しながら、杉の厚板に型板を当てて墨を付け、上から順番に番号を付けては荒切りする。何しろ数が膨大で、七基分だと一千二百三十二枚にもなる。これを刃幅15m／mの引回し鋸で手作業により曲線に切断していく。現在では、ジグソーの電動鋸があるから簡単に加工できるが、当時はそんな道具がなかったから、手作業は時間が大幅にかかっていた。その曲線の枠板に、梅田さんと原沢さんが扇形に板を加工して張り合わせながら型枠を作っていく。

一基分ができると、隼人も手伝って内枠を試しに組み立てることにした。コンクリートを流し込むと、どうしても内側に圧力がかかって、解体する時に最初の一枚は解体が難しいから、八枚の中で一枚だけ下を5㎝ぐらい透かして組み立てる。すると、上に5㎝だけ飛び出る。解体の時、この部分に板を当てて木槌で叩くと、上と下の寸法が円錐なので違うから、透き間が少しできる。だから安易に解体できるのである。一枚の型枠を引き剥がせば、あとはなおさら簡単である。

三基分できたところで、破壊されていない遊歩道に角材を並べて、厚い足場板を角材と板との間に寸法の揃った丸太を挟んで、内側だけ三基分組み立てた。翌日、鉄筋工が鉄筋を二人で、三基分を組み立て終わった。

次の日、大工が外枠を組み立て始めた。内部枠は、コンクリートを流し込むと、大きな荷重が加わるが、破壊することはないけれども、変形を防ぐため、一応縦バタ角材を継目に立て、小角材で突っ張り材を要所に切り込む。この仕事は、体の小さい隼人が受け持った。狭い円錐形の中でも自由に体が動かせるからであり、下から順に固定して上の小さい穴から出るのである。外枠は１２０ｍ／ｍの「セパレーター」を約50㎝間隔に、要所に配置して繋ぎながら組み立てる。外枠は、内枠とは逆に荷重が加わると破壊されやすいために、桶に箍《たが》を締め固めるように軟鉄の帯でぐるりと輪にして、上から下まで五カ所に固定して締める。

この工程を、繰り返し作業をしながら、八日目に最初の型枠を解体してコンクリートだけの円錐形を、重量運搬専門の土木の親方が、数人の職工を使って、八角形の鉄の棒で「テコ」の原理で、長い丸太の「コロ」を自由に操りながら現場まで運ぶ。岸辺であり、水と石ころだけの現場ではウィンチや滑車が使えないから、このような原始的な方法より仕方がないのである。

コンクリートを流し込んだその日を含めて、十二日過ぎた順から川の中に組み立てた櫓に大形のチェーン・ブロック*注1で吊り上げて、ゆっくりと水中に沈めていく。定位置に降ろすと、潜水士が頭と胴体の丸い鉄の潜水服を着て水の中に入り、陸上から空気を送るコンプレッサーと命綱を繰る。相棒が二人一組で、言葉が交わせないから、命綱の微妙な動きでサインを交わしているのだ。水底の石や砂を動かして、少しずつ円錐基礎を水平に保ちながら沈めていく。

この空気を送るパイプは、直径が２㎝くらいで、ゴム管に丈夫な布地を被せて二本を並行して一本に束ねている。仕事の合間に隼人は好奇心から見ていると、この潜水士は二時間潜ると、

＊注１　ブロック…幅39.5cm 高さ19.5cm で厚みは100m／m、120m／m、150m／mの３種類がある。重量：コンクリートと同質材料で、耐震に強いが、断熱や吸湿に弱い。軽量：火山礫・軽石・火山灰等の軽い材料なので、断熱や吸湿には強い

上がって一時間休憩して一日に二回で終わりである。

円錐基礎が固定されると、大工は川に並行して箱型の桁梁に、それと直角に箱梁を組み立てる。組み立てるのを待って鉄筋工が組み込み、続いて土木作業員がコンクリートを流す。この工程の流れのパターンを各職の人が話し合って、効率よく作業を進めていく。基礎骨組が出来上がれば、あとは歩道である「スラブ」を作るだけである。

この工事を請け負った土木工事が専門の本社は福岡にあるが、大分支社から「株式会社水谷組」が、この日田に出張して来ている。土木が専門だけあって、護岸工事や隧道、堰堤《えんてい》、水門などを多く手がけている会社である、と梅田さんから教えてもらった。その梅田さんが作業の打合せなどをする時は、山室健二さんのことを「監督」と言わないで、「技師」と言い、助手の島谷晃さんは「副技師」と言って区別していた。

工事区間の、みどり橋から竹田公園までの約1㎞区間の基礎骨組は、その数で四十六基全部が十一月末日で終了した。あとは、遊歩道であるスラブ工事が残ってはいるが、寒くなる前に水中などの工事が全て終わったので、大工の作業はこれで全部終了した。

翌日は休日で、もう十二月になった。小遣い銭をもらって一カ月ぶりに実家に帰った。三隈川の現場から実家までは、自転車なら五分ぐらいの距離ではあったが、親方の家から通い続けた。先輩職人の梅田さんに、一言断れば実家からの通勤も可能だとは思ったが、余計な心配をかけたくなかったから、あえてそれはしなかった。

先輩が一服の時に「真玉の二期工事は九月中旬には終わって、今は別府郊外で大規模な倉庫を工事中だし、別の一組は大分市郊外で工場を建設している」と隼人にも聞えるように話し合っていた。電話で知らせたのであろうか、滅多に日田に帰らない桜井親方が、休日明けに自転車で朝早めに着くと、「延期していた高瀬地区の農業協同組合、事務所の工事が着工できるように段取りをつけたからと昨日、帰ってきた。遊歩道の現場にも立寄ってきたが、建物と違って、円錐形の型枠は初めてにしては、梅田君の指示とはいえ、みんな怪我もなく、よく頑張った」と、珍しく上機嫌である。

今日から始める工事は、今回の水害で一階が木造の予定から鉄筋コンクリートに変更になった。激流で敷地が水没し、陥没や土砂の流入などで荒れ地になった敷地の地均《じなら》しは終わった。隼人と秋本さんと弟弟子の四人で遣方を出し、一階は全部鉄筋コンクリート造だから、基本パネル以外の補助型枠を作製し、外周基礎の他に中央に縦と横に地盤強化のためにも地中梁を入れる図板を桜井親方は、兄弟子である秋本さんに渡した。

図板も一見しただけで隼人は、補助型枠の種類と、その員数がおおよそ把握できるほど型枠には自信があった。二年弱の期間で五カ所の型枠工事を先輩から習い、またプロの監督さんから指導してもらい、図面も研究していた。

現場に行って、まず土木作業員が、根切り作業ができるよう優先するために、遣方出しから始めた。秋本さんが柿坂と酒田の両君を使って、縄張りをして建物の平面図に合せて１ｍほどの杭を打ち込み始めた。同時刻に隼人はメモ用紙を取り出して、図板を見ながら三種類の「基本型枠（パネル）」は通称「６×２は１８１８ｍ／ｍ×６０６ｍ／ｍ」「３×２は９０９ｍ／ｍ

×606m／m」「4・5×2は1363m／m×606m／m」の寸法だから、上記寸法以外の型枠を計算して、その種類や員数と形状および桟材の寸法を簡単にメモしながら型枠作製の準備をする。

なお基本型枠の厚みは60m／mだから、補助型枠全ても厚みは統一しなければならない。段差は絶対禁物で、バタ角材を用いて番線で緊結する場合に、緩みは許されないからである。それと重要なことは、できるだけ補助パネルを作製しないで、基本パネルを多用すれば、時間もだが、材料も大幅に節約できる。

なぜなら、基本パネルは工場で同一寸法を数百枚単位で一度に機械によって、女子も含めて普通の従業員で作製するし、熟練工は一人だけだから、非常に安価であるだけでなく、一回ではなく解体し、保護油を塗って何度でも使用が可能だから、特殊寸法の補助パネルに比べてコストが安くなるから使用頻度によって職人の腕の差が大きく明暗が分かれるのである。

例えば、梁を作る底板の幅が300m／mだとすると、606m／m幅のパネルを縦に繋いで、両側の側板の厚みを含めて420m／mだが、余分な寸法であっても一向に差し支えないし、新たに底板を作製する必要はまったくない。遣方の水平貫《ぬき》と、四隅の縦貫が、午前中で終わった。

高瀬・石井農協

隼人が近くの藤森製材所の空地にある仮設の作業小屋まで引揚げると、水害前に少しだけ墨付けしていた角材なども変更になったから、いったん鉋で表面を削り、墨を消してから、梅田さんと原沢さんが新たに墨付けを始めていた。

昼食後、隼人は他の三人と補助型枠の加工を始めた。枠の内側には、コンクリートが入るので当然ではあるが、補助パネルは左右が対称だから正反対の形になる。

敷地の面積は百四十坪（４６２㎡）で、建物が五十坪（１６５㎡）。二階も同じ面積だから、延べ面積は、百坪（３３０㎡）になる。

一階の使用目的は、約半分が倉庫になり、残り半分が農器具などの展示室になる予定である。耐震や二階の床を支える必要から、中央や要所に耐力壁を随所に配置してある。二階は敷地が国道より２ｍ低いから、道路面よりも五段ほど階段をコンクリートで造り、ポーチを経て、直接二階の受付・玄関に入室できる構造である。その受付カウンターのある空間は、少し変っていてサロン風であり、ソファが数脚配置の予定で、そのまま道路に沿った通路から、外階段で一階の展示室に通じている。もちろん中央の廊下から、一階への階段もあるが、二階には用件のない人は、大半の人が外階段を利用でき、屋根も手摺りも完備している。

中央の廊下より右側が事務室と受付で、左側が化粧室、宿直室となり、手前に広い社交室、会議室、そして西端の奥に小さな六畳の和室がある。協同組合事務所にしては、変っているのは中央廊下より、突き当りの川に面した建物の幅八間（14・544m）全部に床を張り出したベランダ風の造りで、手摺を回して、来客は川風に吹かれながら、正面に見える亀山《きざん》公園や三隈川の渓流と遊船の眺望が自由に楽しめる空間を設けている。

西日本地方、特に九州北部地方に大災害を与えた昭和二十八年も、今日を含めて明日一日だけとなった。午前中で工事は打切って、午後から現場の内外の清掃を全員で掃き清めた。七人の中で四人は近いから、夕方まで親方の家の周りや農小屋を清掃する。夕方五時過ぎに掃除が終わった。冬の暮れは九州でも五時半になると、辺りが薄暗くなってきた。夕食後、親方と奥様に挨拶をして、隼人は一月五日の火曜日が仕事始めだと確認して、自転車で帰る。

配給米と自由米

我が家に帰ると、居間に五球スーパーのラジオが中型の箪笥の上にある。新品で当時七千六百円くらいだから、現在の金額では職人の給料と比較して二十二万円前後ぐらいなので、まだ庶民には高嶺の花だった。

当時大工職人の一日の日当が六百円から六百三十円（大分県地方）ぐらいで、因みに米を基準にすれば、米10kgが配給米で六百二十円、自由米で七百四十円ほどであり、もう戦後八年が過ぎており、闇米とは言わず「自由米」と呼んでいた。米一升が約1・4kg、10kgで約七升の米、つまり職人一日分の給料で米10kgが買えるほど豊かになったのである。配給米と自由米が、百二十円ほどの差に縮まり、むしろ自由米を買う人が増えてきた。それに配給米は割り当てだが、自由米は銘柄を好みで選べるのである。

隼人の幼い記憶を年代順に列記すると、昭和二十一年は十三倍、二十二年は十倍、二十三年は七倍、二十五年は二倍、二十七年は一・五倍、二十八年は一・二倍である。この数字で戦争末期や敗戦直後の三年間ぐらいは、いかに主食が日本全体で不足していたかが分かるのである。配給米よりも自由米がまだ少しは高いが、農家から直接買うから品質が新しいし、時には多量に余った野菜を「おまけ」にもらえるのである。現在では、米が少し不足しても、パンや麺類があるから困らないが、当時は米が食生活の基本であったから、価格の影響が大きかった。

桜井親方は飯場生活の場合、自家で収穫した米を最初は使うが、常に三カ所の現場全部には供給できない（一日で約四十人前後）。米以外の野菜や雑貨類は、近くの店で月二回払いの帳面記入し、購入は賄婦の小母さんに頼んでいた。米は地元から通ってくる作業員の紹介で、必ず弟子が直接農家から買い求めていたから、米だけは金額に対して詳しくなる。

昭和二十八年十二月三十一日の夜は、火燵《こたつ》を囲んで家族が集まり、新品のラジオからＮＨＫが東京の日本劇場の「紅白歌合戦」を初めて公開で放送した。おかげで楽しい「大晦日」となった。

元日は近くの天満宮の氏神様に参拝して学友の谷口君と会い、帰り道なので久しぶりに彼の家に上がり火燵のある部屋に入り、お互いの仕事を語り始めた。

谷口君は近くの木工所に勤めていた。「家具などは八割が機械で加工し、あとの二割ほどは、最後は手で仕上げる」と言った。「早く仕事を全部覚えて、できれば小さくても、二十五歳ぐらいには独立したいが、この世界も競争が激しいから夢だろうけど」と言って笑った。今度は隼人が口を開いた。「昨夏の水害以来、地元の日田で発電所や散歩道路などの工事をしていて、今は高瀬地区で、農業協同組合事務所を新築中である」と話した。そして「君も独立する夢があるように、俺も八月になれば、まだ弟子ではあるが、『お礼奉公期間』になって『職人待遇』になるから、自由に実家でも友達の家でも遊びに行けるようになると思う」と言った。

二日はどこにも行かずにラジオを聞いていたら、夕方の五時のニュースで、皇居で一般参賀の人の数が史上最高になり、三十八万人余の参賀者が訪れたが、二重橋で多くの人出のため人々が折り重なって倒れ、死者十六人、重軽傷者六十五名を出す大事故が起きた。午後二時十五分頃であると、NHKのラジオのアナウンサーは悲痛な声で伝えていた。

三日と四日は親戚回りと、幼な友達の家に遊びに行った。すぐ隣の家の朝村啓司さんは、昭和八年生まれで、隼人よりも学年は一年上であった。戦争中は、よく戦車や飛行機の絵を描いてもらい、それを隼人は熱心に真似をしながら、色はクレヨンで塗ったり「日の丸」や「海軍旗」を翼に描いたりした。

啓司さんは、絵と字が上手で頭が良く専門学校に通っていたが、兄は戦死して、父は病弱だったし、母と姉三人に妹一人の七人家族である。父の死後学校を中退して、福岡市内の会社に勤めているが、正月休みで日田に帰ってきていた。お互いに少年の頃の話や終戦直後の食糧の欠乏の時、長い行列でじっと我慢をしながら、やっと少しの配給品を買ったことなどを思い出しながら二人は笑い合った。

朝村家にお礼の挨拶をして「来年の二月には弟子上がりをするので、自宅から通えるから、また寄らせてもらいます」と言って朝村家を辞した。


一月五日の朝早く起きると、自転車で親方の家に行った。この日が仕事始めである。柿坂、酒田の両君と秋本さんは、もう昨夜の内に帰っていた。他の三人もほどなく集まってお互いに新年の挨拶をして、朝食をとってから、自転車に道具を積んで現場に向かった。

昨年からの工事の続きが再開されて、一階の鉄筋コンクリート造りは昨年暮れに終わっていた。十日が大安であり、日曜日と重なったので、棟上げには良い日と決定して全員で刻みの加工が始まった。今日を含めて五日間で刻み加工が終わり、棟上げ当日は組合員も全員参加して手伝ったので、この広い建物も三時頃には無事上棟が終わった。

この農業協同組合事務所の工事は、個人ではなく法人で、簡単ではあった。上棟式があり、酒肴が用意されて、梅田さんの定番である祝い唄を例のダミ声で盛り上げたあとは、組合員である主婦の方々の手作りの料理が若い女の子で運び込まれた。それらは地元で産出した素朴な味で、食べ盛りの隼人は、それだけで満足であった。驚いたことに祝儀袋が出たことで、期待していなかった分だけ二重の喜びであった。

隼人も四年近くの経験をしていたから、もう先輩の教えを受けなくても床張りや壁の羽目板、天井板なども、和風と洋式の違いの使い分けや張り方なども一応全部できるようになった。逆に三人の弟弟子と神田君を指導する立場だから失敗しないように気を配らなくてはならない。

一階は前述した通り半分が倉庫で、床から天井までの間に整理して置く棚を二段ほど作るが、もう一方の半分は展示室だから、農協の人が移動台を設置する予定なので、工事は土間だけで左官工事のみである。二階の造作工事は、大工八名で二月七日にほぼ終わった。残った工事は、原沢さんが一人でこなしている。まだ下職の仕事があるから、電工や給排水職人との打合せや、他の職人さんのために残って工事が終わり次第、次の現場に合流する予定である。

菅生現場

隼人は二月八日、道具箱と手荷物を丸通で送り、日用雑貨だけ両手に持って、久大線で日田駅から大分駅まで行き豊肥本線で犬飼町の一つ先にある、菅生《すがお》駅で降りた。

先着していた吉岡君がリヤカーで駅に待っていた。道具や荷物を駅で受取ってリヤカーに積み込むと、吉岡君と先頭に柿坂、酒田の両君がリヤカーのあとを押した。駅前には住宅が十数軒あるだけの、なだらかだが曲がりくねった上り坂をゆっくりと進むと、山林や草原などが交互に現れて、人家も点々と疎《まば》らになり、１㎞ぐらい歩いた時に、目の前に大きく視界が開けてきた。

一面の草原で、この地に結核療養所である「菅生サナトリウム」を建設することになったのだ。敷地は広大な高原で、以前はおそらく国有地か県有地だろうと思われる美しい草原であった。ゆるやかな斜面の南向きに面して、横長の形にして平屋建ての二棟建設する計画である。

隼人たちが到着した時は、もう先発組が基礎の遣方が終わって、作業員が根切り作業を始めていた。今度の建設会社も長洲現場や福岡市の姪浜現場で働いた「浅岡建設」で、隼人はこれで三回目であるから、もう頭の中に社則は入っていたから、すぐに作業に取りかかった。

監督は佐藤慎吾さん、助手に丸山信男さんで、隼人には共に初対面である。この現場に限っては期限が五月末日までなので、大工工事はどうしても、五月中旬までに終わらなければならないから、親方の「桜井組」と、熊本の八代《やつしろ》から十五名で各一棟を着工することになった。

桜井組は、まだ原沢さんが日田の農協の現場に一人で残っていたから、梅田さんを筆頭に農協の五名と大分から倉本さん、木村さん、原口さんの三名と、一番弟子の上野重利さん、弟で六番弟子の上野章次さんが別府の現場から駆けつけてきたから、身内だけで十一名になり、それに長洲と安心院で地元の職人が四名加わって総勢十五名になった。

墨付けは、上野さん、梅田さん、倉本さんの三名で行い、以下全員で刻み加工を始めた。敷地は丘陵地に約1ｍの段差をつけて、それぞれに水平に造成する。幅が約15ｍ、長さ１２０ｍであるが、その手前の診療棟は、幅が30ｍ、奥行が30ｍだから約９００㎡であり、病棟は一棟で１８００㎡、二棟合せて３６００㎡である。

以上が敷地で、建物は部屋の間口は五・五間（９・９９９ｍ）、奥行が四間（７・２７２ｍ）、廊下が一間（１・８１８ｍ）であり、一棟が十室なので長さが約１００ｍになる。並行して二棟、それに加えて病棟に渡り廊下を通じた別棟で、道路に面して中央出入口がある。表玄関から中央廊下を挟んで、右側手前から職員室（医者および事務員）、放射線室、手術室、処置室、診察室であり、左側手前から看護士室、看護婦室、薬品室および倉庫の化粧と便所。受付、事務室、食堂と配膳室。これが平面図であり、裏玄関から渡り廊下を通じて、それぞれの病棟に接続している。病棟も中央附近でなだらかな段差の渡り廊下で接続されている。

これが、工事現場の概略である。その水だが、工事には絶対必要な資源である。ここでは大工工事以外なので省略する。麓から水道工事の施設や貯水槽などもあるが、幸い近くに綺麗な沢水があり、幾つかの溝を堰止めて使用できるが、飲料水は、やはり衛生上約５００m離れた近くの民家から木桶を引いて、短い天秤棒で弟子たちが交替で運んでいる。水道は電気と違って工事に時間が長くかかるから、しばらくの間は不便である。

ここで少し菅生周辺の街を述べると、大分の鶴崎から大野川を遡ると、犬飼町がある。この町の特徴は、三支流が合流して河谷に通じる交通路は、豊肥本線や国道10号線、同57号線、３２６号線が交わる交通の要所であり、江戸時代には舟運を利用するために開いた川の港町でもあり、大野川では最も賑わった岡藩の物資の集積地だった。そのため船宿や問屋が多く集まって栄えた町である。

その次が菅生である。三年前に三重町と合併したばかりである。駅から北西へ２kmぐらいで大野川があるが、犬飼と比べて深い峡谷になっている。犬飼にも石仏が大野川西岸の中腹にあって、凝灰岩の岸壁に不動明王坐像と脇侍の立像が赤色で彩色されて、羊肉彫りされている。菅生の石仏は、大野川峡谷の東岸にあり、「五所大権現」と言われており、やはり凝灰岩の岩壁に、多聞天、十一面観音、阿弥陀如来、薬師如来、千手観音の五体が鎮座している。

その大野川から北に３㎞の所を国道57号線が走っている。東は犬飼町で、西には熊本市まで通じている。それに加えて臼杵《うすき》市から国道３２６号線が三重町を経た日向街道で、宮崎方面へと通じている。菅生駅東には、菅生駅から南へ５０２号線が、菅生駅から南へ３・５㎞地点で３２６号線と合流して、三重町で再び分かれて、それぞれ南と西に緒方町へと続いている。

菅生から西南へ８㎞の地に三重町がある。この町は、日向《ひゅうが》街道と竹田街道の交差した分岐点で、江戸時代からの古い宿場町として、大野郡の中心であった。昭和二十六年に、新田《あらた》、百枝《ももえだ》、菅生の三村と合体して三重町となり、その後も周囲の村の一部を吸収編入していった。この地は阿蘇溶岩台地であり、主にサツマイモ、陸稲《おかぼ》、大豆、タバコなどの畑作が主だが、山林や原野が広いから、その他にも木材、シイタケ、木炭、牛などの生産が盛んである。

その25㎞西の先には竹田市があり、かの有名な滝廉太郎作曲の「荒城の月」で全国的に知られてはいるが、隼人自身、その土地に行ったことがない。

二月二十五日、「桜井組」も熊本の「八代組《やつしろ》」も、各々数名で病棟の土台を設置した。二日間で会社の指導により、お互いに協力して棟上げをすることになった。

平屋建てではあるが、建物が長く大きいから別々よりも、全員で一緒に作業をするとの要請で、大工三十名、作業員十八名で朝七時からまず桜井組の受持ちの病棟から建て始めた。桁に柱をさして建て起こす組と、合掌梁を組んで上げる組に分かれて作業を進めるが、隼人は合掌を上げる組に加わって桁の上に登った。

棟梁が立って、全体を見渡せる位置に手と笛で合図をする。ゆっくり「ピッ《休》、ピッ《休》」、少し早く「ピッ・ピッ」と一気に力を出す「ピピッ・ピピッ」、ストップは「ピ―――」、この四通りである。ちなみに手の合図は以下の通り、小さく片手を回す。片手を大きく速く回す。拳を空に突き上げる。両手で×印をする。笛と同時にこの行為をするのである。

まず組み終わった合掌梁は、三角形だから逆さにして、廊下側の頭が上に乗せる。次に反対側の桁の上に乗せる。そして丈夫な丸太の二ツ割を真束《しんづか》の上から半分くらいに時計の針のように自由に動くように止めて、頭にはロープを二方向から結んで引っ張れるように準備する。

二階建ての場合は、時間はかかるが、安全を優先して作業員が「かぐらさん」を回して小屋梁を上げるが、平屋建ての場合は足場が地面なのと、動きやすさからと、また時間でも半分以下で済む直接上げる方法である。桁の上まで乗せた逆三角形の梁を真束の下に四、五人が集まって、棟梁の合図で、二ツ割の丸太を突き上げながら90度、つまり水平以上になった時点で一気に加速する。と同時にロープ組も二方向から強力に引っ張ると四分の三の位置まで上がると、待機していた数名が垂木の先だけ「合掌材」、「方杖」、「陸梁」の三角形の中に突っ込む「テコ」の原理で、勢いよくロープが引っ張られて垂直になると、今度はブレーキの役目をする。

もちろん二ツ割材もブレーキの役目を果たす。桁の上には隼人と相棒、反対側にも二人がいて、梁が０度から１８０度、つまり垂直まで動くから、どうしても大きく振《ぶ》れる。これを桁の上の空中で押え込むから、重要な役目でもある。この梁をずらしながら定位置に収める。０度から１８０度までの作業を長々と述べたが、せいぜいこの間は七、八秒である。機械のないこの時代には、多少の違いはあっても、大体どの地方でも、これと似た方法で建築したのではあるまいか。

以上のような作業での繰り返しで、一部屋に梁が2m間隔で五本設置しているから、十部屋の病棟で五十一組になる。午後四時頃に一棟がほぼ予定より早く完成した。寒い冬の二月末なので、冬至からすると三十分ぐらいは日が長く感じられるから、九州では一時間半ぐらい遅くまで明るい。この日は大安で良い日なので、熊本の八代組の病棟を引き続き、柱だけでも時間の許す限り建て込もうと総員で柱を五十本ほど建て込んだ。

翌日も同じ顔ぶれで同じ作業に入った。大分弁と熊本弁が飛び交う中で、年寄りはともかく、若い連中はお互いに目立ちたがり屋が多く、競争意識を剥き出しにして作業をしたから、予定よりも大幅に早く午後二時半には、ほぼ組み立てが終わった。

そのあとは、自分たちの持場である病棟に分かれてからも、それぞれが二組に分かれて建物の歪み直しに取りかかり、下げ振りとロープを使って仮筋違止める組と、屋根材の垂木および「野心板」を屋根に運び上げる組が薄暗くなるまで働いたから、予定よりも半日ほど早く作業が終わった。

その後、角材と厚い板材を使って素早く仮設の台と椅子を作った。夜になり裸電球の下で、大分支社から重役が二名と、監督と助手との簡単な挨拶のあとで、一同は乾杯のあと重役はコップ一杯の酒とおにぎり二個だけで早々と退席した。残ったみんなは大いに飲んで食べて、日田弁と八代弁での談笑を眺めながら隼人は、監督は「安全第一」と言いながら協同での作業を要請したが、真の狙いは、職人の競争意識を高めて、個人の能力を充分に引き出すように話す監督さんの頭の良さには大いに勉強になった。隼人の今までの経験から、別々での作業であったなら、組み立てるだけで精一杯だったと思う。

翌日には、隼人は例によって大工の半数である八名で屋根工事の作業に振り向けられて垂木を取り付け始めた。病棟の棟上げが終わったので、翌日から別府にいた一番年長の上野さんと、六番弟子であった弟の上野章次《あきじ》さんとは、隼人は初対面だった。二人で診察棟の墨付けを始めた。別府の現場が三月の五日前後、大分の現場が中旬頃に終わって、全員が菅生に集まるから、診察棟は桜井組が作業をすることになった。大分と別府での地元の職人さんを加えると、桜井組だけで三十二名ほどの大世帯になる予定である。

屋根の野心板張りが、大工八名で、六日間で終わった。すぐに「アスファルト」ルーフィングを野心板の上に転がしながら張り進んで、その上から15m／m角材の瓦桟を押えながら、23・5㎝の間隔で取り付けていく。この作業が二日間で終わると、監督が今度も例によって、桜井組と八代組、それに加えて異種全職人と作業員の方々総員六十余名で、翌日から屋根への瓦揚げを始めた。

この病棟は一棟で、平面積が909㎡であるが、軒出および軒先に加えて勾配による面積の延びによって普通、平面積に対して一・三倍になるから、この病棟の屋根の面積は、1180㎡になる。1㎡当たり、役瓦が約二十五枚ぐらいだから、平瓦だけで、二万九千五百四十枚にもなる。軒先瓦、袖瓦は、右と左で形と寸法が異なる。熨斗《のし》瓦は、棟に積む瓦だが、規模によってなぜか三、五、七段と奇数に積むことが多い。次に鴈振《がんぶり》瓦である。この瓦は、熨斗瓦の上の棟の最上部に積む瓦である。形は半円の丸形で、片端に「つば」（重ね部）が加工されている。洋瓦では稀ではあるが、角形に近い形状もある。

最後に鬼瓦であるが、この瓦だけは薦《こも》に包んで、素人には触らせない。理由は知らないが、隼人自身新築現場で何回も見る機会はあるが、取り付け前の鬼瓦だけは触ったことがない。ついでに述べると、普通の住宅や小規模の建物では、鬼瓦は単体だが、神社や仏閣の鬼瓦は、大きさや規模によっては高さが１ｍを超えるから、分割して製作して、現場で組み立てるが、これが必ず奇数である。

以上、瓦の種類を述べたが、平瓦以外を普通「役物《やくもの》瓦」と呼ぶが、この役物瓦を加えると病棟の一棟だけで三万枚を超える。これを片側で五カ所合わせて両側で十カ所に梯子をかけて、三日間かかって、やっと瓦揚げが終わった。全て人力での作業である。

別府の現場が終わった組の七名が六日の日、大分の現場での組九名が十四日の夕方に予定通りに菅生に合流した。その三月十四日夜、桜井親方が全員三十二名を集めて、飯場内で小さな宴会を開いた。

その中で、隼人の目の前に座っている男が日田弁の中にも、時々筑豊地区で使う「つかさい」とか「つかつせ」という発音に隼人が酒を注ぎながら、「あなたは筑豊でお住みになったことがありますか」と聞いたところ、「日田の新治《にいはる》町の先輩が飯塚の『宮の下』で建築業を営んでいたから、そこに弟子入りをして、七年間暮らして去年桜井親方の所にお世話になっている」と語った。

隼人も飯塚市には一年半暮らしたから、土地勘はある。「私も宮の下より広い道路で、緩く西へ向って延びる坂道を１km先である西町に住んでいたことがある。近くには勝盛公園があり、大きな池と全体が丘陵で遊園地になっている所に住んでいた」と答えたら、ニヤリと笑って「飯塚一の遊廓街である西町か」と好色な目をした。そして声を落して、「お前といつか一緒に二人で仕事をしてみたい」と言った。

その言葉を聞いて隼人は、酒の上での冗談だと思って、「そうですね、ぜひお願いします」と言って笑った。この冗談話が一年半後に、この男、増田俊男さんから隼人への手紙が来て、実現することになるのだが、まだこの時は先のことは知らずにコップ酒を酌み交わしていた。

性格と人柄

遠賀川の飯塚橋から中央の昭和通りである幹線道路面から、飯塚が発祥の地である「千鳥饅頭」本店と、そこから五、六軒離れた「ひよこ饅頭」本店が永楽館通りの入口にあり、お互いに間口の広い店舗で競い合って、地方都市に支店を出していた。まだ石炭ブームの盛りであった。永楽館通り、本町通り、東町通り共に高い天井の「アーケード街」である。特に年末の「永昌会《えいしょう》」は、大売出しを兼ねてのお祭りで大賑わいであった。共通の話題だから、隼人と増田さんの二人は夢中になって話し合った。

三月も中旬を過ぎると、この菅生の高原は、あまり標高が高くはないので、寒さがぐーんと和らいだ。水道はまだ通じていないが、ドラム缶の風呂の水は近くの沢の水で間に合うが、ほとんどの人は、夜になると地元から通う作業員たちの紹介で歩いて5、600m麓の民家まで、それぞれ昼間に用意した薪をかついで風呂をもらいに行く。時には包丁を研いだり、休日には簡単な棚などを作ったりして恩を売るのである。薪や木屑は、毎日四十数名の大工が加工するから、作業場の隅には山のように積み上げている。

隼人も四月に入り弟子上がりまで一年足らずになり、もう職人さんとまったく同じ仕事をしている。窓枠[*注1]を加工して取り付けたり、出入口の化粧額縁を取り付けたりしながら、弟弟子の面倒なども見なければならない。

四月六日の夕食後、病棟の責任者である梅田さんから、「大原君、明日の診察棟の棟上げと屋根が終わるまで向うに廻って手伝ってくれ」と言われて「ハイ」と返事をした。隼人の屋根工事が得意なのを知っての指名だと思う。

翌日は隼人を含めて、三名が加わって、大工十九名、作業員十三名の計三十三名で棟上げが始まった。曇ってはいたが、大安の吉日である。診察棟は病棟に比べて、中廊下を挟んで両側が部屋で間仕切りが多いためか、比較的材料が少なめだから、建て込みの速度が速くなり、中央の廊下の「頭《あたま》かつぎ」の上に平角梁を渡して、束立てにして、二引梁から三引梁を組み上げる。母屋材や棟木材を組み立てる方式の、昔からの和小屋組みである。比較的柱が多い建築に適した工法である。

＊注１　窓枠と額縁…大壁作りのみ、出入口及び窓の建具を納める。木枠で上が鴨居、下が敷居の溝を掘り、その枠の周りに額縁を設ける

午後三時には、ほぼ原形が組み上がり、休憩の時にパンやお茶を配られた。休憩後は、歪み直し組と、屋根組に分かれて作業をしたが、もう三月に入って日射しが一時間以上長くなり、屋根垂木の取り付けが終わって、ようやく薄暗くなってきた。病棟の時に比べて規模は小さかったが、新しい人も加入した職人さんも多数参加しているから一応上棟式は行われた。

八代組の幹部も呼ばれて参加したが、重役は来ないで監督が代行して挨拶をした。肴は病棟の時は大皿に八個であったが、今度は五個である。おにぎりとパンも木箱に盛られて並べてある。飲んで食べて少し酔ってきた時、増田さんがコップを持って割り込んできた。身長が五尺四寸（1・64m）で小肥りだが、特に美形ではないものの色が白く丸顔で、愛嬌のある顔立ちだから女にモテる、と本人は自慢している。

夜も更けて、地元から通ってくる作業員たちは、もう大半が退席して、監督さんも事務所に引揚げていった。増田さんは一升瓶をぶら下げて隼人の真向かいに座ると、「まあ……今日は飲め」と言ってコップに注ぎながら、「今日のお前は、一回も地上には下りてこなかったな、狭い幅の桁や梁の上ばかり歩いたから足が疲れただろう」と言って、また酒を注ぎ足した。

その時、隼人は別のことを考えていた。普通建設角材は、寸法などの墨付けは、平面図の右上から横に「いろは」順に書く。番号は縦に漢字の数字を一、二、三と下りながら書いていく。この日の増田さんの行動は、梁の上にいる作業員に対して、次に使う材料を予期して、的確に判断して材料を差出す仕事で、上から見ていると実に作業員を動かすのが上手である。材料は符号の書いた面を上にして広く並べると、すぐに探しやすくするためである。特に女の人に対しては、「何の何番を探して」と甘い声を出して、歌うようにして受け取る。

隼人は酒を飲みながら、人にはそれぞれ特性があって、もし自分が努力したらあのようにできるのであろうか、仮に増田さんが梁の1上に、隼人が地上で作業をしたら、仕事の能率は、また違った結果が出た気がした。人には差はないが、持って生まれた素質はやはりあると思った。

それと余談になるが、増田さんは、野丁場職人を一年余り経験しているのに、未だに目下の者に対して呼び捨てにしている。町場仕事の経験がある隼人は、別に違和感は持っていないが、野丁場の人から見ると奇異に映るのではあるまいか。別に悪意があるわけではなくて、単なる今までの習慣で何回か接していれば、その人柄は分かるのである。

彼は昭和八年生まれなので、隼人より一学年の年長である。昭和二十一年の春に小学校六年生で卒業して、大工の弟子になった。隼人は一年遅れて昭和二十二年春に小学校を卒業して、四月から「アメリカ教育使節団」の勧告に基づいて新たに六・三・三・四制がスタートしていた。そして六・三が義務教育になって、隼人は第一期生の最初の学生として三年間、中学校で学ぶことになった。その結果たった一年間の違いだけで、大工経験は四年間の開きとなって彼らの年代の人から見れば、隼人以下の年代の人は幼稚にみえたのではあるまいか。

でも隼人は現在六十年余り時が流れ、今振り返ってみると、三年間の差は、あの時は大きいと感じた。だがその三年間は有意義であったと今では思っている。それは弟子上がりして、短年月で先輩に追いついたからである。学校、病院、公舎などの建物は、今までに何回か工程や、工事仕様を述べたので、目的と材料の違いは少しはあるが、大きく異なるわけではないから、この辺で重複を避けて省略したい。

田川市役所

病院の工事は、予定より五日も早く終わりそうなので、五月八日の早朝から道具や日用品を荷造りしていた。まだ大半の人が残って作業をしていたが、梅田さん、原沢さんを筆頭に十名が先発として、隼人も次の現場である福岡県田川市の「市役所」を改装するため、菅生駅から熊本駅発、大分駅行きに乗った。そして大分で乗り換えて日豊線の上りで、中津を通り越して福岡県行橋駅で田川線に乗り、伊田駅で降りた。隼人は、久しぶりに見る三角形のボタ山が幾つも連なる風景を眺めながら市役所に着いた。

この市役所は、戦争中の昭和十八年に市制を設置した。その位置は県の東中部にあり、福岡市から直線距離で東へ40㎞にある。その田川市から西へ10㎞先には飯塚市がある。飯塚市は昭和七年に市制を設定したが、その後昭和三十八年に二瀬《ふたせ》町、幸袋町、鎮西《ちんぜい》村と合体した。この筑豊地方の石炭採掘の状況を初めて記録したのは、この街道を通過した外国人の旅行者ケンペルである。彼は元禄四年（１６９１）に紀行文を残している。

その頃、遠賀川下流域では、原始的な石炭の採掘方法であり、集落ぐるみで利用していた。最初の頃は、薪炭資源の不足分を補うために利用されていたのが、我が国の化石燃料が使用される初めである。十八世紀の初めから採掘地は上流域にも広がり、当時は「いしずみ」という粗製コークス、つまりガラを俵詰めで福岡城下や北九州地方への家庭用燃料として出荷するようになった。

一方石炭は、十九世紀の初めから瀬戸内海沿岸の塩田に多く利用し始めたので、その名を「焚石《たきいし》」として生産し、販売出荷は飛躍的に増加していった。当時は遠賀川の河口である芦屋に集中して集荷されたために、すべ焚石は「芦屋炭」と呼んでいた。

また田川市から北西へ13㎞に直方《のおがた》市がある。この地に続く北方には彦山《ひこさん》川、嘉麻《かま》川の合流点で広大な沖積平野は、昔から舟運による交通の要所であった。昭和六年に市制を設定したが、その後も昭和三十年には植木町と合体した。田川市から北へ25㎞ほどやや東寄りに、北九州の商都・小倉である。

今度の現場の田川市は、北側に向かって流れる東側の彦山川と、西側にある中元寺《ちゅうがんじ》川の両低地の間にある盆地である。炭層を含む丘陵にあり、「三井」の田川炭鉱として発展している。最寄りの伊田駅と後藤寺駅を中心に商店街が並んで活況を呈している。その低地の商店街に対して丘陵地には、階段状に開発された炭鉱住宅が密集して建っている。

この三つの町である大炭田の田川、飯塚を底辺に、頂点の直方を結ぶ三角形の内外を含む大企業と中小の鉱山が乱立して、町全体が熱気を帯びて筑豊炭田最大の鉱山都市として栄えている。この田川市の後藤寺駅と伊田駅は直線距離で２㎞ぐらいであるが、この両駅のターミナルを中心にして発展した都市である。後藤寺駅の西方３㎞の所に船尾山があり、この山から産出する石灰岩は、大正の中頃から八幡製鉄への出荷を主目的に採掘されて出荷していたが、昭和八年にセメント工場誘致により、この原料からセメントおよび石灰も生産され出し、中小の工場も多く進出してきた。

伊田駅の北東５㎞に、香春岳《かわらだけ》標高４６８ｍがあるが、全山が石灰岩に包まれた山で、ここでも船尾山と同様に石灰とセメントを生産して大量に出荷している。この香春岳が、全国的に有名になった「炭坑節」のモデルであり、この唄の発祥の地が田川市なのである。それと、伊田駅の北へすぐ近くに風治《ふうち》八幡宮がある。神功《じんぐう》皇后、応神天皇、仲哀《ちゅうあい》天皇を祀り、毎年五月中旬に行われる夏祭は川渡祭と呼ばれているが、これは彦山川を神輿が練り歩いたことが始まりのようである。

田川市役所は、広い敷地の南側を開けていて、コの字型に庁舎が総二階建てで建っている。外観は洋風だが、随所に和風も取り入れているから和洋折衷なのだが、周りの本庁舎に対して並行して三方向に渡り廊下で結び、附属の建物が建っている。中央が庭園になっていて、木製のベンチが数カ所設置されている。

この建物は大正十年代（１９２１）頃に建てられたので、もう三十数年が経過している純木造建築であるから、所々腐って小さな穴が開き、反り返っている板もある。本庁舎の外壁は「ドイツ下見板」*注1張りで、少し厚めの板を相欠きとして水切れを良くするために横に筋目を付けて、水平に張る下見板である。またの名を「筋目張り下見」とも言う。附属建物は「南京下見」張りで、普通の板をよろいのように重ね合せながら、上へと水平に張り進んで行くので、

＊注１　ドイツ下見板…少し厚めの板を相欠きして、横に筋目をつけて、下から水平に張り進んでいく外壁材

またの名を「よろい張り」と言う地方もある。このような工事の仕方を、当時は修繕と言った。現在でいうリフォームである。

隼人は、梅田さんの指名によって、秋本さんと吉岡君の三名と作業員三名の計六名で、外部周りの足場架設に取りかかった。石井発電所で本職の鳶から基本を習って作業をしたので、まず柱を立てていった。抱き足場だから、当時としては本格的な足場である。普通の二階建ての建物の高さは6mないし7mくらいだから、その頃の足場架設では、4m以下、つまり下から二段目までの横架材は一本であったから、通称「鶏《にわとり》」足場と言っていた。三段目になると4mを超えるから、抱き足場になっていくが、この市役所の現場では、一番下から抱き足場で組み立て始めたが、当時は中間の手摺りは設けなかった。それは、手摺りがあれば作業の邪魔になると考えられていたからでもあるが、プロの職人が足場の上での身体のバランスは修練を積めば、手摺りは不要と当時は考えられていた。現在では、労働基準法によって手摺りは義務づけられている。

中庭に面した建物の足場は、花壇や庭木などを傷めないように用心をしながら足場架設を進めて、二階の足場架設を六名で三日間かけて全部終わった。附属の建物は平屋建てなので、木製の脚立に足場板を渡して工事を進める。

この工事の元請は、地元の田川の建設会社で「小池建設株式会社」である。本社がこの市役所から近いので、現場事務所は作らずに監督さんが毎日自転車で通ってきている。梅田さんの説明によると、小池建設は工事を落札したが、折からの石炭ブームにより、受注工事が重なったために職人が不足したので、社長がかねて親交のある学友の浅岡建設の重役に相談して、桜井親方を紹介してもらい話がまとまり、親方が工事をすることになったそうである。

その監督の野上明次《あきつぐ》さんが、外壁の取り替える板や窓枠などに、白墨（チョーク）で×印を順次図面を見ながら付けていく。大工は、加工組と材料取付け組の二組に分けたが、隼人は吉岡、酒田、両君を助手として外部の取付け組になり、×印のついた箇所を切除して、元通りの形に補修していく。

その日（五月十四日）昼食時に、桜井親方が一人の少年を連れてきた。それが朝井季信《としのぶ》君で、みんなに紹介をした。身長は五尺五寸（1・67m）ぐらいで、肌は黒く痩身ではあるが、その顔は童顔である。

田川市役所の建物は、主要出入口には引戸、または引違い戸であるが、窓は洋風であり、上げ降ろしのガラス戸であるから、上部の天井に近い小さいガラス戸は、回転式または突き上げ式になって自然換気である。その他の主要ガラス窓は、全部が両側に大壁の空洞の中の左右に、分銅を戸車と連動させ、ガラス戸を吊るして開口部を無段階に調節できるように取り付ける。そのために隼人は、窓枠だけは内部作業の大工と協同の作業となる。

この修繕工事の特徴は、同じ種類の工事を連続してできないことで、例えば、建物の手順として端から順次傷んだ箇所を直しながら移動して完成させて進んでいくのである。新築と違って、窓の庇や外壁などの一カ所でも残せば、あとから塗装工が作業をしながら大工を追ってくるから、やり残しは許されないのである。つまり、端から一つ一つ確実に完成させながら工事は進めなければならない。一カ所だけではなく、全部の工事ができる技術のある大工でなければならない。

夏の雨は、一日中降る日よりも、時間によっては降りやむ日もあるから、その合間を利用して作業をするのと、二名の増員で、ようやく六月の終わり頃には、工程も予定通りに回復した。

兄弟子の秋本さんと隼人は同期でもあり、技術も拮抗していたから、窓枠、破風板、飾り軒天井などを協力して取り付けていく。平凡な作業の外壁であるドイツ下見板張りをしている弟弟子の作業に時々目を配りながら、本庁舎である二階建ての建物だけは、六月末でほぼ終わった。

続けて平屋である附属の建物と渡り廊下の腰壁を同じ顔ぶれで、工事を進めていく。六月の十日には菅生の工事が終わり、その一部八名がこの田川市役所の工事に参加したから、遅れがちだった工事もやや回復して予定通りに工事は進み、七月二十四日には、残りの工事は前田さんと他三名の計五名が約一週間あとから、次の現場である豊後高田市に合流することになっていた。隼人は梅田さんと共に先発組として、道具や荷物を宇佐駅止めに送った。

豊後高田市

桂川左岸より200mの中心街の内にある電々公社（現在のNTT）の敷地は、中心に近く広いけれども低地にある。先日から、作業員たちが仮設パネルを壁と床だけ組み立てた仮設の宿舎に荷物を隅に整理して置くと、みんなで丸太を段違いに渡して、一晩だけの防水テントを広げて即製の屋根にしていた。それが終わると、石と土で協力して竈《かまど》を二個作って、その夜と明朝の食事の用意をする。買出しはすぐ目の前にある商店街から、酒田君と朝井君が、すでに事務所の自転車を借りて、飯場に運び込んである。

夏至からは、すでに十五分余り日が短くなってはいるが、まだ五時を少しばかり過ぎた時刻で、七月の末とはいえ、あと二時間ぐらいは明るいから空も雨の心配はないし、それぞれ茣蓙《ござ》や荷作り用の薦《こも》などを敷いて、早くも職人さんたちは夕食前の酒を飲み始めている。隼人をはじめ弟子たちは、全員で食事の支度を始めた。明日の昼からは、正式に賄い婦が来ることになっている。

夕食後、全員そろって事務所に挨拶に行く。この現場での年長である前川さん、梅田さん、高井さんを先頭に、年長順に事務所に入り、隼人は「浅岡建設」はこれで四度目であるが、監督の矢野さんとは福岡の姪浜以来二度目だから、お互いに目で笑いながら短い挨拶を交わした。

みんなは、夏の暑さを凌ぐため宿舎に入らずに、思い思いに木材の上に茣蓙を敷いて横になって空を見上げている。よく晴れた夜で星がきれいに光って見える。

この豊後高田市は、中心を流れる桂川と寄藻《よりも》川とが合流した地点にあり、周防灘の河口である低地帯に開けた町なので、北側に面した海風のためか夜になると、さほど蒸し暑さは感じられない。

この桂川右岸の玉津と、左岸である高田が昭和二十六年（１９５１）に、河内村、草地村、西都甲村、東都甲村と合併し、その後昭和二十九年（1954）に、呉崎《ござき》村、田染《たしぶ》村を合併して市制となった。この地は国東半島の西の喉首にあたる位置から、半島の北西部の中心として発達した、玉津は、海岸の侵食段丘の先端部に建久七年（1196）、高田氏の築城が起原の城下町で、今日でもその城跡とその付近には、市および西国東部の地方行政機関が多く集まって、近くの町の中心的商業地域として発展している。この年合併したばかりの呉崎は、広大な干拓地で、大規模な野菜の栽培地であり、さらにその沖合にかけて、新たに国営の干拓事業が440haの規模で進められている。

建築現場である電々公社は、田染を水源にして、高田市を中央に流れている桂川に近く、商店街や住宅も密集している商業都市の中にあって、広い国道213号線と県道23号線も国道と交差して交通の便の良い位置にある。建設現場の敷地は広く平坦な長方形で、道路に面して八間（15・54m）で、奥行が二十間（36・36m）もあり、百六十坪だから528・9㎡になる。

この敷地の上に建物が木造の、間口が五間（9・09m）、奥行が十五間（27・27m）の七十五坪だから247・9㎡の築面積になり、図面が総二階建てにより、合せて延べ面積が百五十坪（495・8㎡）の大きな建物である。ここで平面図の概略を記すと、玄関から入るとホールに椅子を並べ、正面が受付カウンターと事務室、その奥が応接室と化粧室、左側に階段室があり、その奥の大半が計器室と機械室、その横に休憩室がある。階段を上って、廊下を通じて化粧室、休憩室、それ以外は、全部交換台室になる。昭和二十九年当時は、全部手動だから多くの耳の良いはっきりした声の女性が働く環境としては、バス・ガールとともに憧れの職業でもあった。

八月十七日、この日は大安だとのことで、前日に土台敷きは終わって、大工二十一人、作業員十二人の計三十三名が二手に分かれて棟上げを始めた。真夏の暑い日で日射が強く、タオルを水で濡らし、頭に鉢巻きをした。大きな建物だから大勢で働いても、日射の長い夏でも棟上げが終わったのは、午後七時を過ぎていた。まだ明るさは残ってはいたが、上棟式の神事だけで職人と作業員は、それぞれ解散である。

隼人は二月に弟子入りしたから、八月に入っても、まだ弟子ではあるが、職人待遇になったから、もう飯場内の台所や雑用は一切協力なしとなり、夜も自由に出歩ける。しかし、あと半年は、給料なしである。仕事の内容は職人さんと、まったく同じなのに、弟弟子の面倒は、まだ見なければならないから、その分忙しいのである。

昼間はともかく、夜は楽しみが一つ増えた。今までは門限が九時までだから、休日でもない限り、映画やその他の催し物でも、帰る時間を含めると、ぎりぎりでも八時半頃には、途中であっても帰らなければならないが、この八月からは、堂々と午前零時までに宿舎に帰り着ければ良いのだから、この三時間の延長は大きい。

この年にヒットした歌は、丸顔のポッチャリとふくよか美人の野村雪子が唄った「初恋ワルツ」と、藤島桓夫の唄「初めて来た港」、岡本敦郎の唄「高原列車は行く」などがあるが、これらの唄は今でも印象に残っている。また戦後の引揚者の息子の帰りを待つ舞鶴港の母を歌った「岸壁の母」が、菊地章子の哀愁を含んだ美しい声でヒットした。

しかし、この年の大ホームランは、春日八郎が歌った「お富さん」であろう。十年余りまったく売れず、二年前に歌った「赤いランプの終列車」でやっと少しは売れたが、この「お富さん」のヒットでスターになり、高田市会館での実演もあった。その日、隼人は夕食もそこそこに、長い行列に並んで、入場料が当時の映画の三倍もする二百円であった。その異常な人気のほどが、分かるのである。前座歌手として新人を含めて五人ほど帯同していたが、やはり目玉は春日八郎であり、自分の持ち歌と先輩歌手の歌も含めて六曲歌ったが、客からのアンコールの拍手もあり、「お富さん」だけは二度も歌った。

柳ヶ浦現場

高田の電々公社（現ＮＴＴ）の工事も終わりに近づき、十月十日には梅田さんを先発に、次の現場であるすぐ近くの柳ヶ浦に十三名が出発した。今まで隼人は、必ず先発組であったが、今度ばかりは前川さんと隼人を含めた五人と地元の職人二名が残って、最後の仕上げの工事を受け持つことになった。ようやく隼人も職人さんと同じレベルに達したと前川さんが認めて、隼人を仕上げ工事に残したと思われる。十月十五日は休日ではあったが、休みを一日延ばして、この日で大工の工事は全部終わった。

翌日の十六日朝は、ゆっくり午前中に荷造りをして、午後からバスで柳ヶ浦に着いた。隼人は一昨年の二月末に、駅館川の右岸の長洲現場を振り出しに、二年と八カ月近くの時間が経過したが、この左岸である柳ヶ浦に着いて思い出したのが、中古の時計を買ったことだ。あと四カ月余り頑張れば、職人になれる姿を想像しながら、荷物を出来たばかりの仮設の宿舎に置いた。現場の監督は、長洲の現場での宮沢さんだったから、頭を下げて挨拶した。助手は佐川さんではなくて、初対面の土屋さんに変っていた。丁寧に挨拶をして事務所を辞すと、この日は休日なので久しぶりに柳ヶ浦の町を一通り散歩することにした。

この町は、日豊本線柳ヶ浦駅を中心に北側の県道23号線まで商店街が帯のように幾筋か広がり、戦災が僅少のせいか古い町並みが続いている港町である。県道23号線より北は、海岸近くまで住宅地になっている。駅の南側も試しに歩いてみると、北ほどではないが、駅を中心に住宅が密集して建っている。大きな建物はないが、歴史を感じさせる重厚な門構えの建物を幾つか見かけた。この柳ヶ浦駅と長洲駅は、駅館川を挟んで、直線距離だと２㎞だから、隣の町が肉眼ではっきりと見える。現在では広大な地域の町村などが合併して「宇佐市」になっている。

翌日から、仕事にかかった。前の高田の電々公社の建物は全部木造であったが、今回の柳ヶ浦の建物は全部鉄筋コンクリート造に設計されている。平面図を見ると、高田とほぼ同じような間取りではあるが、その規模は半分である。建物は間口が四間（７・２７２ｍ）で、奥行が十間（18・１８０ｍ）だから、四十坪（１３２・２㎡）になる。総二階建ての延べ面積が２６４・４㎡である。

一週間遅れて現地入りした隼人たちは、基礎ベースの出来上がった端から柱型と外壁の建込を始めた。一直線に外壁が出来ると、長めの丸太や細いワイヤーを使って仮止めした型枠に、鉄筋工が配筋していく。そのあとを内壁の枠板に、内装工事の壁材料を取り付ける。下地を止める際に必要な「木レンガ」を内壁に、コンクリート中に埋め込み用として台形になっているから固定できるのである。セパレーターを等間隔に挟み込みながら、作業員たちと協力して鉄筋工の終わった頃から、建て起こしながら組み込んでいく。

そのあとを別の組が、横と縦のバタ角材を取り付けて、焼ボートーで穴を開けて鉄の「なまし」番線を通す。それらを次々と緊結しながら、あとを追ってくる。以上の工程の作業の繰返しであるが、窓や開口部にはコンクリート止めの仕切り板を取り付け、紙筒*注1（ボイド）を各コンクリートの厚みに応じて切断し、天井と梁の間に挟み込む。枠を解体後に給排水や電気および給排器具取り付け穴になるが、これらの作業は水道工員、電気工員、その他の設備工員などが協力して、作業を進めるのである。

ここで話が前後するが、足場工事と、コンクリート打設の模様などを少し述べると、道路に面して中央に一間角（1・818m）の面積で高さ7mの櫓を建てて、建物の周囲にぐるりと鳥居型の足場を組んで、その櫓の最上部には滑車とワイヤーを取り付け、中型のウィンチに接続し、ドラム缶の上部を半分ほど切り取った缶をぶら下げる。

一方中央の直径が最大で1・5mほどの、ラッパ型の円形を中央で継ぎ合せた形にする。砂やセメントなどの投げ入れ口は、直径60㎝ぐらいの大きさのミキサーで奥の中心近くには三枚の羽根がついている。これは電気で回るのだが、大小の歯車の組み合せで、モーターは速く回転するが、ミキサーはゆっくりと回転する。この時代は、大都会は知らないが「生コン」工場

＊注1　紙筒…硬の質の紙で型枠に入れる。直径3cmから最大20cmくらいまで各種の寸法があり、壁や梁に埋め込み、枠の解体後にそれぞれの直径の穴が開く

などは、この地方ではなかったから、基礎だけの工事では、まだ鉄板の上での手練りが多かった。この柳ヶ浦の建物は、全体がコンクリート造りなので、ベルトの付いたミキサーであった。柱、壁、大梁、桁を組み立て終わると、小梁と二階の床となるスラブの枠は、角材を並べ、パネルを床一面に敷き込むと、「サッポード」*注1を90cm間隔に建てて支える。大工が終わった順に、鉄筋工が二重（W筋）に結束線《けっそくせん》で次々と組込み、そのあとを大工が追う。「サッポード」はわざと下部を5cm程度短く切り、その支柱に大形の楔《くさび》を二枚重ねて敷いて水糸を張り、寸法を測りながら、中央を2cmほど吊り上げる。そして順次床を水平にしていき、ハンマーで楔の頭を叩いては、高さを微調整する。この大形の楔のことを、当時は「キャンバス」*注2と言っていた。現在ではこの支柱（サッポード）は鉄製で、中央の長さを自由に「ピン」で調節ができて「ネジ」で回転式のジャッキ方式で微調整もできるから、キャンバスは不要である。

　さらにここで、当時のコンクリートの打設の方法を述べると、土木作業員がミキサーで練った材料を、先述したドラム缶に移してウィンチで巻き上げて、櫓の側に敷いた厚くて広い鉄板の上にいったん移す。そのコンクリートを一輪車に積むと、作業員が現場まで運んでは、広い足場板の上を往復する。

　一方、流し込まれたコンクリートは、上から数人で細い竹の棒で突きながら、壁や柱型に流し込む。これはコンクリートが空洞になるのを防ぐためで、下にいる人が同時に、型枠そのものを軽く小さな木槌で表面を叩いて小さく震動させることにより、コンクリートが滑らかに隅々まで入り込むようにするためである。なお現在では、先が小刻みに震動するバイブレータ

＊注１　サッポード…大梁・小梁・桁・スラブ等の底板を支える支柱のこと。大体末口９～10cm の丸太又は角材を用い、中間に貫を止める

＊注２　キャンバス…サッポードの下に敷く大形の楔（くさび）のことで、側面は三角形である。普通の寸法は、幅12cm 長さ25cm くらい。最大の厚さは６cm～10cm の三角形

ーの名で機械が使用される。

さて、本筋の建物だが、外周りの壁は全部打ち込みのコンクリートだが、部屋を区切る仕切り壁は、当時の隼人が初めて見る品物で、正式にはコンクリートブロックと言うらしいが、略して一般には「ブロック」とだけで呼んでいた。これは幅が39・5㎝で、高さが19・5㎝、厚みは、その壁によって三種類で、10㎝、12㎝、15㎝である。その寸法の他に材料を混和する材質によって、軽量ブロックと重量ブロックの二種類に大別する（現在では多種多様な種類がある）が、基本の寸法は同一であり、形は木口の継手の他にも中が三カ所空洞になっている。この同一ブロックには必ず上下があり、微妙な空洞の内径には、上下によって寸法の違いがある。これはブロックを製造する過程で、枠から取り出す際に、簡単に引き抜けるようにわずかな差だが斜角になっている。前に、施工した円錐形の内枠の解体方法を説明したが、原理的には、まったく同じである。

このブロックを積み重ねていく方法は、必ず肉厚の多いほうを上端にして、継手および空洞には、等間隔に鉄筋を縦に配置して、モルタルを充填しながら積み重ねるが、当時は規定で一日に五段までしか積めなかった。だから五段積むと、他の場所に移動して交互に積んでいた。なおブロックの寸法が、なぜ端数なのか、これはブロックの継目を横と縦ともに、10ｍ／ｍの目地を設けるからである。例えば、五段積めば目地を含めて高さがちょうど1ｍになるように設計されているのである。

このブロックの質には二種類あり、重量ブロックはコンクリートと同質材であるから耐震には強いが、断熱性や吸湿性は小さい。だから梅雨時は室内がジメジメした結露現象が起きるが、一方の軽量ブロックは、火山礫・軽石・熔岩などの重量の軽い材料を主原料として作られているから、重量ブロックに対して強度は小さいので、逆に断熱性、吸湿性に優れており、火や湿気には強いのである。

十二月も中旬になり、来年早々にも大分市内に建設する「春野精神科病院」の工事を受注した桜井親方は、どうしても今年中に柳ヶ浦の工事を完成させたかった。その目処をつけるため、別府の北に位置する日出《ひじ》町の現場の職人の一部五名を、臨時に雇い、柳ヶ浦の現場に投入した。高森さん、原口さんの二人と、地元の日出町出身の職人三名である。これによって身内だけで十五名と、地元の柳ヶ浦の職人さん五名に加えて、新たに五名の計二十五名になり、予定の二十九日にはほぼ終わらせた。

残った雑工事は正月明けて、五名ほど残った主力は、大分のほうに振り向ける親方の腹づもりである。幸いに、この季節は雨が少なく好天に恵まれ、五名の増員もあって大幅に工程表よりも早く進行している。

十二月二十五日には、二階の最後のスラブ床の敷き込みも終わって、残りは屋上の外周りのパラペット、手摺り壁、扶壁などと化粧室や各種機械の簡単な基礎だけで、もう雑工事の部類に入る工事だけになった。二階の床と天井だけは、まだ残っているが、それはスラブや梁底を支えているサッポードが養生期間を過ぎないと解体できないからである。しかし壁は、下地胴縁を取り付け、吸音テックスはほぼ張り終わっている。一階は全ての造作工事は終わっている。

十二月二十九日、二階の天井と床張り工事だけを残して、この年の工事は全部終了した。全員で約一時間かけて、建物の内外を清掃して飯場に集まったのは、午後六時半を過ぎていたから、外は夜であった。職人さんはここで、自由解散である。中には今日中に帰ると言って、夕食もそこそこに手早く荷物を持って、遠回りでも大分回りの久大線に乗ると言って飛び出していった。中津回りでは近いけれども、守実からはバスだけしかなく、この時間では最終バスに間に合わないからである。

隼人は今回も残留組の命令で、職人さん四名と道具はそのまま倉庫に保管して、日用品だけ持って他の弟子六名と共に出かけることにした。翌朝はいつもよりゆっくりして、柳ヶ浦駅から中津経由で、日田に帰り着いた。一年先輩の原口さんは、日出の現場から途中での参加だが、もう今年の春に弟子上がりしており、正月が明けたら、また日出の現場に戻る予定のようである。

日田の親方の家に着くと、遠くからの三人の弟子たちは小遣い銭をもらうと、そのまま帰宅するため去っていった。隼人をはじめ、あとの四人は近くなので、夕方まで親方の家の外周りを清掃して、夕食後に日田駅近くの元町で神田君と別れて家に帰り着いた。

年が明けて、近くの天満宮と自転車で2㎞先の大原八幡宮にお参りした。この年は特別に弟子上がりの年なので、特に丁寧にお参りした。正月の間は親戚の家や友人の家に年始に行って、いろいろなことを話し合った。

一月五日の夜に、自転車で親方の家に行った。弟子では柳ヶ浦の残留組は隼人だけなので、

「明日朝のバスで柳ヶ浦に行くから」と告げて、すぐに引き返して、翌日の朝、三本松のバスの停留所から、中津経由で柳ヶ浦に十一時過ぎに着いた。

その日を含めて三日間かけて、二階のサッポードを端から順次に数本ずつ撤去しながら、天井のスラブパネルを一枚ずつ剥ぎ取り、作業員たちも協力して二階全部の梁の底板と、スラブの型枠の解体が全部終わった。長い脚立の上に足場板を並べて天井下地の野縁を組んで、作業員が差出す吸音板を二人一組で、真っ直ぐに張り進む。天井が終わった順に、別の組が床の根太を組み込んでは、床板を張り進んで行く。五人の大工と三人の作業員たちで、一月十七日に大工工事は全部終了した。

春野精神科病院

翌朝、みんなで事務所に行って監督さんに「お世話になりました」と別れの挨拶をして、五人は柳ヶ浦駅から日豊本線大分駅に向かって七時三十五分に乗り込んだ。宇佐、杵築、別府を通って大分駅には八時五十分に到着した。駅の南口には、もう色の黒い童顔のすらりとした上背の朝井季信君が白い歯を見せて立っている。事務所のリヤカーを借りていて、駅の荷物係から道具等を受け取り、それぞれリヤカーに積み込む。朝井君を先頭に、五人はリヤカーの周りに軽く手を触れて、談笑しながら、リヤカーと同じ速度でついていく。

隼人たちは、大分駅の南口で降りたが、旧市街地の大半が日豊本線より北側の別府湾に面した地域に集中しており、歩いている南口は、北側ほどではないが、南東にかけて１km以上も商店街や住宅地が密集している。長四角形に区割された道路は、比較的曲線が少なく、平坦な道路が真っ直ぐに続いている。

今度の病院建設地は、久大本線を横切って、駅から１・５km地点にある。すぐ近くを大分川が流れていて、見渡すかぎりの平野であり、この附近は一面の雑草地である。北東に日豊本線牧《まき》駅がここから２km、南東に豊肥本線滝尾《たきお》駅が１・５kmにあり、南西に１・３kmに古国府《ふるごう》駅、いずれも直線距離である。古国府駅は、この現場からも見渡せるが、久大本線は、この駅からは西に向かって延びている。目の前に見える対岸の大分川と豊肥本線までの広大な下部地区は、工業団地を造成するための準備を進めているらしく、車輌が盛んに動いている。

歩いて二十分ほどで現場に到着した。道具をリヤカーから降ろすと、その足で現場事務所に高井さんを先頭に五人で到着の挨拶をした。隼人だけが、梅中工務店は初めてだったが、他の人は隼人よりもみんな先輩なので、ここ大分や鶴崎、別府などで顔馴染みらしく、笑顔を交すと、すぐに事務所を出ていった。最後まで残った隼人は、頭を下げて監督の桑野貞男さんと助手の宮田孝正さんに、「お世話になります」と言って事務所を出た。

改めて現場を見渡すと、その現場の広大さに圧倒される。静かに水面が光っている大分川の河口は、３kmほど先で別府湾に注いでいる。隣接の広い土地も、乳業工場の看板があるが、まだ雑草地のままである。敷地の中央道路際に、畳五枚ほどの白い鉄板に、病院法人、春野精神科病院、工事現場、施工「株式会社梅中工務店」の他に建築確認票、労災関係成立票などの看板がよく見える位置に掲げてある。

敷地は国道10号線に面して間口が八十八間（160m）で、奥行が百十間（約200m）である。面積は九千六百八十坪だから3万2000㎡の長四角形である。

精神治療棟平面図には、レントゲン室・弱電けいれん治療室・薬物中毒治療室・インシュリン及び電撃療法室・脳検査室・心理分析室・観察検査室・問診談話室・治療職員室他二室・院長室及び応接室・中央玄関ホール／受付カウンター・病棟職員室他二室・化粧室及び浴室・総合処置室・催眠応用室・指圧療法室・ショック療法室・軽作業訓練室・休憩室・宿直員室・警備員室、などの図が詳細に記されている。

治療棟は、道路より駐車場スペースに、30mの幅で間を開けてあり、間口が48・180m、治療棟の奥行が9・999m、渡り廊下が長さ3m、病棟の全長が56・358mである。治療棟から病棟の端までの合計で69・357mになる。この病棟は、治療棟の間口の幅に並行して平屋建ての両棟の病室棟ともに同じ形の中廊下で両側が左右を対称の各六畳の部屋が十カ所、八畳の部屋が各八カ所の合計七十二部屋になっている。

病室の間口は3・636m、左右合計で7・272mに、中廊下の幅が1・818mで、合計9・090mになり、両方の棟の合計は18・180mになる。治療棟の間口は、48・180mから18・180mを引き算すると、各病棟の間には幅30mの中庭ができる。これが患者さんの治療を兼ねた運動場になる予定である。

その残りの敷地は全部で、建物と運動場を含めた面積の約三倍、つまり24・000㎡が、患者さんの軽作業訓練のための農園や花壇および公園になる予定である。

なお敷地の周囲には、高さ３ｍの金網を張りめぐらして、その内側には低い樹木を植えている。大切なのは、目隠しせずに目先の景色が見通せることである。それは患者さんには閉塞感が、病状恢復にとって大敵だからである。しかし、時には異常な行動を起こす恐れのある患者さんを保護する目的もあって、病棟と病棟の間にある運動場は、建物がコの字型に囲んであり、その東側の出入口は、普通は金網と門扉で閉じられてはいるが、農園への出入には、医師が指導する態勢になっている。

この病院の建物は、全て木造の平屋建てである。大工は身内大工九名、地元の大分の大工七名、豊後高田の大工五名、長洲の大工六名の計二十七名である。地元の大工は自転車で通えるが、他の人は全部仮設の宿舎で起住している。現在の作業内容は職人一名と、弟子三人に作業員の五名で、病棟の基礎の仮枠入れの作業をしている。残りの大工は、隼人を含めて大半の人が病棟の木材の刻み加工をしている。

二月七日に、この現場の棟梁である前川さんが、「五日後の十二日に南側のA棟の棟上げの予定を組んだ、頑張ってもらいたい」と飯場の黒板に書いて、みんなに知らせている。まず南端のA棟を先に建てて、十五日後には、北端のB棟を建てる予定を組んでいるので、念のためB棟の加工をしている職人の五名をA棟の刻み加工に回す。この季節だから、雨の心配は少ないが、A棟のほうを優先して建てる。屋根さえできれば、今の作業小屋は狭いが、分散すると均等に作業ができる。

予定通り二月の十二日に棟上げが始まった。昨日、土台は敷き込んでいたから、基礎工事組の土木作業員、ほかの作業員たちも全員がこの棟上げに参加した。この病棟は、中廊下の両側が部屋になる構造なので、部屋の広さが学校や他の病院と異なり、小さいし、間仕切りが多い。小屋材などが一回り細くて、和小屋組の束立てだから、面積の広い割には順調に進んで、日照の短い冬でも何とか、明るい内に棟上げは終わった。上棟式は神主と病院と会社の役員だけで形式的に行われた。

飯場に引揚げてくると、作業員の若い女の人たちが、三個の七輪の炭火で、目刺し、するめを焼いている。みんな揃ったところで、前川さんが「ご苦労さん」と挨拶をしたあと、飯場の長いテーブルの上に三カ所に置いている木箱と五本の酒を指差して、「この品を病院から差入れしてもらったから、小さな宴会を始める」と言って、それぞれコップや湯飲み茶碗に酒を注ぎ合って乾杯した。木箱の中には、大量の解凍した鯨肉と沢庵、おにぎり、コッペパンが入っていた。思い思いに、その木箱から小皿に移しては、次々に回して酒を飲み合った。

酒が入っても仮設の飯場内は、真冬の隙間風で寒かった。みんな自然と七輪の側に輪になって集まり、するめや、目刺しを自分たちで炙りながら肴にして盛んに酒を飲み合う。午後八時を過ぎると、地元から通っている職人さんや、人夫たちも、新聞紙に、おにぎりなどを包んでは、一人ずつ去っていく。

隼人はあと一週間で弟子上がりだが、この棟上げが弟子での最後の棟上げで、B棟の時には、もう職人になっているだろう。桜井親方に来て三年間になるのかと思うと、この三年間と飯塚と日田の小父さんの所での二年間を修行したことが次々と頭に浮んできた。

翌日、隼人以外は、前川さんが、全員の職人さんの十一名を屋根組に人選して、本筋違組込みは別の三名を選んで、残りの人は弟子を含めて、B棟の刻み加工の作業に入った。今朝は昨日に比べて海からの風が強く寒かったが、平屋建てで低いから工事に影響するほどではなく、作業員の下から差出す材料の垂木を受け取っては、母屋や桁に止めていく。

隼人だけは、職人さんが最も嫌がる金物取付工事に指定された。それは地上にいる作業員が、上にいる小屋組材を歩きながら作業をする隼人に対してその都度、金物を工具袋に詰める役目の人と、一対で仕事をするためである。種類と数量をあらかじめ打合せして、上からサインを送って、行動を共にすることである。

二階建ての学校や病院では、丸太梁、平角材以外は、主に12cm角材を使用するが、この病棟では、10・5cm角材を使用する。間仕切り梁、繋ぎ梁、桁、棟木は、この寸法で、母屋材と束材は、９cm角材である。以上の木材に継目には「短冊金物」逆目釘、打ち棟木や母屋材を支える束には上と下に「カスガイ」を、丸太梁と桁には羽子板ボルトを、それぞれ異なった金物を使い分けて取り付けていく。上で作業をしている間に、地上の人は羽子板ボルトの場合、ボルトに座金を二枚通して、六角ナットを仮締めして一セットにして、これを取り付けてスパナで緊結する。この作業が一カ所で約一分弱かかる。

カスガイと短冊金物は、約十秒前後であるから、空中の細い角梁の上をたえず移動しながらの作業になる。長さ56mある病棟の屋根、小屋組の金物取付け作業は、一日で終わった。次の日、隼人の仕事は、垂木の軒先切断作業である。
桁から70㎝先端を一直線に切り揃えるので、仕事は体重の重い人は不向きである。左足を桁に、右足を垂木に乗せて、前屈みになって一本ずつ切断していくのである。屋根は両側だから１１０ｍを超える、数にして二百六十本以上の数での手作業で、作業そのものは単純だが、空中なので常にバランスに気を配らなければならない。当時では屋根が完成したあとで、足場の組み立て工事が普通であった。現在では事前に足場架設をするのが義務づけられている。

五日間で屋根全体の下地工事が終わり、次の日ルーフィングを転がして張りながら、瓦桟を下から順次に取り付けていく。十九日の朝は、全ての作業員が、受け持ちの作業を延期して、瓦揚げの作業が始まった。片側で五カ所、両側で十カ所に梯子をかけて、瓦を二枚ずつ重ねて、次々と手渡しで屋根の上に上げていく川の流れのような一定の流れである。

次の二十日は、隼人の弟子上がりの日であるが、あいにく仏滅の日に当たり、「いくらなんでも縁起が悪い」、と親方と父の話し合いで、一日延ばして、次の日の大安の日に決まった。その日も隼人は、他の若者五名と共にいったん屋根の上に上がったた瓦を、屋根全般に平均に配りながら、規則正しく十枚ずつ重ねて配置していく。この広い屋根に瓦が全部上げ終わったのは、二日目のやや早めの午後五時半であった。まだ外は明るさが残っているうちに、全員が作業を終了した。

隼人は急いで手足を洗って素早く着替えると、前川さんに断って、そのまま財布だけ持って西に走った。そして一番近い駅の久大線古国府駅の午後六時十三分発、久留米行きに乗った。

約二時間四十分後、午後八時五十五分に日田駅に着いた。

駅から自宅まで歩いて十五分ほどで帰り着くと、乗る前に古国府駅前でコッペパンを車中で食べていたので、母が用意した夕食は少しだけ食べた。その夜は、お茶を飲みながら、父と仕事上のいろいろな話をした。

第五章　弟子上がり

大工の知識と心得

　翌日は朝ゆっくりしてから、近くの床屋に行って散髪をしてもらうと、大和町にある安藤洋品店に行った。桜井親方の名刺を見せて、背広の採寸をして帰ると、昼近くになっていた。父も外出用の洋服に着替えて、お茶を飲んでいた。弟子上がりは、午後の一時からなので、まだ時間には余裕があったが、あまりぎりぎりの時間では失礼になるから早めに出かけようと言う父の言葉で、十二時四十分に自転車で家を出た。

　親方の家は、隼人の家から２㎞ぐらいで、約束の十分前に着いた。父が酒と土産の品を奥様に渡して、座敷に上がり、隼人も父のあとを歩いて、弟子入りの時と同じ部屋の同じ食卓の前に座ると、長女の好枝さんが、酒肴を載せた盆を運んで食卓に並べた。

　一時少し前に、親方も正装で入ってきた。親方は、すぐに父に向って頭を下げた。同時に父も頭を下げると、三年前と同じように奥様のお酌で盃に酒を注ぐと「おめでとう」と言って一同乾杯した。隼人も、成人になったので注いでもらった酒を飲んだ。すると父が改まった口調で、親方の力で今日の弟子上がりを迎えたお礼の言葉と挨拶を述べてから、「途中から入ったから教えるのに苦労だったでしょう」と親方に問いかけると、笑顔でそれに応えて、弟子入りの時には口にしなかった意外な本音を語り始めた。

「新しく入った弟子には、百数十種類の建材を巧みに加工して組み合せて、一つの建物にするわけだから、その全部の名前と単位、使用方法の知識から数え始める必要がある。金物の例で言えば、釘だけでも、鉄釘、亜鉛釘、銅釘、ステンレス釘など、まだこの他にも数多くの種類があり、それに加えて使用場所によって長さや形状にもそれぞれ違いがあり、たった釘だけでも数百の異種を使い分けなければならないし、同じ接着する金具でもビス（木ネジ）でも釘と同数の種類があるんです」

と手元を見つめながら言うと、続けた。

「大工の職人は、大工だけの知識さえあれば良いと思うのは間違いであって、何もない更地の上に、基礎から始まって、屋根の頂上までの各職人さんの使用する材料、形状、性質の全ての知識がないと駄目で、例えば学校の先生は自分の受持ちの専門的な課目に加えて、総合的な知識も合せ持って、児童に接しなければならないのと同じで、大工の仕事は、他業種の職人さんの基本の下地を作るわけですから、規格に合せて下地を作る必要があります」

それを聞いていた父は「他の職人さんたちにも共通する課題ですね」と応えて、要するに、大工職人とは、他業種全職人の下支えをする職業であることを説明した。父の問いと桜井親方との説明を隼人は黙って聞いている。

今までの説明に加えて、さらに次のように語りだした。

「私は、ほとんど毎年のように弟子を迎えて養成しているが、むしろ一年ないし二年経験した人を採用すれば、初期教育にかかるコストが不要になるし、その他にも刃物や工具を使用するから、まったくの素人の怪我が一番怖いのと、共同での作業もあるから、チーム・ワークが大切であるが、その点隼人君は、二年の経験があったから、弟子入りの次の日から、微々たるものではあったが、多少でも戦力になった」

確かに建築現場の環境は危険ではあるが、これを学習する期間が一年ないし二年は必要であること。大工の見習いに入ってすぐの素人は、一日働いたから自分は戦力になっていると思いがちであるが、兄弟子や先輩職人の足を引っ張っていることには、気がついていない。なぜならば、弟子の面倒を見ている時間内は、自分の本来の仕事に集中していないわけで、つまりマイナスの時間である。そして、二年未満の弟子の一時間の仕事の質と、職人の一時間の仕事の質は、同じ一時間でも天地ほどの開きがあるし、古くから日本や外国でも、技能を養成する現在の技能学校に近いものはあったが、若年期間は、むしろ親から月謝を求めていた記録もあるぐらいだったのである。

親方は、話の途中でも父に対して酒肴を勧めては、酌をしながら「これは冗談だが」と前置きをして、「コスト的には、一年目はマイナスであり、二年目はトントンであり、三年目でやっと職人の三割になり、四年目で六割、五年目になるともう九割ぐらいの実力になる。だから、五年間無事に努めれば、私にとってコストは、プラスになりますよ」と父に言って笑った。

この言葉を聞いて父も、ここで初めて笑った。夜も更けて、「今日はいろいろとありがとうございます」と言ったあとで「明日午前十一時にお待ちしております」と、親方に言った。この地方の習慣で、お返しに今度は父が親方を招待するのである。隼人ももう職人の身分になったから、父と連れ立って親方や奥様に丁寧に挨拶をして自転車で帰った。

次の日は火曜日なので、友達の家に行ってもどうせ仕事で留守だろうからと、火燵《こたつ》の中でゆっくりして新聞を読んだり、座敷の掃除をした。母は料理の支度をしながら、急がしく働いていた。隼人はまた火燵に入って待っていると、親方が自転車で来た。父と母が出迎えて挨拶をすると、食卓についてから改めて、昨夜のお礼を父が述べると酒肴が運ばれて、お酌を交しながら雑談に入った。すると親方が一枚の紙を出して、父に見せて説明している。

大工道具目録、再び現場へ

それは大工道具の目録である。現在使用中である道具に加えて、新たに鉋二丁、縦引鋸と両刃鋸、各一枚、造作鑿《のみ》一揃い、機械作里《さくり》鉋*注1一丁、砥石、荒、仕上、各一個である。これらは、大分の現場近くの金物店に注文したから、今日中に配達する予定である。父と親方は、まだ酒を飲みながら雑談していた。隼人は「今日中に大分の現場に戻る」と親方と父の二人と母に告げて家を出た。

今日からは全ての費用が自分持ちになる。今までに五千円余り小遣い銭を貯めていたから、大分に早く戻り現場に近い商店街で必要な品物を買うことを決めて、日田駅から大分に向かっ

＊注1　機械作里鉋…細い溝を掘る道具である鉋で、ガラスや板をはめ込む材料の厚みに応じて、その刃幅も数種ある。また、その溝を掘る位置も定規を自由に動かして、細い道具でも数回の移動により広くすることが可能

た。午後五時を少し過ぎに、現場に一番近くの古国府駅で降りると商店街に向かった。

この現場は初めてだった。大分駅の南口で降りて、南東に向って歩いたが、今度は逆に西北に向って商店街をブラブラと二時間ぐらいかけて覗きながら、安くて良い店を探した。敷布団と掛布団の一組で千六百五十円と毛布五百円を買って、別の店でジャンバーと靴を千二百円と二百六十円の合計三千六百十円を払った。夜具だけ宿舎に配達を頼んで、ジャンバーと靴は手に持って、ゆっくりと商店街を通り抜けて住宅地の食堂に入った。まだ八時少し前であった。

昨夜から刺身や肉類ばかり食べていたから、この夜はあっさりとした卵うどんを注文した。週刊誌を読んでいると、うどんがテーブルに置かれて、見るとネギとモヤシに半熟の卵が上に載っている。うどんを食べて食堂を出ると、ゆっくり周りの風景を眺めながら歩いて帰り、前川さんに帰着の挨拶をすると、笑顔で「おめでとう」と言ってくれた。「先ほど店に夜具を注文して明日中には着く予定ですから、今夜だけ今までの夜具を使います」と断ってから、簡単に明日の仕事の打合せをして自分が使っている相部屋に入った。

翌日、四日後の二十六日が大安で良い日なのでB棟の棟上げの予定を組んでいる。

昨夜の打合せ通りに、隼人はA棟の外周りの窓枠加工と取り付けの作業を豊後高田出身の職人と二人一組で、三日間働いた。二十六日の棟上げだけはA棟の大工も全員が参加した。A棟と同一の構造のせいか、作業員も少しは馴れてきたのと、前回よりも日照時間が延びたのが重なって、建て終わって、屋根に使用する材料を運び上げていると、ようやく辺りが暗くなってきた。A棟の時よりも、工程が大幅に短縮された。

次の日から前川さんに要請されて、屋根工事の作業を務めた。A棟の時と同じ顔ぶれで屋根工事と、瓦揚げ工事が終わるまでB棟に務めたが、終わると再びA棟に戻って、室内の造作工事に相棒の職人と、弟弟子と作業員を指導しながら、開口部枠入れや、床板張りを進めてゆく。この病院では初めて、外壁は、全部ラス下地のモルタル塗*注1である。

施工方法は、不揃いの幅で厚さ13m／mの荒板を乱張りにし一面に張ってから、その板に「フェルト防水紙」を張り、「メタルラス」または「ワイヤーラス」綱を又釘や、細いピアノ線で押える。その上に左官さんが、二回ないし三回にかけて、モルタルを塗って仕上げ、さらにその上から塗装工が、ペンキを塗る外壁である。

一方室内は、全て木材の厚めの板を、最近、加工をして出荷する工場が増えてきた。ここの病棟で使用する本実加工品も数種類の既製品を束にして紐で結んでいる。今までは膨大な時間をかけて、大工が手作業で加工していたのに比べて、張り進めるから、今までと違って画期的に工期の短縮だけでなく、機械での加工なので、その幅が均一に揃っている。

さらに違う点は、この病棟は室内全てに金物や釘は一切使えない。それは釘が見えると、患者さんの中には、数十日ないしそれ以上かけて、爪で数カ月も釘の頭を掘り出して、自分自身の体を傷つけたり、食べたりするのを防ぐためである。

また壁なども飛び蹴りしても壊れない厚みの板を使用するし、まして塗り壁は厳禁である。例えば、漆喰《しっくい》壁は、貝灰や石灰を原料として使用するが、拳で叩いて壊してその破片で、目など皮膚の弱い部分に擦りつける患者さんもいるらしく、その点で木材はある程度弾力があり、

＊注１　モルタル塗の壁…荒板壁にフェルト紙を張り、ラス綱を張って、砂とセメントに水を加えて練り、２、３回塗りをして仕上げた壁

接触しても傷になる可能性は少ない。

病気の症状に応じて、それぞれ部屋の造りが異なるが、全般的には、室内は明るく、中庭や花壇なども見えるが、窓ガラスには、手が届かない位置に丈夫な格子もあるし、通気および排気の小さな穴も要所には配置している。

この病棟はあらゆる異常事態を想定して設計されている。一例はトイレである。従来の和式の便器は、縦長の穴が大きく、両足で跨る方式の便器では患者さんは守れない。便器に足を突込んだり、自分の排せつ物を手掴みにして、部屋中を汚したり、身体に擦りつけたりするのを防ぐには、身体に合せて座ると、必ず一定の位置に落ちるよう設計されていて、土管を通じて下まで落して一定の時間に定期的に水で洗い流す方式であるから、手や足が絶対に届かないように設備工が施工するのである。要は、異常行動を想定して、患者さんを守るのが、最優先されるのである。

現在では、硬質塩化ビニール管などがあり、施工も簡単で、自動感知器付きの水洗便器が普及しているが、五十六年前にはその最新式の便器もなく、下水工事に使うパイプは、素焼の土管だけであった。まして一般家庭では、汲取式の便所が当り前の時代であった。

隼人が成人になったばかりの五十六年前頃に、当時の病院関係者から聞いていたのを思い出しながら述べると、「精神病者監護法」が明治三十三年に制定され、精神病院法が大正八年に制定された。これは個人の座敷牢に代わる精神病者の不法監禁の防止を目的に制定されたが、さらに昭和二十五年になって、精神障害者に対して、安全な医療保護も行い、その発生をも予防することを目的に「精神衛生法」に基づき、各府県に精神病院を設置していたのだ。また事前に犯罪を防止する他にも、精神鑑定医による診察によって、今までの精神障害に名を借りた、親族での「人権蹂躙《じゅうりん》」の行われることを防止する趣旨で、病院に収容して治療に専念させることになった。

かつて近年まで精神病は、一般の人々は病気とは考えずに、迷信的に悪魔のしわざなどと考えられていたために、患者は鎖で縛られたりして、残酷な取扱いを受けていたのがごく当り前だった。この法律で一応この問題は解決したので、全国的に設置されたのが、この種の病院である。

Ａ棟の大工工事が、三月十八日にほぼ終了して、五名がＢ棟の造作工事に移り、残りは診療棟の刻み加工に入った。この病院の外壁は全部モルタル塗りだから、作業の大半が左官工事である。

大工の仕事は、荒板の乱張りであるから熟練工はいらず、弟子や作業員の人たちで周りの外壁板を張っている。内部に張る板も、本実加工をするのは、木工所で大量に機械で加工されるようになり、大工は張るだけになったから、従来から比べれば工期は半分以下で済むようになった。

しかし、診察棟は健常者が使用する部屋だから、受付兼ホールと軽作業、訓練室は広いが、それ以外の部屋は普通の病院と同じ広さと造りである。四月七日の大安の日に棟上げして以来、順調に工程表通りに進んでいる。

臼杵の石仏群

四月十五日の休日がきた。もうこの現場も一カ月足らずで終わる予定だから、隼人は兄弟子である神田君を誘って臼杵の石仏群を見物することにした。日豊本線大分駅を八時十分発の宮崎行きに乗り、上臼杵駅に八時五十分に降りて、駅前発石仏行きのバスをちょうど九時発に乗り、約十八分で臼杵川上流にある深田の水田地帯に、日本でも最大規模の石仏群が続いている深田の里で降りた。隼人も神田君も土地勘がないので、バスを一緒に降りた他の乗客に混ざってあとについて歩き始めた。

最初にホキ石仏群、堂ヶ迫《さこ》石仏群、山王山石仏群、古園《ふるぞの》石仏群、門前石仏群の順である。全体で六十数体の石仏が大小合せてある。伝説によれば、凝灰岩の岸壁に平安中期から鎌倉初期にかけて刻まれたと伝えられてはいるが、ホキ石仏群は二龕《かん》に分かれており、その第一は九体の阿弥陀如来坐像と、観世音勢至菩薩像《かんぜおんせいしぼさつぞう》があり、第二には阿弥陀三尊像がある。その三尊像内で中尊は、高さ3m近くもあり、臼杵の石仏中でも最大級で、その力強いお姿は、藤原氏初期の傑作とされている。

このホキ石仏群を奥に坂道を登ると、地蔵十王像、大日・阿弥陀如来像など二十数体の石仏が四カ所の龕に居並ぶ堂の迫石仏群があり、その石仏群から小さな山一つ隔てた向かい側には、三体の童顔の如来像が刻まれた山王山石仏群が続いている。

隼人と神田君は、初めて来た所なので道を知らないから、バスで一緒に降りた他の人のあとについていく形になった。この次の古園十三仏と呼ばれている多聞天・降三世《こう》・観世音・普賢・不空成就・無量寿・大日・阿閦《あしゅく》・宝生・文殊・勢至・不動・増長天などが目の前にずらりと並んでいる姿は圧巻である。その中でも中尊の大日如来像の美しい瞑目《めいもく》の表情が千年の風雪に耐えて、藤原期の作である中でも最高傑作にもあげられて、石造美術の粋が集結されている。

この古園石仏群に近い満月寺に近いところにある我が国最大、重要文化財の宝篋印塔《ほうきょういんとう》が、ひっそりと建っている。この石仏群めぐりは、坂などを歩きづめで、二時間余りでバス停に辿り着いた。

時間は正午にはなっていたが、この辺りは田舎なので、いったん臼杵までバスで出て、駅近くの食堂に入った。すぐ目の前が臼杵湾で、新鮮な魚が売りである、この食堂で刺身定食を、隼人は二人前注文して神田君に昼飯を奢ってやった。

隼人は、二月が五日分で、三月が二十八日分の、計三十三日分の給料の中から、各種の経費を差引かれて、一日五百円の日当計算で、一万六千五百円を三月末に支給されている。その内の一万二千円は、父に郵便局から送っても、残金がまだ弟子の頃からの小遣い銭と合せて、五千円余りの現金を持っていたから余裕があった。

この臼杵市は、豊後水道に面した幅17km、奥行12km余りの臼杵湾が北側に広がっている。鰯、鯛、鯵などの魚が主産物で、宮崎県まで続くリアス式海岸の北端に位置する。昭和二十五年、臼杵町と海辺村《あまべ》が合併して市制になり、さらに昭和二十九年には、佐志生、下ノ江、下北津留、上北津留、南津留の五村を吸収合併した。永禄六年（一五六三）、大友宗麟が湾内の丹生《にう》島に城を築いて、南蛮貿易の国際港として栄えたが、その後城と市街地の間は埋め立てられて陸続きとなり、藩政時代は稲葉氏五万石の居城となった。

現在その城跡は臼杵公園となり、海に面して桜の名所になっているが、城西にある祇園の州と南方の山麓段丘地が昔の侍の町であり、現在では学校や住宅地が密集している。その侍の町の中間に挟まれていた昔の町家が、今や味噌、醤油を含む大商業地域に変っている。その他にも、タバコやウイスキーの工場もあって、活発な町として発展している。

神田君と二人で臼杵の町を時間があるからブラブラと二時間余り散歩して、大分駅に帰り着いたのは、午後の四時を過ぎていた。まだ北口は降りたことがなく、この町を知らないから、ついでに北口もブラブラと散歩することにした。別府湾に対して、日豊本線が弓なりに湾曲して、中央に大分川が流れており、右側が裏川放水路で、左側には住吉川がある。両川に包まれて、市内中心部が曲線に囲まれて弧を描いて流れている。大分駅北口から７００ｍに大分城跡公園がある。府内城址が周りの水面に囲まれ、その手前に県庁や市役所などもあって城址公園の周囲全域が官庁街になっている。

大分市は明治四十四年、小倉から鉄道が開通したのを機に、同年に市制を施行して、その後昭和三十八年には、鶴崎市、坂ノ市町、大南町、大庄村と、一市二町一村と合併編入した。終戦の年の七月に戦災で中心部の大半が焼失したが、戦後になって整然たる都市計画が実施されて蘇った。広く大きな道路や市内各地には、適度に配置された多くの公園を造り、緑の多い公園の街として、内外に知られている。また大分地方は瀬戸内海に面しているために、海の玄関口として昔から上方文化圏内に入り、言語や文化が混在し流入して交易が盛んに行われていた。

先刻降りたバス停まで、元の道を引き返して、今度は東の方向に向かうバスに乗り、国道10号線と交差するバス停で降りて豊肥本線、敷戸《しきど》駅からすぐ近い東側に、曲石仏《まがりいしぶつ》が龕《かん》内に仏像が安置されているのを眺めた。ここから滝尾百穴がある方向に線路沿いに北上して滝尾駅より北東に十五分ほど歩くと、中学校の校庭に続く北側に面した丘陵地の崖には、上下に三段にわたって大小七十五の横穴がある。六～七世紀の横穴式古墳と言われ、薄茶色した砂岩である。この滝尾百穴台地から、西方向の大分川対岸に建設中の精神病院が、ほぼ外観だけは完成した形で眺望できる。

職人として別府現場へ

五月五日の夕方、仕事を終わって飯場に戻ると、前川さんから、「今晩君一人で別府に行ってくれ」と出し抜けに言われて、一枚の紙を渡された。見ると住所と電話番号と簡単な地図が書いてあった。隼人は、いつかは別府での工事に指名はされるとは思ってはいたが、意外にも早く順番が回ってきたのだ。

急いで道具と日用品を荷作りして夕食を摂ると、朝井君に自転車で一番近い古国府駅まで荷物を運んでもらい別府に向かった。別府大学駅には八時過ぎに着くと、地図をたよりに親方の事務所と宿舎がある1・5㎞先の鶴見町に向かった。着くと、また駅に引き返して道具と夜具を受け取って再び親方の宿舎に着くと、もう午後九時半になっていた。みんなに到着の挨拶をすると、自分の割り当てられた部屋は六畳の三人の相部屋である。

　この家は昭和二十八年三月に、親方が戦後の復興により、世の中の移り変りや動きを見て、住宅建設工事の増加が著しい大分や別府の工事に対処できるよう買い求めた。別府市内の工事には、鶴見町のこの部屋は最適の場所である。この家の二階は全部職人が使う部屋で、畳を取り替えただけでそのまま使用して、一階は台所と居間、事務所、親方の仮住居と、新たに温泉の権利を買って湯が常時使用できる浴室も改造している。

　翌日から、隼人は先輩の馬場さん、梅田さんをはじめ六人の先輩と、地元職人二名を加えた最強職人の末席に座ったのだ。新築工事の現場は、宿舎から南西方向にある観海寺温泉郷の中心にある銀水荘別館である。木村さんの案内で行くと、もう棟上げが終わって屋根工事が始まったばかりで、隼人は早速屋根に上がった。桁と垂木は宮崎産の銘木、赤松の無垢材*注1であり、特に垂木は艶のある化粧垂木で、幅が4・5㎝、成《せい》が9・0㎝の材を30㎝間隔で取り付けて、杉の一枚板である杢目板を縦張りに軒先を1ｍ持ち出して張り進む。この繰り返しである。

　この屋根は入母屋造りなので、切妻屋根と違って、垂木は屋根の四方に取り付けて、破風《はふ》板はやや曲線の千鳥破風*注2であり、目に見える材料は全部が天然の無垢材であるから、高価なので失敗は許されない。隼人は、最初は緊張したが、午後になると、自分だけで作業を進めるようになった。午後三時の休憩時間には大工九名と雑用作業員である作業員二名を加えて十一名が、

＊注１　無垢材…製材して乾燥したままの原木で、品質が均一ではなくて変形しやすいのが短所だが、鉋仕上げでは艶がある

＊注２　千鳥破風…城や寺・神社の屋根が曲線になっている形の屋根の端に取りつける板。城の場合、そのほとんどが、敵の火から守る目的で漆喰塗りが多いが、神社や寺、または料亭等では装飾の目的で、格木の木理を活かして露出する形が多い

十分間の休憩を取る。

この別館は本館と渡り廊下で繋がっており、敷地は、この観海寺温泉郷一帯がなだらかな丘陵地で、扇状地地形であるために、コンクリートか、または石垣を積んで、敷地は水平を保っている。この建物は、外観の屋根や壁などは和風形式だが、内部はフロントをはじめ、ホールなどは和洋折衷であり、外国人客のための洋室も半分くらいは用意してはいるが、外国人客だからといっても、必ず洋室とは限らない。床の間付きの畳の間と割合は約半々である。

隼人を含め、地元別府の職人二人を合せて九名により、屋根だけで一カ月近くの日時を要したから、学校や病院と比べて、和風建築は約三倍の手間を要している。屋根が終わると、内部造作組と外部工事とに分かれて分担するが、木村さんと別府の職人である山田さんと隼人の三人が、外部造作組に、馬場さんから指名された。

足場の上の開口部の窓には、雨戸框や戸袋とともに庇《ひさし》を設ける。戸袋の鏡板は寄せ桟の「ささら子」張りで、庇の垂木は銘木の磨丸太で、小屋根（キリヨケ）は銅板葺きである。壁は荒板の乱張りで、ラス鋼張りのモルタル塗り。仕上げは、白と一部黒の漆喰塗りである。前面道路を下って70ｍくらい離れて見上げると、二階建てではあるが、丘陵地だから四階建てぐらいの高さに見える。

内部の和室は、部屋ごとに使用する材料が違っているが、共通しているのは数寄屋風*注1の造りであり、洋室に比べると建設費は多少割高にはなるが、やはり日本の観光地としては外国人客が多いし、むしろ外国人客は、日本間を好む傾向が強く感じられるようになってきた。旅館も

＊注1　数寄屋造り…風流・小座敷・もの好き・茶室、これらを共通した意味に使って眺める和風建築物を一般に言う

例えば、桐の間は桐を主に使用するし、松の間、檜の間、杉の間、竹の間、橡《とち》の間、欅《けやき》の間、桑の間、銀杏《いちょう》の間、桜の間などと、その樹種の特徴を前面に出してする傾向がある。反対に日本人客の場合には、洋間の壁紙は、ヨーロッパ調の図柄模様やコルク薄板を貼ったり、シャンデリア等の照明器具を洋風に合せて取り付けたりするようだ。

五月の初めに別府の町に来て、早や二カ月余りが過ぎ去って、何回か町中を歩いてみた。中学生の頃、大分や別府の町は一度だけ遊びで来たことはあったが、仕事で長期滞在するのは初めてだった。

別府市は大分市の北に隣接して、西に鶴見岳、南東に高崎山などの鐘状（トロイデ）火山群に囲まれて、扇状丘陵地が、ゆるやかに別府湾まで広がる広大なこの地は、八カ所の温泉群がある。

大正十三年に市制して人口12万人で発足したが、その後関西汽船別府航路の開発により、本格的な国際観光地として発展し始めた。大正三年（１９１４）に、オーストリアとハンガリーが、セルビアに宣戦布告した第一次大戦でドイツが加わった戦争に、英国との同盟を理由に日本も対ドイツ戦に加わって、大戦の好景気により別府の町は、温泉の規模を次第に拡大して傷病兵の療養の地として発展していった。

地獄めぐり

別府が有名になったのは、日本全国の30％を占める温泉数の大分県にあって、別府市の広大な地域を八湯群と呼んでいる、浜脇《はまわき》、別府、観海寺《かんかいじ》、堀田、亀川、柴石《しばせき》、鉄輪《かんなわ》、明礬《みょうばん》を昔は区別していたが、現在では八湯を総称して、別府温泉と呼ぶようになった。今や別府市全域が温泉街になっている。

大正初年頃には、東別府駅北側の海岸に近い浜脇温泉と、別府駅東の海岸一帯に広がる竹瓦温泉が、二大湯治宿泊客の主力であったが、その後観光客の増加により、次第に別府市全域に宿施設を充実するようになった。特に、丘陵地で別府湾を眺める景観地の中腹にある別府駅から西へ２㎞にある観海寺温泉郷と、そこから北西１・２㎞にある堀田温泉郷の発展が著しい。亀川駅一帯に広がる海岸沿いには、古くからの旅館街があって、天然の砂湯や、四湯霊泉などで湯治客の人気が高い。

亀川駅から南西１・３㎞の渓谷にある柴石温泉郷は、有名な地獄めぐりの中で、血の池地獄と龍巻地獄の二つだけが素朴な風景の中にある。ここから南へ１㎞の場所に、地獄めぐりの中心地である鉄輪温泉郷がある。この地は鶴見岳の爆発により地表近くまで接近した「マグマ」の影響で、この地一帯が高温水で、酸化鉄、硅酸、酸化マグネシウムなどの各種の鉱物により、赤、青をはじめ、いろいろな色の変化のある熱水や熱泥によって約10種類余りの地獄めぐりが楽しめる場所が、この地に集中している。

この地から真西へ2㎞には、明礬温泉郷がある。伽藍《がらん》岳、別名「硫黄山」の山麓にあり、昔から日本一の明礬、つまり別府名産の「湯の花」*注1の産地である。浴槽に入れると、皮膚病に効くとして知られている。

東別府駅から海沿いに1・5㎞南東には、高崎山がある。温暖帯性の広葉樹林の斜面に群棲している猿山だが、別府の中心から近いこの地は大分市内である。国道10号線と日豊本線を横切って丘陵の麓に、妙心寺派の万寿寺がある。その園内に昭和二十八年頃から、当時の大分市長をはじめ関係者が観光資源にしようと計画して200頭ぐらいだった猿の餌づけを開始して、努力や研究の末に猿寄せに成功した。それ以前は、人家近くの農作物や樹木を荒らしたので、土地の人たちに嫌われていた。餌づけ成功以来、隼人が別府市内に住んでいた昭和三十年当時は、「ただ今、猿は何頭」と表示するようになった。

平成になって四十数年ぶりに、現場を通過したが、猿は千五百頭余りになって、A、B、C群に分かれて、寄せ場に出てくるようである。平成時代では、新たに海岸にマリーンパレス(大分生態水族館)が造られて、高崎山自然動物園からも歩いてすぐ下にある。自然に近い潮流式、回遊水槽になっており、多数の観光客を楽しませているようである。

別府の町は、日豊線沿いの海岸線から1㎞ぐらいの平地は、比較的に直線道路が多いが、その奥から丘陵地や扇状地は曲線道路が多くなっている。昭和二十七年から十年間ぐらい経った三十六年頃までは、まだ連休とかレジャーと呼ぶ言葉が普及していなかったから、当時の観光地で感じたことは、お盆とか正月休みは一般庶民の人たちは一目散に故郷を目指し帰郷して、

＊注1　湯の花…床に青粘土を敷き詰めると、地面からの物質との化学反応により湯の花の結晶が一日に1m／mずつ成育し、二カ月で60m／m程に成長する。これを採取して加工する。小屋の高さ約2mのワラ屋根が数十棟建っている

地元の神社やお墓参り、親戚回り、幼な友達との交遊などが盆と正月の主な目的であった。まだ家長制度の影響が色濃く残っていた時代だったが、次第に核家族化によって盆と正月の楽しみ方も多様化してきた。

高度成長から「バブル」の年代に入ると、一転して連休制度が定着して、盆、正月や春秋と、海水浴やスキーシーズンでは、逆に平日の二割増ぐらいになって、それが今ではすっかり定着してしまった。昔から物の値段は需要と供給によって決まると、英国（イギリス）の経済学者のアダム・スミスの言葉を改めて思い浮べた。

八月に入って間もなく、菅生の現場で一緒になった増田俊男さんから手紙をもらった。「すぐにでも一緒に仕事をしないか」との誘いである。銀水荘別館の新築工事も、お盆までには大工工事だけは、ほとんど終わる予定である。隼人は早めに桜井親方に、都合でしばらくの間休暇を申し出て許可された。好奇心もあり、増田さんと一緒に仕事をして自分を試してみたいと思ったからである。普通は月末計算ではあるが、お盆でもあったから一応全部精算してもらった。

荷物を持って八月十三日に日田に帰った。いつもは、毎月一万円は郵便局から父に送っていたが、増田さんと一緒に仕事をする盆過ぎには、自転車が必要になるから、父にそのことを話した。今まで月に五千円ずつぐらい貯金していた金が、二万円余りまだ残っている。

お盆休み中に考えていたことは、昔から宮仕えと水商売の両輪があるが、今の隼人は人生を左右する分岐点に立って、どの方向を選ぶかである。桜井親方の許《もと》で仕事をこのまま続けていれば、安定した収入が保証されるから宮仕えである。しかし、ここを離れれば不安定になるのだから、ある意味で水商売になる。よく水商売とは、サービス業、つまり酒類を提供する社交界とか飲食業の職業と思いがちでもあるが、問題なのは、職業ではなくて、その内容である。

要するに水商売とは、運が良ければ億単位の収入もあるが、逆に路頭に迷うことも覚悟しなければならないのである。

隼人は、その賭けである不安定な仕事を選ぶことにして、お盆過ぎの十六日の朝、大分で買っていた質流れの中古品である革製品の小型のトランクと、柳行李《ごうり》に日用品を詰めて、別に道具と夜具は丸通の貨物で、「新飯塚駅止」で、前日に送っていた。駅の西口で降りて、荷物を受取り、トランクの荷物とともに駅前のタクシーに積んで約1kmのバスセンターまで出かけた。途中、広大な麻生病院を左側に見て、県道426号線を遠賀川に架かる芳雄橋を渡ると、すぐ国道211号線の交差点に飯塚バスセンターがある。そこの待合室がお互いの待合せ場所にしようと、手紙で打合せしていた。正午前後と定めていた時間通りに増田さんが迎えにきた。このバスセンターからすぐの200mくらい歩くと、宮町である。そこに増田さんの親方である小野政次さんの家があるから、仮に荷物と道具を置いて、初対面の挨拶をする。奥さんの世話で近くに二食付きで下宿を紹介してもらっていた増田さんは、六畳を借りて住んでいた。

二人で歩いて下宿まで行って、ここでもこれからお世話になりますと挨拶をすると、老両親と娘が住んでいた。部屋に荷物を運び込んで、一休みすると、明日から働く現場は、下宿からすぐ近くの民家の増築工事である。その家は昭和の初め頃に建てた古い二部屋の平屋建てだけなので、手狭で不便なので、今度二階建てにして三部屋建増しするとの増田さんの説明だった。図面を見せてもらったが、平凡な工事である。増田さんは、今まで改造工事ばかり親方の下請をしていて、この家はまだ資材集めと図板制作中であると隼人に説明した。

現場を見てから、下宿で二時間ばかり仕事の詳細な話し合いをして、三時過ぎに久しぶりに飯塚の町を散歩してくると言って宿を出た。さしあたり今度の仕事は、現場が近いから歩いて行ける。けれども、この町は広く大きいから交通の便は良いが、バスや列車だけの移動は不便になるので、やはり自転車は、どうしても必要になってくる。その気になって何軒かの店を歩いて見て回り、新品の普及車で一万四千円前後であった。

念のため質屋の店も一応覗いてみた。その当時自転車のメーカーは、外国産のほとんどは28インチであった。英国（イギリス）や米国（アメリカ）産が主であり、隼人は日本製の26インチでないと足が地面に届かないから、外国産は初めから無理である。国産は主なメーカーは宮田、山口の自転車が大部分であったが、富士と新屋《あらや》の自転車と、日英の自転車も少しずつ出回り始めていた。

隼人は、二万数千円の現金は持ってはいたけれども、胸の中で計算して、一カ月平均で一万八千円～九千円前後の収入であったが、その中から三千五百円を下宿代に払うと、ちょうど一カ月分の手取りの給料と、自転車一台とほぼ同じ金額になるのである。

庶民の工業製品

隼人は世の中の移り変りを見ていると、朝鮮戦争以後の日本の各種の工場が、雪解け後の春の草花が、いっせいに咲き出すように、あらゆる製品を競って作りだしたから、工業製品は給料に対して割高ではあるが、このままの勢いで生産すれば、数年後には作れば売れるから、必ず大量生産になってコスト・価格は少しずつ下がっていくのではないかと思う。

テレビは、ＮＨＫが東京で二十八年二月一日に本放送を一日に四時間で開局したが、当時は、七〜九インチで十二万円前後、東芝の十七インチが十九万円前後であり、ビクターの二十一インチが二十五万円前後で、調整はツマミのダイヤル式であった。これと時を同じくして白熱電球に代わって新しく環蛍光灯をサークラインと呼び、照明器具として電力節約のキャッチ・フレーズで次第に一般にも普及していった。その年に日本テレビが八月二十八日に開局して、正午から午後九時までの放送で始まった。ＮＨＫも次第に放送時間を延ばしていった。

二年後の昭和三十年の現在になって、テレビの主力は普及型の十四インチの時代になり、値段も十万円を割る製品が出回り始めると、街頭テレビの人気もこのテレビ・ブームに拍車をかけたから、各メーカーも大量生産するようになった。こうして高嶺の花であったテレビも、じりじりと値段が下がっていったから、テレビや電気火燵と同様にわずか数年で半額近くになった。自転車も数年後には、現在の一カ月分の給料に対して、十日前後の稼ぎぐらいで買えるようになるのではあるまいかと思っていた。仕事用であるから美しさは求めないで、道具箱が積める丈夫な荷台の自転車なら、中古でも良いと考えて質屋を何軒か見て回った。その中から比較的新しい、中古品の宮田自転車を選んで千円値引きして、七千円で買った。新品の半額である。

早速、穂波川の左岸である土手の道路を北に向かって試し乗りをしてみた。国道201号線の新飯塚橋の北で遠賀川との合流地点まで乗って、Uターンして下宿に戻った。下宿に着くと、夕暮れ時であったが、図板制作中であった増田さんが部屋から出てきて、隼人の自転車を見て、何軒店を回ったか、また価格は幾らだったと聞くので、新車の店が五軒、質屋を三軒目で七千円だったと答えた。「この品が丈夫で荷台が30kgぐらいは積めるから、これに決めた」と言って、お互いに目を見合わせて笑った。

夕食後、図面を改めて詳細に見ながら、分担を決めた。増田さんは土台と柱、隼人は桁と梁と小屋組全般を受け持って、墨付けをすると決めた。小屋図の板は、増田さんが用意していたので、夕食後に板の表面に白墨（チョーク）で墨が滲まないように全面に塗って鉛筆で略図を描く。翌日から小野政次さんの自宅に隣接した作業小屋で、昨夜書いた小屋図の略図に墨を入れて、記号と番号を記入すると、増田さんの尺杖に合せて同じ物を作製する。

まず桁角材から墨を付け始めて繋ぎ梁と妻梁の順に進め、梁の最後は丸太梁を付け終わると、母屋材と棟木の順になり、その母屋材を支える束材の墨付けで、小屋組の全ての墨付けが終わる。この作業は正味三日間を要して終わった。増田さんも土台から始めて柱に取りかかっている、時々振り返って見ると、なぜか一本ずつ墨付けをしている。

普通、野丁場の場合には、丸太梁は曲線材だから別だが、角材は同質同材寸法であるから、二本ないし三本くらいを並べて尺杖で寸法を測る。一度に墨付けすれば、早く作業が進むと思われるし、角材の継手は、芯から持ち出しを女木《めんき》にして、上から重ねる材を男木《おんき》とするが、支持材の真上には継手は設けないで必ず持ち出して、しかも左右交互に継手は設けるのが普通である。仮に女木を、持ち出し寸法に＋（プラス）のX（エックス）㎝とすれば、男木の継手は－（マイナス）のX㎝と頭の中で暗算して、次々と墨付けすれば一度に数本の墨付けが可能になるはずである。しかし隼人は、先輩に対して失礼になるから黙っていた。

一方小野さんは、親方と職人三名に弟子一名、雑役工二名で作業をしている。親方を含めて七名である。増田さんと隼人が、二人一組で別の建物の作業をしている。

小野建築としては、当時の九州地方の標準である朝の七時から正午まで、昼休みからあとの一時から薄暮れまでが、一般的な職人の勤務時間であった。その中で十時と午後三時には、十分から十五分くらいの休憩がある。この休憩は無駄ではない。みんなが揃うから重要な仕事の段取りや打合せをしたり、棟梁や先輩職人が、口頭で作業の詳細な内容を教えたり、道具の使用方法を具体的に指導するのである。

隼人の作業は墨付けに三日、刻み加工を五日の計八日間で自分の受け持ちの作業が終わった。増田さんと隼人は、土台から上の建物だけの手間賃だけの請負であったが、小野さんの要請で別工事の基礎を翌日の八月二十五日から雑役工二名と弟子一名を指導して、現場で杭を打ち込みの遣方を出して水糸を張り、新たに土木作業員が三名加わって計七名で、基礎工事を始めた。

作業員は基礎の時と、棟上げの時だけ臨時に頼んでいる顔馴染みだが、隼人は初対面である。もちろん三人共、年長者であるから、丁寧に頭を下げて協力をお願いし、基礎の図面を示して、詳細に打合せをした。

昨夜、増田さんと基礎のことで話し合った結果、現在の平屋建ての基礎は、昔の工事であるから、質素で周りだけ布基礎だが、間仕切りは全部独立石を置いただけであり、しかも地盤から基礎上端までの高さが八寸（24㎝）である。

旧廊下と新廊下の高さに段差をつけたくないから、住人との話し合いで地盤から一尺高、つまり30㎝の基礎に決定したと土木作業員さんに説明して、遣形上端からの基礎矩計《かなばかり》を二枚作製して、素掘りの根切り溝の作業に着手した。一方隼人は、小野さんの大工の弟子を指導して、型枠パネルの準備を始めた。小野さんの倉庫から型枠パネルを取出し、図面と照合しながら、補助パネルを作製する。

次の日に、土木作業員は根切り溝に栗石《ぐり》を敷き詰めて、突き固めた上にコンクリートでベースを流し込むため、隼人は現場を一日休んで、作業小屋で増田さんの柱の刻み加工を手伝った。次の二十七日は曇り空ではあったが、ベースの上に型枠パネルを雑役の人にも手伝ってもらい、四人で角から組み立てていくあとから、土木作業員が短い杭を打込み、小角材でパネルのバタ角材を両側から突っ張りながら、大工のあとを追ってくる。

午後三時頃の休憩の頃から、にわか雨が降りだし、しばらく雨やどりしていると小降りになった。

井筒屋百貨店全焼と不意の手伝い

夕刻少し前に、型枠組立作業がほとんど終わって、現場内の残材やゴミなどの片付けをしていると、突然サイレンが大きな音で鳴り出して間もなく、方々の場所から消防車のサイレンが、すぐ近くの道路を走り抜けていく。また、にわか雨が降りだして薄暮の南の方向を見ると、もう空一面に黒煙が勢いよく広がっている。野次馬が、口々に百貨店らしいと大声で叫びながら走っていく。みんなも急いで道具などを片付けて、これは近年にない大火だと言っている。火元が百貨店なら、この現場から600mぐらいの距離である。

隼人は、下宿に帰ると、増田さんも、ちょうど帰ったばかりで、手足を洗っていた。お互いに顔を見合せて、どうするといった表情をしたが、とりあえず夕食をすると、どちらからともなくサイレンの音が断続的に鳴り響いてくるから、やはり気になる。外に出て見ると、もう辺りは暗くなっていたが、火の勢いは以前よりも増して大きな火柱が上がっている。

増田さんと小走りに現場に近づくと、車は消防車以外、通行止めになっていた。火元附近には、幅3mの飯塚川が商店街の内外を大きく蛇行しながら流れているから、水の便は良いはずではあるが、次々と近隣の商店に類焼している。隼人も増田さんも、明日の仕事のことを考えて、十分間ぐらい火事場にいたが、引き返して下宿に戻った。

次の日の地元発行の「西日本新聞」の地方版には、写真入りで大きく、昨夜の「井筒屋百貨店」の記事が黒抜きで載っている。花火売場が爆発して、百貨店とその近隣の商店七店舗が全焼した、と記事にはあるが、幸い発生時刻がまだ明るかったから、客や関係者の適切な行動で、現在まだ調査中だが、負傷者は少ないもよう、と書かれた記事を見たが、あの大火の割には死傷者が少なかったのは、不幸中の幸いだったと思う。

この日は昨日固定した型枠パネルに、土木作業員や雑役夫が、基礎のコンクリートを打設するから、隼人は増田さんの柱の刻み加工を手伝った。この柱は真壁《しんかべ》であるから、全部鉋削りであるこの作業を二日半で終わり、柱に養生紙を布海苔《ふのり》で貼り付けて、壁に立てかける。四日後の、九月三日の土曜日は大安の日だから、建主と小野さんの話し合いで決まり、間に三日間あるから、増田さんと隼人は、外壁材と内部の造作材の加工を始めた。

この増築は、間口が二・五間（4・545m）、奥行が三・五間（6・363m）だから、建坪八・七五なので28・9㎡で延べ面積が十七・五坪（57・8㎡）の総二階建てである。内容は一階が廊下と階段、六畳が二室と押入れが二カ所である。二階が廊下と八畳一室と押入れ二カ所に、南側には一面に腰壁に手摺りを取り付けて、広さ四畳ほどの物干場を設けている。九月二日の午後三時過ぎから、隼人と雑役の二人で、土台の組込み作業をして明日の棟上げの準備を終了した。

翌日の九月三日は、朝から雲一つない快晴である。小野さんの職人をはじめ作業員を加えて、土木作業員三名、正式には土木工事全般の作業をする職人のことではある。それと増田さんと隼人が、今日だけは主役で働くわけであるが、この十二名に加えて、この地方の習慣であるらしく、隣近所の人たちの五名が、今日だけ特別に奉仕で参加した。天気が良く少し汗ばむ程度で順調に組み立てが進んで、十時には柱の建て込みがほぼ終了した。休憩の後に丸太梁から、束材母屋、棟木の順に組み進んで、正午前には骨組みだけは、全部終了した。

午後からは、柱の歪み直しをして仮筋違で固定すると、いったん二階まで屋根に使用する材料を全員で協力して上げると、屋根組と二階根太組込みに分担が分かれて作業をする。隼人は屋根に上がり、垂木を端から順々に取り付けていくと、桁から上だけ、野心板を他の職人さんが張り始めた。隼人は垂木の取り付けが終わると、軒先に広小舞《ひろこまい》を取り付けて軒先から桁までは、先日加工していた化粧杉板を重ね張りしながら、軒先を張り終わると、垂木の軒先を一直線に切り落とす。

夕方までに屋根はほぼ終わって、地上に降り、仮設のテーブルを作る人と残材を整理する人と分かれ、増田さんと隼人は、二人で棟に飾る扇と弓矢を表す板に筆で「七五三」の記号や、建主さんと棟梁の名を書いた。棟木の東西に向かい合せで、一対で飾り付けていると、下から建主や近所の人たちがカメラを屋根の方向に向けて写している。

飾り付けが終わると、棟梁を中心に増田さんと隼人と、年長の職人さん二名を加え、棟木の東西に揃って四方遥拝《ようはい》して御酒《おみき》を東西南北の順に散布しながら祝詞《のりと》を上げる。神事が終えると、箱に詰めた小形の丸餅や小額の貨幣などを紙に包んだいろいろな品物を屋根の上から建物の周りに集まった近所の人たちに向かって、棟上げのお祝いの喜びを分け合う行事として周囲に撒いて、全ての行事が終わった。

建主と棟梁の上棟式の挨拶が済んで、一同が乾杯をすると、建主が棟梁に纏めて祝儀袋を手渡す。代理の人が各人に頭に小さな文字入りの祝儀袋を手渡し、全部を配り終わると、それぞれがいっせいに建主に向かって上棟祝いと祝儀袋に対して感謝の盃を目の高さに翳《かざ》して頭を下げた。

隼人の近くの席に座っていた建主の友人らしい老人が、しみじみと語りだした。

「終戦直後の三～四年間は、釘、金物は、もちろん木材までもが配給であった。満足できる数も自由には買えず、部屋数や広さまでもが、家族の人数により制限があったが、今こうした上棟で、立派な大きい家が建った。あの頃から比べたら、本当に結構な世の中になったもんだ」と周りを見渡しながら呟いて、その老いた手で、半分残っていたコップ酒を一気に飲み干した。

次の日の九月三日、隼人は雑役の人と協力して屋根上に、ルーフィングを転がしながら張っていく。これを張れば、豪雨でもない限り、雨が降っても作業ができる。三日後の六日から小雨ではあったが、三日間連続して雨が降った。ルーフィングを張っていたから、濡れずに続けて仕事ができた。

九月九日になってやっと、何日か晴天が続くとの天気予報があり、土木作業員と雑役の人の五名で外壁足場の架設が始まった。まだその当時は、町場での建物は番線が普及していなかったので、丸太足場の架設工事は全て荒縄で結束する方法であった。強度に締めつけるために、水を口に含んでは、時々縄に水を吹きかけながら、足場を組み立てていく。五人も手間をかけて、やっと夕方になって足場が組み終わった。隼人は室内で大工の作業をしながら、時々その様子を眺めて、番線と荒縄の違いだけで、こうも作業速度に差が生ずるのかと改めて感じた。

思えば二年前、水害での復旧工事で日田の石井発電所工事の足場組立工事に際して、本職の足場架設専門の鳶の人から、基本から指導してもらいながら、兄弟子ではあるが、同期の秋本さんと二人一組になって足場架設をしたことを思い浮べていた。番線を使っての作業であれば、少なくとも二倍以上の速さで工事ができる。

足場が出来上がると、増田さんと雑役の原口さんと三人で、先日加工していた外部に使う下見板を張り始めた。窓や開口部と戸袋や庇を同時進行に作りながら、最初は旧平屋建てがある東側の屋根の上からの三角形から進めた。

この面を優先しなければ、斜めに降り込む雨が、建て増した部屋の中に入るのを防ぐためである。東側を一日半で下見板を張り終わり、北側と南側は、長さが東西よりも少し短いが、土台から順次張り重ねて張り進むから、南北の二面だけで五日間を要した。これで東北南面の外壁が終わった。

ある不安

九月十六日の夜に増田さんから、この現場を数日間空けることになったと打ち明けられた。三日後の九月十九日は大安である。この日に増田さんの親方の小野さんから、穂波町の楽市地区の旧家の新築の上棟が正式に決まったので、どうしても間に合せるため、増田さんだけ二日間刻み加工を手伝ってくれと頼まれたと言う。隼人にも前日の十八日に、雑役の原口さんと弟子の山崎君を使って、土台を組み込んでもらいたい、と頼まれた。隼人は西側の外壁工事が未完成なのが気になってはいたが、上棟に支障があっては困るだろうと思って、その土台敷きを引き受けた。

手伝いの頼みがあった当日、建主から支給されたタオル大の紅白の布を、男は捩じり鉢巻き、女は姉《あね》さん被《かぶ》りで勢いよく組み立てていく。その日は曇り空ではあったが、動けば汗ばむ程度の働きやすい気温である。夏至からの秋分の日が近いこの日は、もう一時間ぐらい昼間の時間が短くはなったが、日暮れまでには最後の棟木を乗せて、何とか骨組みだけではあるが、ようやく組み上げが終わった。

屋根上での上棟式の神事も、建主と棟梁を中心に終わって、恒例の餅撒きを隼人も参加して地上の群衆に向かって均等に撒いた。隼人は五年余りの中で数多く上棟式は経験していたが、これまでにない盛大な上棟式であった。

赤飯などの二段の折詰と小瓶の酒を自転車に積んで、建主をはじめみんなに頭を下げて、下宿に帰り着いたら、もう午後十時を過ぎていた。祝儀袋には千円が入っていた。当時職人の日当は七百五十円前後であった。思わぬ臨時収入である。ちなみに、男の理髪料は百円か百二十円であった。

次の日も増田さんは、屋根工事のため、楽市の現場に向かった。しかし隼人は、何日も増築現場を空にする訳にもいかず、本来の増築工事を一人ですることになった。西側の壁を張り始めたが、水平に2mの高さまで張り進み、三時の休憩をしている時に、大粒の雨が降りだした。

急いで材料と道具を室内に入れ、室内の造作工事に変更して作業を続けた。昨日の棟上げの現場も、この雨では屋根工事は中止だろうと思った。

二十一日の夜明け前には昨日の雨もやんで、どんよりと曇ってはいたが、今日だけは雨の心配はなさそうである。増田さんは続けて助っ人に行ったから、隼人は一人で外壁の続きを一日中張り続けた。

その夜、ラジオの天気予報で、明日と明後日の二日間は雨が降り続くと、アナウンサーの声が流れている。手伝いから戻ってきた増田さんと部屋の中でテーブルを囲み、酒を飲みながら「雨が降り続けば、屋根の施工が大幅に遅れる。そのうち台風でも来たら、せっかくの化粧柱が雨に濡れっぱなしで、台無しになる」と話し合った。隼人は、上棟日以後のことは知らないから、増田さんに進行状態を聞いたところ、「今君と話した通り、これ以上何度も柱を濡らすことができない。屋根が最優先であり、その他の工事はまったく手をつけていない」とのことであった。

増田さんの言葉に、ある不安を感じて、隼人の頭に蘇ったのは、まだ弟子の頃、監督さんから、地震は予知が難しいから有効な対策が立てにくいけれど、台風の場合には、四、五日前から予知が可能だから、対策として最小限、本筋違と火打梁《ひうちばり》*注1の施工は、必ず夏の初めから秋の終わり頃までの台風シーズンは、特に気を配らなければならない。それなりの対応が必要で、もちろん屋根工事も大切で重要ではあるが、やはり優先順位は二番目になり、基本軸材の本筋違と火打梁は上棟の翌日からできれば施工するのが望ましい、と教えられていた。

＊注１　火打梁…丁字十字形の梁の横揺れ防止に水平に取りつける部材で、45度で設置する。三角形が特徴である

この監督さんの言葉が隼人の耳に残っており、さりげなく、「屋根を急ぐのは分かるけれど、一人ぐらい本筋違を入れ始めたほうが良いのでは」と言ったとたん、増田さんの表情が変化して「仕事の方針は、親方が決めることで俺たちが口答えできる立場ではない」と、怒気を含んだ表情をした。隼人は無用の論争を避けて、すぐに話題を映画の話に変えて話し出したが、増田さんは一転して「映画も好きでよく観るが、今はダンスのほうが面白いし、俺はモテるからなあー」と自慢してニヤリと笑った。

予報通りに二日間は雨が降り続いたが、幸いなことに増築工事のほうは、屋根が完成[*注1]していたから作業はできた。雨がやんだ九月二十四日は、秋分の日である。この先四、五日は晴天が続くとの予報で安心したのか、親方の小野さんは増田さんを解放したから、久しぶりに西側の残った下見板の外壁を二日間かけて完成させた。これで外壁が全部終わったので、今後雨が降り続いても安心である。

翌二十六日から室内の造作は、一階は増田さんが受け持って、二階は隼人の役と分担を決めていたが、隼人の考えでは、最初に階段をかけたほうが、材料を二階に上げるのに便利だと主張した。梯子では、物を運ぶのに両手が使えないからと何度も言ったが、前例がないからとなかなか理解してもらえない。

階段の施工は一階の範囲だが、全部の材料を二階に上げる手間が余計に増える無駄を考えれば、一刻も早く階段をかけるのが結局得になると、再三増田さんに言ったが聞き入れられなかった。すると増田さんは、「そんなに言うのなら、お前がやれ」と言ったので、「それでは私が

＊注１　完成とは言ってもまだ、ルーフィングを張っただけであった。後日板金工が錻力（ブリキ）で屋根を葺く。その上でペンキの上塗りと下塗りのシーラー等を塗る

施工する」と言った。現場での加工の場所が狭いから、小野さんの作業小屋で加工と刻みで二日間かけて終わり、三日目の二十六日に雑役の人に手伝ってもらい、二人で組み立てた。終わると傷がつかないように、全面に養生紙を貼ってもらう。次の日二十九日は、朝から雨で台風が刻々と近づいてきている。

台風対策

小野さんから下宿に呼び出しがかかってきた。明日の台風に備えて増田さんは、楽市の現場に駆けつけていった。出かける際に隼人は、「台風の時はロープで四方からの一番高い二階の梁や桁から、45度の角度で遠くから杭を打ち込み緊結すれば、少しは効果がある」と小さな声で言った。そして「予報を聞いている限りでは、明日の台風二十二号は大型で、今年最大の規模に発達する可能性がある。無駄骨かもしれないけれど一応、窓や開口部などは、全部古い雨戸や型枠パネルで室内に強風がなるべく入らないようにしたらいい」と続けた。

隼人は、「自分は仮に覆って塞ぐ作業を今日の午前中一杯の時間をかけてするつもりだ」と言った。すると増田さんは、「お前の気の済むようにしろよ」と言って、自転車で勢いよく出かけていった。隼人は気になってラジオのニュースを聞いていた。台風二十二号は鹿児島に上陸する予定のコースを辿り、九州を斜めに縦断しながら北上する可能性が高いらしい。隼人は急いで雨合羽を着て、最初に二階の南側から西、北と型枠パネルや古雨戸を、なるべく寸法に近い材料で打ち付けて、丈夫な二ツ割材をX（エックス）の字に押えとして止める。

二階が終わった頃から一段と風が強くなってはきたが、まだこのくらいの風では、作業が続けられるから休憩もせずに続けた。一階の南側、西、北と同様に全部の開口部を同じような工程で塞ぎ終わったら、正午近くになっていた。真っ暗になった室内に隼人が電線を引っ張って、電灯を点けていると、心配そうに建主の奥さんが室内を覗きにきて、「これで少しは暗いけど台風が来ても安心ね」と小さく笑って隼人を見つめた。

午後からも風は少し吹き込むが、雨はほとんど入らないから二階の造作を始めていると、先日完成したばかりの階段から数人の足音がした。家族の人や近所の人たちが、珍しそうに五人ほど二階に上がってきて踊場から、一人で仕事をしている隼人の造作の進行状況を興味深く見物していた。

その夜、酒はコップ一杯と決めて、増田さんと飲みながら台風の話になった。増田さんは得意げに、「主要な柱は全部茣蓙《ござ》や薦《こも》を巻き付けたから、養生紙が千切れて吹き飛ぶことはない」と言ったあとで、「仮筋違も数本追加して外回りに止めたから対策は万全だ」と言った。隼人は先日の論争で懲りていたから、これは人から聞いた話だからと、前置きをして静かに話し始めた。

例えば、昔から木製にせよ、鉄製でも長大橋は三角形が主体の、いわゆるトラス構造で、圧力を受けて支える形式であったが、次第にもっと長い橋との要求が強くなった。もうこれ以上断面を大きくして強度を増やそうとしても、逆に自重が増えて限界がある。すると大昔からある「張力」を利用した長大橋は、一応はできるが、欠点は長期の使用が困難である、と。そして、「近年になって化学繊維のロープが発明されて普及し、張力を利用する製品が次々と生まれつつある。最大の特徴は、ピアノ線を束ねて防水パイプの中に閉じ込めて、陸地から近くの島へと架橋するケーブル橋が世界中で少しずつ始まっているけどね」と言った。

ここまで増田さんに言ったのは、「張力」*注1の利用を強調したいためで、その後の言葉は努めて笑顔を作り、先日小声で言ったロープの件、即ち張力利用を暗に勧めたけれども、実行しなかったことは、増田さんの表情を見れば分かるから黙っていた。続けて、「台風の時は飛来物の衝撃から守らなければならない」とも。

例えば、固いはずのガラスさえも、柔らかいゴムマリが当たって割れる場合もある。「台風は何が起こるか分からないので、万全の策を尽くす必要がある」と言って、「明日の台風の被害が少ないことを神頼みするしかないか」と、二人で笑い合った。

台風二十二号縦断

次の朝、九月も最後の日三十日に、運命の日が横なぐりの強い風雨の中で幕が開いた。正午過ぎに大事件は起きた。あとで詳しく述べるが、その朝、増田さんも隼人も、今日の状態では現場での作業は、普通の雨なら作業小屋で加工の仕事もできるが、この強い台風ではとても無理だと、窓ガラス越しに外を眺めて休むことには決定した。しかし念のため、隼人は増築現場

＊注１　張力…物体内の面に垂直に働き、その面の両側の部分を引き離そうとする力である。張力の大きさは物体内の断面の単位面積に働く力の大きさで表す

を、増田さんは棟梁や職人さんと楽市の現場に待機することになり、いつもよりもゆっくりと朝食をすると、雨具を用意してそれぞれ現場に向かった。

隼人は現場に着くと、一回り外壁を点検して玄関から室内に入り、奥さんに挨拶をすると、安心したような笑顔になって、「早く台風が通り過ぎてくれないかと思っていたけれども、あなたが来たので、これで一安心だわ。お茶を用意するから、ちょっと待っててね」と、言って奥に引返していった。この家は、老夫婦と五十代半ばの夫婦に子ども三人の七人家族なので、現在の二間だけでは狭過ぎるので思い切って増築しているのだと、増田さんから聞いていた。

間もなく奥さんがお盆に茶道具を持って、二階の部屋で台風の通過する音を聞いている隼人の前に置くと、座りながら「中央に階段ができて、とても便利になったわ。それに斜めの箱型だから、強い風でも揺れが小さいわね」と言った。この奥さんの言葉を、お茶を飲みながら聞いて、増田さんとは対立したが、やはり階段を早く施工したのは正解だったと思った。引き続き強風は、透間からは吹き込んでくる。外壁の大工の仕事だけは完成していたが、内部造作はほとんど未着工のままであった。

午後四時過ぎになり、風が弱くなったので、隼人は階下の旧部屋を覗くと、家族の人たちが集まって、ラジオを聞いていた。隼人は「風も弱くなったし、今のところ異常はありません」と伝えると、奥さんが現在台風は、北九州地方から日本海に抜けて北上中であると教えてくれた。

「これでやっと台風が去ってホッとしたわ」と、隼人にお茶菓子を勧めた。十分間ぐらい雑談して、「天候が回復次第お伺いします」と言って辞した。

下宿に帰って、ラジオを聞きながら、今朝の新聞を読み返していると、増田さんが青褪めた顔で目だけ赤くして下宿に帰ってきて一言、「やられた」と小さく叫んで、しばらく沈黙していたが、気を取り直したように少しずつ語りだした。

建物倒壊

棟梁に職人一名と増田さんの三名で、現場から50m離れた親戚の軒下で見守っていると、午後一時過ぎに波状的に吹いていた風が一時弱まったと思った次の瞬間、突風に似た帯状の風が建物全体を襲いかかり、それまで揺れていただけの建物が歪みながら大きく傾いて、そのまま捩じれるように倒壊した、一同ただ呆然と立ち尽くすだけだったと言った。畑の真ん中に建った広い敷地なので、強風下に近寄れば危険なので、しばらく見つめるだけで、誰もが黙ったまで口も利けなかったらしい。

その様子を目の当たりに見ていた増田さんの話は続く。建物は倒壊したのだから、当然大きな音が風雨の音とともに聞えて、村の人々が何事かと集まってきた。建主が、棟梁に近づいて、「一体これはどういうことだ、俺は世間の笑い者になった。この責任はどうしてくれる」と語気を強めて詰め寄った。棟梁の小野さんは、平身低頭しながらも、自然災害であり予想外の突風であったと弁解したが、建主は、縁起が悪い。今後一切倒壊した材料は使用しないで、全部新しく作り変えることを要求した。

双方ともまだ吹き荒れている天候と同じように頭の中も血迷って混沌としている状態だから、日を改めて話し合いをしよう、と建主の親戚である有力者が仲裁に入り、その場は解散して帰ってきた、と増田さんは隼人に語ってくれた。

次の日十月一日は、風はやんでいたが、雨はまだ強く降り続いていた。新聞やラジオは、昨日の台風二十二号は、九州をやや曲線に縦断して日本海に抜けたが、九州全域と山口県で、死者行方不明合せて六十八名にのぼり、その他負傷者は調査中と報じていた。新聞には出ていないが、今日の深夜の午前三時頃、新潟市医学町の県の教育庁から出火して、台風二十二号の強風下で主要市街地の九百七十二戸が全焼して、まだ現在くすぶっていると、ラジオが繰り返し放送している。完全に鎮火するのは、あと数時間午前十時頃まではかかると当局では見ていて、重軽傷者がすでに二千人以上の被害が出ていると報じていた。

朝食は終わったが、増田さんは、さて、これからどうしたものかと、まだ思案中である。風は弱いが、依然雨は降り続いている。増田さんは、昨日の倒壊が頭から離れないらしく、仕事が手につかず、とりあえず棟梁の所に行ってみると言ったが、隼人は予報では小降りになると報じていたから、二階の造作の作業を進めると言って下宿の玄関で別れた。

隼人は増築現場に着くと、電灯の明かりだけでは暗いので、二階の窓だけ三カ所部分的に塞いでいた板を剥がして明りを取り込んだ。一日中造作工事をして夕方下宿に帰ると、増田さんは帰っているものの元気がなく、台風の前々日から好きな夜遊びのダンスにも行かず、一人でコップ酒を飲んでいた。

隼人の顔を見ると、疲れたと言いながら、目の前にコップを差し出した。隼人はテーブルの前に座って、今夜は努めて聞き役に徹しようと決めて、増田さんが注ぐ酒を飲みながら顔を正面から見つめた。「俺は今日ほど神経が疲れたことはないよ。仕事のほうが、よっぽど楽だ」と語りだした。

この日は一日中雨だったから、現場ではなくて、建主の旧宅へ向った。こちらも三人の六名で広いテーブルを囲んで、午前十時頃から午後の四時頃まで話し合った。最初から建主は顔を紅潮させて、「全部新しい材料にしてくれ」と迫ったが、小野さんは、「傷がある材料は除外するが、無傷なのは使わせてほしい」と頼み込んでも、話はなかなか噛み合わず平行線が続いた。建主の主張はあくまで「倒壊した材料では、縁起が悪い」と言い、一方小野さんの主張は、「無傷材ならば良いではないか」と譲らない。お互いに大正生れの頑固者で堂々めぐりであったらしい。

午後三時頃になって、小野さんが開き直って、「私の落度は認めるが、大部分は台風による天災で、私も被害者であり、基礎工事は持ち去ることができないからそのまま残して、一円の金もいらないから、この工事から手を引く」と強気に出た。すると前日仲裁に入った町会議員の親戚の人が、「まあまあ、冷静に」と言って十五分間の休憩をして落ち着いた後に、お互いが歩み寄り和解した。天候が回復次第再開することが決定した。

翌日は、先日来の雨が嘘のように快晴である。小野さんが朝早く下宿に来て、今までの横柄な態度が一転して、隼人に対して「楽市の現場は失敗したが、増築現場は無事だったから助かった。今日からしばらく協力してほしい」と頭を下げた。一緒に増築現場の建主に会って事情を話して、しばらく現場を空けさせてくれと頼み込んで了解を得て、隼人は増田さんと楽市に向かった。

現場に着いて、上棟式以来、初めて見る光景である。上棟式が華やかな天国なら、今、目の前の現場は、正に地獄ではないか。作業の手順が一歩誤っただけで、こうなるのかと思うと、隼人も良い教訓になったと、改めて思った。

小野さんは、臨時に雑役の人や土木作業員を知り合いに頼んで七名ほど雇い、五日後の大安の日に間に合わせるために、全員で解体しながら種類別に選り分けて台木の上に並べるように指示した。大工は全員が柱を中心に選び出して、作業員が雑巾で水拭きした柱の傷の有無を確認しながら分別して、次々に台の上に並べていた。浅い傷から選んで鉋で削り直し、再加工した柱は、女の人の手で砥《と》の粉《こ》を布で絞って塗布して、乾いた順に養生紙を貼っていく。

別の女の人は、材料が雨や泥で汚れた部分をバケツの水でブラシや雑巾などを使って清めている。助っ人の土木作業員や雑役の人たちは、材料の釘や金物を叩き戻して、引き抜いている。管《くだ》柱は、茣蓙《ござ》や薦《こも》を巻いていたから比較的多く使用できるが、通し柱は六本とも全部折れて使用が困難だから、新しい柱が材木店から運ばれてきた。

幸い台風通過後の天気は、十日以上晴天が続くとの長期予報である。その日十月七日の朝は、薄い雲はあったが晴である。先月十九日の上棟の時は、地元の人たちが大勢手伝いに来たが、今回は小野さんが臨時に雇った人たちを加えて上棟が始まった。もちろん素人ではあるが、たびたび上棟を手伝っているから要領を知っていて、思ったより早く上棟が終わり、午後四時過ぎには主な軸組は終わったのち、二手に分かれて歪み直しと、屋根の上に材料を上げる組とで薄暗くなるまで作業を続けた。

この時刻になって、建主と親戚の人が集まって簡単な上棟の神事をした。宴会では、近所の主婦の人たちの手作りのおにぎりや香の物を大皿に並べて、酒は二度目なので縁起をかつぐ建主の思惑なのか、棟梁の自腹である。思えば先日の上棟の時は、祝い客が「のし」をつけた酒瓶を上棟祝いにと参加して、持参した祝いの品物が山と積まれていたが、今回は零である。

冒頭に棟梁の謝罪の挨拶に対して、建主は「もういい。全て水に流して、今後の施工に全力を尽くしてもらいたい」と言って、短い挨拶が終わった。職人をはじめ、みんなもとても祝う気持ちにはなれず、酒も少しは口にしたが、腹は減っているのか、おにぎりだけは全員がほとんど平らげて、早々と挨拶をすると散会していった。

翌日の朝早く棟梁が自転車で下宿に来て、いつもは増田さんを通じて仕事の内容を指示するのだが、今度ばかりは、よほど懲りたのか、直々に「大原君、うちの古い職人の島本と二人で、本筋違と火打梁を今日から、すぐに取りかかってくれ」と言ったあとで、「君は俊男に、筋違入れを勧めたそうだね。倒壊直後のあの強風の中で俊男がその話をしたが、後の祭りで、取り返しのつかない結果になった。増築工事の現場だけは無傷だったので助かった。両方だったら、完全にお手上げになるところだった」と言った。そして「俺は、これから追加木材の件で、木材店に寄って行くから」と増田さんと隼人の二人に言い残して、下宿から自転車で去っていった。当時は電話が普及していなかったから、棟梁といえども連絡は、必ず会わなければ用件が満たされなかったのである。

隼人は現場に着くと、指示された通り先輩職人の島本さんと打合せをした。島本さんは東から、隼人は西側から作業を始めた。隼人は貫板で筋違の型板を作り、桁、梁、柱の接点をわずかだけ欠き取って組み込んで、釘や鎹《かすがい》などで緊結していくが、昭和四十年代から以後は、専用の金物が各種出回っている。

島本さんを見ていると、助手を使って重い現物を当てがい、寸法を測っている。隼人は軽い型板を二枚重ねて中心をずらしながら、寸法を調整して現物にそのまま写し取り、切断加工して、次々と取り付けていく。十時の休憩時に、島本さんも気がついたらしく、隼人の方法のほうが早いのを認めた。型板の使用方法を聞いてきたので、隼人は「野丁場で今まで数多くの病院や学校などでは、一棟だけで数百本も取り付けた経験から、私も先輩の真似をして覚えたのです」と言って、その方法を詳細に話した。

朝から十時までの三時間だけ助手を使って五本と、隼人は一人で七本を取り付け終わったので、その差は、はっきりとしている。しかし、この先長い経験のある島本さんから教わることのほうが多いと思って、できるだけ控えめに必要なこと以外は余分なことは話さずに、もっぱら聞き役に努めていた。

昼頃までに、一階の筋違入れが終わると、二階の筋違入れだ。すると、「この仕事はお前のほうが馴れているから、もうお前に任せる」と、昼休みにみんなの前で島本さんが言ったので、「ハイ」と返事をした。島本さんは玄関の屋根に取りかかったから、隼人は一人で二階の筋違入れを続けて、次の日の三時までには、本筋違が全部組込み終わった。

続いて島本さんに申し出て、「火打梁の取り付けは、ボルトなどの金物の取り付けがあるから、小野さんの弟子の山崎君を借りたい」と言った。その後は、二人で最初は二階梁伏から始めて、二日間かけて二階梁伏と小屋梁伏の火打梁を全部の組入が終わった。これで縦揺れの地震なら分からないが、横揺れの地震や台風が来ても倒壊の心配はまずないと思った。二階の屋根や一階の屋根は、八人で作業をしているので、隼人は一人で作業をしている島本さんの玄関の屋根工事の手伝いに参加した。

主家の縁側や下屋から一間（1・818m）突き出して玄関の屋根は、入母屋《いりもや》造りの起《むく》り破風板造りで、二の平落し*注1である。隼人は右側の出角木《すみ》と入角木（谷木とも言う）を取り付け、化粧垂木や化粧板を張り、相談をしながら作業を進めた。

二階や一階、玄関の屋根の全てが終わったのは十月十四日で、増田さんと隼人は、軸組と屋根が終わったし、もう十月も中旬になり台風の心配はなく、この先数日は好天が続くとの予報から二人とも、お役ご免となり、道具箱を自転車に積んで下宿に帰った。明日は月に二回の休日である。

十月十五日の朝、のんびりと過ごしたあとで散歩することにして、幹線道路を西に長いおだやかな道を400mほど歩くと、五年ぶりに見る吾妻《あづま》座の映画館の前に着いた。かつて隼人も、

＊注１　二の平落し…別名「二の子落し」と言う地方もある。端の妻側の破風板にかけて主流の瓦と直角に２枚だけ、入母屋造りの、破風板の上に横に並べて葺く瓦のこと

この映画館の楽屋裏の二階のスクリーンが目のすぐ斜め下に見える部屋で一年余り住んでいたから、懐かしい記憶が蘇って「オキュウ、トウー」の元気な売り声で目を覚ましていた。これは海草を加工した食品である。かつて、この映画館に隣接する道は、幅４ｍほどの上り坂で、ちょうど二階の窓と道の高さが同じくらいなので、まともに売り声が聞えていた。

その裏山をゆっくりと登って吾妻座全体を見渡すと、五年前の風景とあまり変ってはいなかった。この映画館は明治中頃からあり古く、回り舞台や奈落（劇場の舞台下の地下室）もあり、昔は芝居小屋と呼んでいたが、昭和の初期になり芝居よりも映画のほうが多くなった。今でも石炭産業の活況からか、流行歌手や俳優、浪曲師の実演が月に一度くらいの割合で開催されている。

吾妻座から北西に向って裏山を登っていくと、広大な勝盛公園に出て、片仮名のフの字の形をした池は溜池と呼ばれて、東西が２５０ｍ南北が３００ｍぐらいで、中央には指月橋が架かっている。この辺り一帯が遊園地になっており、市民の憩いの場になっている。隼人はぐるりと一周しながら散策して、南の方向へゆっくりと歩いた。西町を横切って、西徳前から飯塚川沿いに東に向かって、東町の永楽館通りに出て、昼食をとった。食堂の壁に貼ってある映画のポスターを眺めると、東宝作品、豊田四郎監督で三日前から新作封切りとして上映されている。

主演が、森繁久彌と淡島千景の「夫婦善哉《めおとぜんざい》」で、共演が司葉子、浪花千栄子。大阪が舞台の物語だ。一心に働く女と、その金で遊びに浪費する夫婦で、ラストのシーンの男が女に向って語った台詞《セリフ》の「頼りにしてまっせ」がこの年の流行語になったほどである。

午後四時過ぎに映画館を出たあと、両側の長いアーケード街の店を覗いては、買いたい品物はあるが、我慢して一時間ぐらいゆっくりと歩いていると、前方に見覚えのある人が、自転車を押してアーケード街の中を歩いていた。隼人と目が合った。五年ぶりである。長姉の智子の夫である勝正義兄《あに》の弟、銀次さんである。

一瞬隼人が目の前にいることが信じられない、といった表情をしたが、「今どこの仕事をしているのか」と聞いてきたから、「宮の下にある八幡様のすぐ下にいる小野建築の下請を、知人と二人で働いているが、今日は休みで、一日中この附近をブラブラと散歩しているのだ」と、銀次さんに告げると、道路の端に寄って、「ぜひお前と組んで仕事をしたい」と言いだした。隼人は、「将来はともかく、今取りかかっている増築工事がまだ二十日間ぐらいは残っているから、まあ考えとく」と言ったが、「ぜひ今度の休みに家で話し合いたい」と言ったので、「一応遊びには行ってはみる」と、月末を約束して別れた。

翌日の十六日からは、左官さんが手伝いの人を含めて四人で荒壁が乾いたので、その上に中塗りを始めていた。その当時は、町場の壁は竹で編む「小舞壁」*注1が主流で、切断した藁や苆《すさ》を混合した土を下ごしらえして、下塗、中塗、上塗の漆喰と三回に分けて塗り分けるのが普通であった。大工と左官がお互いに譲り合いながら、部屋内の工事を進めてゆく隼人は、押入れの床や、中段、天袋棚、天井などを作りながら、左官さんが押入れの中を塗っている間は、別の場所の物干場の腰板を張ったりする。増田さんは一階の造作を熱心に続けている。増田さんは楽市に助っ人に行っていたから、一階は大幅に遅れた。隼人は二階が終了すると一階の造作を

＊注１　小舞壁…竹を割って壁の下地作りに縦と横に交互に編んで、土を塗る。日本古来の壁の一種で、下塗・中塗・上塗の３回で仕上げる

手伝った。

この増築工事の大工だけの作業は、十一月七日に増田さんと共同で請負った分が全部終了した。

隼人は一応区切りがついたので、「いろいろと勉強したいことがあり、他の人の技術も修行したいから暇をもらいたい」、と棟梁に申し出たが、「君も知っての通り楽市の現場が、大幅に工期が遅れているから楽市の工事が終わるまで、どうしても手伝ってもらいたい」と、返事を渋ってなかなか話が進まない。

隼人には、小野棟梁の腹は読めている。今度の倒壊の損害は、簡単に胸算用しただけでも、高級な材料と人件費用の追加を含めると、少なくとも二十五万円ぐらい余分に必要であった。現在の金額に直すと四百万円くらいは増加する。この損害を取り戻すには、他の経費を節約しても、この小さな工事店では、少なくとも一年以上の時間を空費するのではないかと思った。

隼人は一刻も早くここを抜け出そうとしたのだ。小野さんとは、今まで約束はきっちり守ってきたから一片の義理もないが、増田さんは小野さんの弟子でもあったし、増田さんの面子《めんつ》も考えて、隼人は、「今年もあと四十日余りまだありますから、今年一杯は協力します」と返事をした。

すると小野さんも、ようやく了承して明日からの楽市での作業は決定した。小野さんに余裕はないので、手間請負ではなくて、一日幾らの日当である。

七日前の十月三十一日に銀次さんの家で話し合いをした。台風の事情を話して「今すぐには、あの棟梁とは無下には断れないから、もうしばらく様子を見て、また話し合いに来る」と言って、その日は別れた。

先月の終わり頃から、もう十日余りも晴天が続いていた。今日十一月八日は、立冬ではあるが寒くはなく、働けば汗ばむほどの好天気の中で増田さんと隼人は、手伝いの雑役の人たちと協力して、主要な部分は大工が施工するが、腰壁が、ささら子吹寄せ押縁の下見板張りで、その上部からは全部ラス網の上にモルタルを塗り、漆喰塗りで仕上げる。壁下地は荒板の乱張りなので、素人の者であっても、少し教えれば誰でもできる作業である。内部の造作工事は、年季の入った三人の職人さんが受け持って作業をしている。

十一月も中旬を過ぎると、屋根瓦がすでに完成し、外壁も家らしい形になってきたからか、建主もここで機嫌を直したのか？　親戚の人たち交替で休憩の時に、芋や饅頭、おにぎりなどを手作りにして職人に勧めるようになった。隼人はまだ食べ盛りであり、この差入れが楽しみでもあり、やはりありがたかった。

今年も最後の月になった十五日の休日に、３・５㎞南に嘉穂郡穂波町南尾地区に住んでいる銀次さんの実家に行き、いろいろと話し合った。この地域には大企業が多く、東側に住友炭鉱忠隈鉱業所の工場群があり、そのボタ山に接して炭鉱住宅街や民間の住宅が点在する。西側には国鉄（現ＪＲ）[＊注1]上山田線が南に延びていて、この線に並行して広大な三菱炭鉱飯塚鉱業所があり、この間にある丘陵地一帯に住宅が密集して、生活用品の商店も点在している。

銀次さんの話によると、上山田線と筑豊本線の間を流れる、幅が15ｍの碇《いかり》川の水門工事が遅

＊注１　上山田線は現在では廃線になり、バイパスに

くとも来年早々に始めるらしく、急いでいるようであった。河川工事は、冬期の渇水期でないと困難なためである。隼人は銀次さんの差出す水門工事の図面を拡げて見た。

水門工事は初めてではあったが、以前電々公社（現ＮＴＴ）の建物を三カ月近くも経験してはいるが、それは主に大きな病院や学校などの基礎工事だけの経験だけである。そのことを年長である銀次さんに話した。

「これから私が申し上げることは、未経験のあなたに、ぜひ知っておいてほしい重要なことだけを話します。大変失礼ですが、一応一般論として説明します。コンクリートの型枠工事とは、型枠を組み立てて、コンクリートを流し込みますと、一週間から十日間くらいの養生期間が必要になります。それと大きな面積の枠を建込む時は、最低でも四、五人は必要となります。これは木造住宅の小さな棟上げでも、一人や二人では、どんなに技術があっても不可能と同じで、ましてや養生期間のブランク、つまり空白の期間の職人の仕事の確保などの問題を全部解決しなければ、安易に請負はできないことになります。

弟子の頃に、私が監督さんから聞いたことは、プロの型枠集団は大体において七、八人が一組のチームを作って、二、三カ所の現場を順番に、同じ所を渡り歩いて作業をしているが、規模の大きな建物や、期日の迫った建物の場合には、二チームか三チームが短期間に合同して、分担を決めて、組み立て終わるとまた別々に解散するといった横の繋がりで、お互いが持ちつ持たれつの関係が深い業界なのです」

ところまで説明すると、銀次さんは古くからの友人に頼まれて、現場もすぐ目の前でもあり、ぜひと言ったので、隼人も少し乗り気にはなったがちょっと考え込んでから、「地元でもあるし、この水門は俺が作ったのだ」と名を残したい銀次さんの胸中を察して、「例えば」と提案した。「むしろ請負ではなくて日当で良いから、普通の相場の二割か、三割増で交渉しては、どうか」と言った。「それだと、例え、職人は少人数でも、組が雇っている作業員や土木作業員を自由に何人でも使えるから枠組みは簡単だし、養生期間中は細々と職人だけで補助パネルや面木などの作製をしていれば、他の現場に移動することもないから」と言った。銀次さんは笑いながら、「俺の考えが少し甘かったようだ。型枠大工とは相手がコンクリートだから大雑把な仕事で良いと思い込んでいたが、お前の話を聞いて、やはりその道に入れば奥が深いのだね」と、頷いた。隼人は付け加えた。

例えば大工でも昔から宮大工、建築大工、舟大工などがあるが、それぞれが独立した専門であって、他の分野での工事は簡単にはできない。親しい友人からの注文にしても、作品はできたとしても、専門以外だから大幅に時間がかかり、コスト的にまず失敗することになると思う。型枠大工も甘く見ては駄目で、奥が深い。化粧コンクリートで打ち放しの建物の場合は、鋳物を作る時に使う木枠師に匹敵するくらいの精密な技術が必要であるから、どんな職業の人であれ、深く進めば進むほど、先は奥が深いのである。しかも、型枠の中に投げ入れる時は、水の比重の何倍もある砂利や砂を混合したコンクリートを流し込むわけだから、それに耐え得る強度にも気を配らなければならない。その責任者は、最高の技術者でなければ務まらない。

と、ここまで、エンピツで紙に書きながら銀次さんに説明すると、「お前の話はよく分かった。今の話を参考にして、交渉するよ」と言って、あとは雑談を少しして別れた。

十二月十八日には、外部回りの大工工事だけは全部終了した。残りは腰壁から上の左官工事だけである。増田さんと隼人は、内部の造作工事を年末まで手伝った。左官工事の三人とも五十歳を過ぎた経験豊かな技術者ではあるが、何事にも、ゆっくりであり仕事が遅い。今まで野丁場の現場で三年余り働いてきた隼人が目にしていたのは、工程表が事務所や飯場の入口に掲げて、グラフになっており、全員が競争で仕事をしていて、監督が時々巡回していた。

だが、この現場での雰囲気は、休憩以外にも、やたらと煙草をふかしては、無駄話が多い。隼人は、もうこの現場は長くはいないので、関係はないが、参考のために観察していると、長い経験から良い技術を持っていても生かされず、覇気が感じられない。失敗しないで、その日が何となく早く終われば良いと思っているような感じを隼人は受けた。

久しぶりの実家

十二月二十七日の朝の新聞を見ていると、社会面に太字で「長寿社会の到来」と、厚生省の発表の記事が出ている。日本人の平均寿命は、男性六十四歳、女性六十八歳になり、昭和二十二年と比較すると、男女共に十四歳も寿命が延びたから、近い将来七十歳代も夢ではないと、その記事は結んでいる。

その夜、隼人は小野さんに、「明日までここにいて、二十九日には日田に帰ろうと思っている」と申し出ると、「二十九日まで手伝ってくれ」と言ったので、一日延びるだけだから了承した。

下宿のおばさんには、十一月の終わりに、今年いっぱいで穂波町に移るからと、早めに断っていたからトラブルはなかったが、二十九日の夜、金銭の精算をするため棟梁の家に行くと、棟梁は黙々とソロバンを弾いていた。奥さんが横から、「何でたった四カ月余りで辞めていくの、何が不満なの」と、隼人を睨みながら突っかかってきた。隼人も頭に血が上ってはいたが、最後になって無用のトラブルは避けたいと気を取り直して、「増築工事の請負分は十一月の中旬には、大工の仕事は終わって一カ月後の十二月中旬には、他業種の工事も全部無事に終りました。現に建主さんが、部屋を正月前から使用していることは、家がすぐ近くでもあり、奥様も御存知でしょう。この工事が終った時点で、『私はまだ若いから知りたいことが多くあり、勉強のために修行に出たい』と棟梁さんに申し出ましたが、楽市の現場の事情もあり、十一月の中旬から今日まで、日当でお手伝いさせていただきました。請負中の工事を中断して、気にくわぬと投げ出したのなら非難を浴びても仕方がありませんが、一日幾らの日当で働いていた私に、これ以上の責任はないと思いますが」と、奥さんに答えた。

計算しながら黙って聞いていた棟梁が、袋を差出したので、一応中身を確かめて、「今までいろいろとお世話になり、ありがとうございます」と言って、丁寧に頭を下げた。棟梁が最後に一言、「お前、身体に気をつけろよ」と言ったので、隼人も再度深く頭を下げてから、下宿に帰った。

下宿に帰ると、増田さんが、「お前とは今夜が最後だから、大いに飲もう」と、言った。「金は全部もらったか」と聞いたから、「一応日当分は精算してもらいました」と答えると、「親方も楽市で失敗したから火の車だよ。何とか増築分の請負金が幸い全部入ったから、この正月は遣り繰りできたが、来年は厳しくなるよ」と、自嘲的な笑いをした。

増田さんと隼人の間には、十一月末に手間請負分は働いた日割計算で割り算して分配したから公平だったが、気持ちとして、封筒に二千円入れて渡した時、素直に受け取って笑顔になったから、この最後の夜も「また縁があったら、いつでも来いよ」と言ってくれた。隼人も「飯塚と穂波町は隣接しているから、時々遊びに来ますよ」と言って、次の朝別れた。

楽市の現場に通っている間に少しずつ荷物を銀次さんの家に運んでいた。八時少し過ぎに銀次さんの家に着くと、「まあ、お茶でも飲んでゆっくりと帰れば良い」と言ったので上がり込むと、「すぐに小野さんの所を早く離れて良かったと思うよ。あの倒壊した家は、近所では話題になっているぞ。俺も近くだから通るごとに、お前の働いているのを見ていたが、材料追加や手間の加工賃の増加もさることながら、やはり一番大きな痛手は、あの地区での信用の低下で、あれ以来小野さんの評判は少しずつ下がっている。この先大変だと思うよ」と、銀次さんは、ゆっくりとした口調で語った。

この南尾地区から西へ上山田線を横切り、筑豊本線から先に国道200号線がある。この辺り一帯が楽市地区だから、南尾地区からは中心が互いに500mぐらいの距離で隣接している。町役場も、各支所もこの地に集中しているし、商店や病院などもあり、便利の良い土地柄である。

来年初めからの仕事の話になり、銀次さんの説明によると、お前の話を参考に交渉して最初は普通の日当の三割増を要求したが、とてもそれは無理だと言って難航したが、最後は二割増でお互いが納得した。その話を聞いて隼人は頭の中で暗算をした。この地方の日当が石炭ブームもあって七百円前後である。

今まで一カ月二十六日働いたとして、一万八千二百円になるが、二割増だと八百四十円だから、一カ月同じ日数働けば二万一千八百四十円にもなり二万円の大台を越えることになる。この金額は夢のような大金である。一年前までは一カ月五百円の小遣い銭だけだった隼人は、急に殿様になったほどの環境の変化である。この先真面目に働けば必ずもらえるから、目の前が急に明るくなった気がした。

銀次さんが、「正月はゆっくり五日まで休んで六日の日に来い。七日が大安で良い日だから、仕事初めにする」と言ったので「ハイ、その通りにします」と言って、日用品と、水門の図面を銀次さんから預かった。

筑豊本線飯塚駅を十時十分発の下り原田行きに乗り、十時四十八分に原田駅に着いた。そのあと鹿児島本線下りに十時五十七分発に乗り、久留米駅に十一時十八分に着くと、久大本線大分行きが十一時三十分発だから、十二分の余裕がある。ゆっくりと歩いて乗り込むと、年末でもあり、ほとんど満員に近かったが、この列車は久留米が始発だから、何とか座席には座れた。

急行や準急なら速いが、別に急ぐわけでもないし、各駅停車で充分である。日田までは一時間半ぐらいはかかりそうであるから、読みかけていた「サンデー毎日」を取り出して読み始めた。列車の震動で時々目を上げて窓の外を見ると、風景が矢のように後ろのほうに過ぎ去っていく。かつて四年と少し前に、この線路と並行に延びた道路を丸一日かけて歩いた記憶が蘇り、つくづくお金さえあれば、座ったままで自分の行きたい所に行ける幸福《しあわせ》を感じている（現在では釈迦ケ岳トンネルの開通により、日田線経由と後藤寺経由により距離および時間が短縮されている）。

定刻通りに日田駅に着くと、風呂敷一個の身軽さから、１㎞弱の距離を歩いて自宅に帰った。家族の者は、それぞれの部屋の掃除をしていた。隼人も、玄関から庭先を掃除の手伝いをして、夕方には全員が終わって、家全体が綺麗になった。その夜、隼人は父にいつも月末か月初めに郵便局から、毎月一万円ずつ送っていたが、今回だけ手間請負分もあり、いくらか余裕もあったので、封筒に一万三千円を入れて渡した。中身をチラッと見て三千円を隼人の手に乗せたので、すぐにその手に押し返して、無言でその場を離れた。次の日は、今年最後の大晦日である。

次女の姉である川村梅代は、幼い子どもを連れて帰郷している。今は博多に近い、太宰府町の北西３㎞に広がる大野町に住んでいる。ここも戦後の復興開発が進んでおり、博多へのベッドタウンとなり住宅が多く建てられている。

三女の広絵姉も先年前までは、北九州の都市で勤めていたが、二年前から飯塚市内にある商店に住込みで働いている。隼人は大分県内にいたから知らないが、おそらく勝正か智代姉の口利きで、自分の近くに呼び寄せたのではないかと思う。この姉も正月休みで帰ってきたから、長女の智代以外は兄姉全員が揃った。

長男一男の子どもを含めて、幼い子どもが四人になって、暮れから正月にかけて賑やかになった。隼人は、ラジオを聞きながら梅代の子、俊信を火燵に足だけ入れて抱いていた。ふと二年前のまだ弟子の頃に、この子の母の梅代から、昭和二十九年初頭に建築学会編集の初歩からの建築テキスト全集、十巻を買ってもらったのを思い出していた。あれ以来、暇な時間には必ず何回も読み返しながら勉強できたので、先輩にあまり教えてもらわなくても、自然と仕事を覚えられた。その意味においては、大変ありがたいと思っている。この子がもう少し大きくなったら、隼人も恩返しの一部でもなればと、小遣い銭を渡そうと思っているが、まだ先のことである。

その当時のテキスト本は、現在と違って多色刷りではなく、単調な墨一色の一巻が八十頁ほどの薄い本ではあったが、内容は図解入りで、詳細に説明してあったから、隼人の知識でもなんとか理解できたのである。大変ありがたい本であった。世の中とは、両親はもとより年長者が年少者に対して、知識を与えるだけでなく、物品も与えながら、順送りに回っているが、これが真実《ほんとう》の無償の愛だろうと隼人は感じた。

元日の朝は、清められた神棚に向かって今年一年の安泰を祈った。成人は御酒《おみき》を飲みながら、雑煮や三段重ねの重箱に詰めたお節料理を、それぞれ自分の好みで食べている。数年前までは数の子や、白身の高級魚は見たことがなく、タラの干物か鯨肉だけであったが、年々正月の食卓も品数と数量が増している。新聞でも「もはや戦後ではない」との記事を見かけるようになった。

戦勝祈願の大原八幡宮

腹いっぱい食べたあとは、少し休憩してから、家族は思い思いに散っていったが、隼人は近くの氏神様と、戦争中に何度も先生に戦勝祈願に連れられてきた「官幣大社《かんぺいたいしゃ》」へ向かった。学校から一本道である700mぐらいの参道を、両側に並木が植えられている市内で一番大きな社である。正式な名は、大原八幡宮。隼人の家からは、東南方向に1・5㎞にある。台地に鎮座している神殿は、まず小川を渡って大鳥居と池の中に架かっている大鼓橋を渡って百数十段ある石段を登りつめると、直角に石畳の参道から、また十数段を登った上に高さ5mほどの仁王門が建っており、その中に金剛を前面に張った神殿をお守りする高さ3m余りの仁王像が、巨大な木彫りで対峙している。

その真ん中を通り抜けて、やはり石畳の上を拝殿に向かって奥を見上げると、屋根はゆるやかな曲線で、棟には千木《ちぎ》や鰹木《かつおぎ》のある堂々たる神社である。ここでも今年の安泰を祈って、社務所で御札を受けると、帰りは参道の両側に並んでいる露店を歩きながら覗いてはみたが、何も買わずに帰った。

元日と二日の日は、一年ぶりに帰ったから本家をはじめ、親戚と友達の家を数軒挨拶回りした。二日の朝、ラジオでも重大ニュースとして放送していた。朝刊の一面トップでも、初詣の大惨事を報じていた。新潟県弥彦村の弥彦神社で、豊作祈願の行事である餅撒きに初詣客が殺到して、高さ3mの石段付近で転倒、崩れた玉垣などの下敷になり圧死者が百二十四人で九十四人が重軽傷を負ったという。この元日の早朝での人出は、境内が約三万人で混雑していたと記事は大きく出ている。

この当時は、新聞休刊日*注1はなかったし、ラジオやテレビなどは、まだ一般には普及していない時代であり、新聞が唯一の情報源であった。

暮れから十日余り雨は降らなかった。明けて四日の早朝に、少しではあったが粉雪が舞った。積もるほどでもなく、屋根や遠くの山がうっすら白く見える程度で白と黒の斑模様になっている。

隼人は四日と五日の二日間は、火燵の台の上に、七日から始まる水門工事の図面を広げて、要点だけを簡単にメモしながら、補助パネルの作製する員数や形状を書き込んだ。水中基礎から立ち上げて、真ん中に主水門と両側に小水門の三カ所の水門工事である。そして左端の小水門から導水路が20mほど下流に向かって建設される予定である。繰り返し図面を見て、手帳に書き込んでいると、父が傍らに寄って見ているが、むろん素人の父に図面が分かるはずはないので、黙って見ては、すぐに去っていく。四日の日には、二人の姉も昼過ぎには正月三日間だけで、それぞれ帰っていった。

隼人も六日の日はゆっくりとして、小さな風呂敷包み一個だけ持って日田駅に行った。各職場に向う人で駅の構内の人出は満員に近かった。上りの久留米方面行きは手前のホームだが、

＊注1　昭和31年ごろは新聞の休刊日という制度はまだなかった

対面する下りは石段を十数段下りて、地下道を通り上に登ったホームは、下り用と貨物線であるが、この貨物の引き込み、入れ換えを含めて三本あり、その他に待機用線もある。

隼人の幼児の頃とまったく変っていない。木材の主要集積地であるのと、産炭地で使用する坑木の丸太材などを満載した貨車が、一日中入れ換え作業で往復する。機関車が、黒煙と白い蒸気を吹き上げながら動いていたのは、もう六十年以上も前の記憶として残っている。

話は昭和三十一年一月六日に戻ると、帰省の時とは逆に、列車を乗り換えながら午後四時過ぎに銀次さんの家に着いた。日田で買った小さな手土産を渡すと、銀次さんの二歳になる女の子が走り寄ってきた。

銀次さんの家族を簡単に紹介すると、隼人の長姉の夫、勝正の弟で五歳違いの昭和四年生まれである。数年前に結婚したが、今二歳になる女の子の民枝が生まれて間もなく、嫁姑の意見の相違から離婚して、子どもは銀次さんが引取った。姑は小柄で細い体付きだが、気が強い反面、非常に働き者で、農作業はほとんど一人でするような人だった。そのせいか連れ合いは、五十歳ぐらいからほとんど働かず、外で遊び回っていたようだ。結局、借金を作って昭和二十三年に亡くなり、水田の30ａと、５ａの蓮根掘は残ったが、それも勝正が兵隊から帰って稼いだ金で、人手に渡りかけた土地を買い戻している。義兄は母親に似て、逆に弟の銀次さんは父親似である。銀次さんは食べるのに困らないから、小遣い銭がある間はあまり働かない。他に昭和六年生まれの妹、鶴子がいるが、この人はもう年頃で恋人がいるから、近いうちに結婚するようだ。以上の四人家族に隼人が居候の形で住み込むことになった。

この家は平屋建てで、もう三十年以上は経過しているが、台所を含めて五部屋あるから、住む広さは充分であるし、台所は昔からの土間である。それに勝正が兵隊から帰って、隣に別棟で農作業小屋を建てて、二階は人が住めるように畳を敷いた二部屋がある。

碇川水門工事

次の日の七日から、碇川《いかり》水門工事の現場事務所に銀次さんと行った。水門になる予定地である近くの土手には、畳一枚程度の看板に建設省、福岡県、穂波町土木事務所の下に、「有限会社水沢組　碇川水門工事」と揚げてあり、その他にも各種の許認可証が貼ってある。土手の上に六畳ぐらいの仮設の小屋が建てられ、仮の事務所になっており、テーブルと椅子がある。続いて資材倉庫と臨時の避難小屋が、丸太で組み立てた屋根と三方が壁の掘っ立て小屋がある。

水沢組の社長の自宅は、筑豊本線天道《てんとう》駅近くにあり、飯塚駅から一つめの駅であり、この水門の現場から直線距離で１・７㎞ぐらいである。社長の水沢徳弘さんは、六十五歳前後に見えて背は低く、ずんぐりと肥った体格で、頭は半分以上が白い。隼人が挨拶をすると、物腰が丁寧な人だった。四国の愛媛県出身で、伊予訛りがある。愛媛県内で工事を請負っていたが、四十代半ばに事業に失敗して、家族と共に飯塚に辿り着き、最初は大手の下請をしていたが、やがて十年ほど前からの石炭景気もあり、近隣の市町村の公共工事なども手がけるようになったと、水沢組に古くからの工事責任者の関口さんから聞いた。

この会社はまだ規模が小さく、有限会社ではあるが、有能な二人の息子がいる。長男の弘一さんは二十八歳、次男の圭次さんは二十五歳で共に福岡市内の土木専門学校を出て、父の会社で働いている。二人とも四国生まれではあるが、幼少の頃から筑豊地区で育っているので、もう現地の言葉になっている。

作業をする作業員は、男は十名ほどでこの人たちは、もう水沢組に長く働いており、専属の作業員だ。けれども女の作業員は臨時らしく、十七歳から六十歳くらいまで二十名前後の人が働いている。その中で、一人だけ旧制女学校を出ている三十歳ぐらいの事務員が、全員の出欠を記帳している。

隼人は紹介されて、弘一さん兄弟に挨拶して、早速図面の打合せをする。銀次さんは型枠の経験がないので、傍らで図面を見つめている。水門の立上がり型枠の作製は、川幅が広い所で15ｍぐらいだが、この水門の予定位置は、左右の土手の間が13ｍである。左右対称の水門は同寸法なので、中心より二回使用が可能であると隼人が述べると、技術者である弘一さんも同意した。ただし梁型は養生期間が長いから、一回だけ梁側は二回使用が可能になる場合もありうる。

隼人は正月にメモした略図を基に、作業員に手伝ってもらいながら加工を始めた。時々川面を見ると、渇水期になった去年から工事を始めて、川の中央よりやや広く矢板を打ち込んで川の過半分を堰《せき》止めている。水流を他の半分に流し、基礎ベースの根伐《ねぎり》の部分に赤松の丸太杭を等間隔に打ち込み、頭が常水面下まで沈める。その上に大量の栗石《ぐり》を投入して搗《つ》き固め、W

（二重）鉄筋を組込んで水中に隠れる部分なので、古い既製品のパネルで囲って、作業員たちがコンクリートを流し込んでいる。

隼人も枠を立ち上げて組み立てる時は手伝ったが、この程度の工事なら男の作業員の人たちも馴れているせいか仕事が早い。もちろん若い二人の兄弟も監督をしながら、スコップを持って作業員とまったく同じ作業をしている。時々、箱尺（スケール）を当てて鉄筋やコンクリートの厚みなどを写真に納めている。隠れる部分の保存写真である。

その当時の勤務時間であるが、男は朝七時から、夕方は六時～六時半である。女は家庭の雑用があるために、朝は八時から夕方は五時までである。昼食時間は一時間であり、午前と午後の中間に十分から十五分の休憩を入れるのが普通であった。しかし冬期以外の男の場合には、職人もそうであったが、仕事の都合で三十分以内の残業は別に気にする人は一人もいなかった。それと休憩時間以外でも、七輪に豆炭の火で大きな薬缶に、いつでも事務員が湯を沸かしていた。その湯はいつでも飲めるが、冬期の場合、真の目的は水辺の工事のため手足を温めるために利用されているようである。

工事は順調であったが、一月は十三日、十八日、二十二日の三日間は冷たい雨だったから、全員が休みである。工事は上流から下流に向かって左側、つまり左岸から始めて、基礎ベース、下部基礎、主基礎から水門柱および導水路の順に作業を進める。導水路が完成すると、土手を貫通している暗渠《あんきょ》水管へと繋いで川半分の工事は、上部の梁工事以外は全て終えて、続いて残り半分の工事を二月五日から始めた。左岸と、まったく同じ工程で進めるから、作業員全員がもう馴れて作業ペースが早くなった。しかし例のごとく、もう銀次さんは、仕事にあまり来なくなった。

　一月は七日から仕事を始めたが、月末まで働いて、三日間の雨の休みを除いて二十二日間働いたが、銀次さんは十日間働いただけであった。母親が主食の米を作っているし、野菜もほとんど自家製で間に合うからで、十日も働けば充分であったのだ。隼人が勝正親方の弟子の頃でも、弟である甘えからか数日働くと、もう何日も休んではまた働くとの繰り返しだったのを見ていたから、隼人は銀次さんから話があった時から、もうこのことは計算に入れていた。

　あの時、小野さんが楽市で失敗さえしなければ、銀次さんとの話はきっぱりと断ったはずだが、銀次さんは正式に弟子に行って修行した経験もなく、ただ兄の仕事の手伝いだけで、あまり熱心に勉強している様子もない。単に兄の手伝いをしている内に大工の真似事ぐらいは、何とかできる程度であった。銀次さんが休もうが、毎日働こうが、隼人には、まったく関係なく、働いた日数分は必ず金はもらえるから、しばらくはこのままでいいと思っている。

　水沢組でも銀次さんが顔を見せた時は、一応年長なので工程などは相談するが、型枠工事の技術面では隼人と水沢さん兄弟三人で決めて、約三十人の作業員の協力で、工事は順調に進んでいる。土木工事は建築工事と違って、雨の日は自動的に仕事が休みになるから、決まった休日がない。

　その雨の日に、まだ桜井親方の弟子の頃の正月に実家で会って以来二年ぶりに姉の家を訪れた。姉は映画館の楽屋部屋から数年前に、忠隈の幹線道路に面した広い二部屋を賃借していた。

三人目の子どもが生まれたばかりで、手狭になったのが理由らしく売家を探していて、その内の数軒を見て歩いていたのだ。「その内の一軒が古い家ではあるが、五部屋もあるから、お前一緒に見に行かないか」と誘われていたから、姉と連れ立って500m歩いた。丘陵地の中腹で、この辺りの露地の道路はどこでも幅が2・5mぐらいの狭さではあるが、三差路の角の家である。この上は数百世帯の六軒長屋の住友忠隈炭鉱の社宅である。下を見ると、普通の民家や商店が密集した町並みが続いている。左端を見ると100m離れた崖の上に細長く広がっている寺院がある。

隼人は周囲を見渡しながら、「これだけの人口があれば、その住人が毎日使う費用は一人当たり少なくても、必ずこの三差路を通るのであれば、後年この場所に店舗を作っても、子育てをしながら商売ができるのではないか」と、姉に言った。姉も乗り気になった。宇田川家の本家からは、約400m離れていて、地区割も別だから、勝正が実母との確執があったとしても、この場所なら即《つ》かず離れずで暮せそうだし、と言ったあとで、例によって勝正は不動産には無関心な人で、大反対ではないが、渋る癖があると姉は苦笑した。

思いつきで、ただ見に来ただけであるから合鍵がないし中には入れないが、一応外回りだけ見た。屋根は茅葺《かやぶ》きである。隼人は「外回りだけの判断だけど、この家は明治の終わりから大正の初め頃の建物だから、もう四、五十年は経過している」と姉に言った。すると姉は、「家はいずれ改造できるし、土地とこの場所代の値段だけだと思って、少しの間我慢すれば、当分住める。暇な時にいつでも改造できるから、それに家賃の心配もしなくて良いし、何しろ幼児の悪戯での大家さんへの気兼ねもなくなる。思い切ってこの家を買うことにしようかしら」と、隼人に言った。積極的な姉ではあるが、やはり一人では今まで決めかねていたのだ。隼人がうっかり、この場所は商売に向いた角地だと言った時の姉の表情を見たら、今まで迷っていた気持ちに決心がついた顔であった。

念のため姉に金額を聞くと、全額即金で二十五万円だと言った。隼人は胸算用して、土地が見たところ五十坪（約１６５㎡）余りだから、古い建物は除外しても、土地の値段が坪当り五千円ぐらいだろうと見当をつけた。昭和三十一年一月、この頃は、炭坑の景気の良いときだったので、「妥当な値段だろうね」と姉に言った。あとは姉が決めることである。

二月も中旬から下旬近くになると、もう昼間の時間は四十分以上長くなり、水門の柱形も終わり、最後の繋ぎ梁と附層工事だけになった。五十日近く一緒に働いているうちに、だんだん親しくなり近くから通っている、その中の一人の女性が休憩の時に隼人に向かって、「大工さん、あなたは工場を建てたことがありますか」と問いかけてきた。隼人は「木造で工場を建てたことはないが、鉄骨なら黒崎で大工場を建てた現場で働いたし、木造なら大きな建物といえば、学校や病院、体育館なども経験しているから一応できる」と答えた。

すると、「実は私の姉が事務員をしている工場で、今の工場が狭くなり増産体制に入ったが、隣接した空地に工場を拡張したいのだが、中に柱を建てるのは邪魔になるから、柱は外回りだけにして、中には一本も柱を建てない構造の工場を建てたい。個人の大工さんに何人か交渉してはみたが、断られた。それでは大企業の会社にも交渉したが、うちの会社は従来から材料のお客さん提供は断っているし、ましてや古材使用では職人が嫌がるからと丁重に断られた」と言った。

女性の姉である工場の社長さんの話によると、今は石炭景気が良いが、この後何年続いてくれるのか分からないので、さしあたり五、六年使用できれば良いと思っているし、無駄な費用は使いたくないので、古材を少しずつ集めていたから、この材料を使ってなるべく安く建てられる大工さんを探していると、その作業員の女性は隼人を見つめて言った。そこで隼人は「私で良かったら、一応話を聞いてみてもいい」と答えると、「今夜、姉に話して、明日にでも、姉からの返事をします」と、みんなの前で作業員の女性が言ったので、周りの人の目が隼人に集中した。

翌日の休憩の時に、ぜひ社長が隼人に会いたい、と書かれたメモ用紙を渡されたので見ると、場所は銀次さんの家から直線距離で1㎞ぐらいの飯塚駅の東側に連なる工場群の中である。その日の夕方、作業員の女性を先頭に、銀次さんと隼人が自転車で、あとからついていった。工場の入口附近にある事務所に案内されて椅子に座ると、社長が二枚の平面図を銀次さんに手渡しながら、拡張したい経緯《いきさつ》を静かに語り出し、ぜひ協力してもらいたいと言った。

銀次さんが一通り図面に目を通すと、黙って図面を隼人の前に置いたのでよく見ると、梁間が四間（7・272m）、桁行が十間（18・180m）の長方形の建物である。もう一枚の図面は、工場の敷地とその配置図である。今までに学校の教室や病院の病室は、梁間が五間が多かったが、この工場の建物はそれより一間も短いので、「例え古材であっても強度には問題はありません」と、社長さんと銀次さんに向かって答えた。「そうか、君にはできるのだな」と言って事務員に命じて、コップと酒を机の上に置いて、女性の作業員さんには、お茶菓子を用意している。

酒を飲み始めてから、銀次さんが条件を口にした。現在、碇川の水門工事を水沢組で工事を進めているが、職人が二人だけだから組み立ての時は、人手を用するから、請負だと困難だ。普通の日当の二割増の条件で、作業をしている。工場というのは普通の住居と違って、屋根と外壁だけで、内部の造作工事がないから、組立作業時は大量の人手が必要ではあるが、あとは単純な作業である。例え請負にして臨時に職人を雇っても、すぐに解雇するわけにはいかないから、と説明している。

すると意外にもあっさりと社長さんは、「よろしい。その条件で、その水門工事が終わり次第、着工してくれ」と言った。気の早い人で、即決である。今まで数人の職人さんから断られたのが、多少は影響してはいたのだろう。銀次さんと顔を見合せて、納得した表情をした。

隼人の計算では、水門工事は大工の部分だけだったから、長くてもあと十日以内には終わりそうだ。二月の末か三月の初めには着工できそうだと告げて、一度置場にある古材の状態を見たいと申出ると、社長は、「午前八時を過ぎれば、必ずこの工場の中にいるから、いつでも案内する」と言ってくれた。

二月二十七日には、水門工事の大工の作業は全部終わった。梁型の解体だけなら、男の作業員たちで充分である。水沢組の社長さんをはじめ兄弟や水沢組の全員に、「今までいろいろとお世話になりました」と、別れの挨拶をした。周りの人たちに深々と頭を下げて帰ってきた。

その夜、翌日の二十八日は大安であるから、工場の事務所に銀次さんが公衆電話で、「明日建物の遣方《やりかた》出しをします」と連絡して、了承の返事をもらった。その日の朝、銀次さんと二人で工場に行き、最初の杭を二点に打ち込み、水糸を張って手伝いの工場の従業員二人が参加して四人で杭を打ち、貫水盛り墨印《しるし》に合せて水平に止めて、大矩《かね》や巻尺を使って図面の寸法と照合しながら貫板に芯墨を書き写し、作業に取りかかった。

手伝いの協力もあって作業は午前中で終わり、午後からは、すぐ近くの空地に積んである古材の山を、手伝いの人たちと種類別に選り分けて、およそ六種類ぐらいに分けて積んでいく。その作業を他の人に任せて、隼人は寸法の基本である尺杖を作り、北海松合板を三角形が納まるように四枚並べて敷き込むと、合掌梁の半分の三角形の型板作りに着手した。これは銀次さんも手伝ってくれた。梁間の長さが四間であるから、中心から半分の二間の直角三角形である。辺りが薄暗くなったので、今日はこれまでにして道具を片付けると、続きは明日ということにした。

次の日は、今年は閏年だから二十九日がある。四年に一度めぐってくるから、一日多く働けることになる。昨日の続きで、梁形の原寸を墨で指金を使って描きながら、再度寸法を確認した。型板に写し取って加工し終わると、ちょうど十時の休憩になった。工場の事務所内で熱いお茶と干芋を事務員が七輪の火で自家製の練炭で焼いてくれた。作業再開の時、銀次さんに、「土台だけでも墨付けをしてください」と頼むと、「俺は面倒だ、お前が全部やれ。俺は加工をするから」と言って、道具の手入れを始めた。

　今度の工場は、外回り以外には、中には一本も柱を立てたくない。それと南北の出入口と、西側の旧工場との接続出入口は、小型の車かリヤカーが、すれ違える幅が必要だから、二間幅で施工する寸法が図面に書き込んである。隼人はその図面に忠実に、手伝いの関口さんに協力してもらい、まず選び出した木材を台の上に平らに並べて墨を付け始めた。十六本ある土台だけは、この日の夕方までには全部の墨付けが終わったが、やはり新品と比べて時間が余計にかかる。それは前に使った欠け瑕や、穴などがあるためだ。この部分を除去するのか、そのまま使用するのかの判断を、強度を含めて一瞬の内に決めなければならない。黒くなっている部分には、白墨（チョーク）で寸法を描く要所には、墨がよく見えるように塗って薄く延ばしながら墨付けをするから、どうしても時間が余分にかかってしまう。

　三月の二日に土木作業員の親方から「現場に立ち会ってほしい」と言われて、行って話を聞いた。どう作業を進めていいか、迷っていたらしい。基礎は、周りは連続の布基礎であるが、東西南北に出入口がある。この出入口と基礎との取り合せを、隼人は紙に拡大図を書いて説明した。親方も納得して、土工の作業員に命じて、作業を進め始めた。「時々私が見に来ます」と告げて、木材の加工する現場に戻った。

　土台の墨付けは昨日終わったので、敷桁梁や出入口に架け渡す大梁の平角材の墨付けをするのに、重い材料なので、関口さんに手伝ってもらい、二人で動かしながら墨付けを進めていく。銀次さんは例によって、二、三日働くと、また数日は休みの繰り返しなので、当てにならないのを見て、社長が一人の職人を雇った。休憩の時に聞いてみると、工場の従業員である関口さんの知り合いらしく、年齢が偶然にも、銀次さんや、その職人高橋さんも、関口さんも同じ昭和四年生まれであると言った。隼人よりも、五年学級上の先輩である。高橋さんが来てからの刻み加工の速度が倍増した。知人同士である高橋さんが、関口さんに、初歩的な木材の切断や簡単な穴掘り加工などを指導して、共同で刻み加工を始めたからである。

これで隼人は墨付け作業に集中できるようになった。平角梁と、桁材の墨付けが終わり、続いて母屋材と棟木の墨付けをして、最後に長大梁である三角形の合掌トラス梁の墨付けを始めた。これは重い平角材と違って、12㎝角材を三角形に組み合せるだけだから比較的軽い材料なので、墨付けは楽である。全部で十一組まったく同じ寸法の同じ形状を十一も作るから十一本台の上に並べて、一度に墨付けができるから大量の割には早くできる。

真束から始まって陸梁《ろくばり》合掌梁などを型板に合せて、墨付けをしている隼人の所に時々来ては、高橋さんは、じっくりと観察している。隼人も知っていることは、その都度先輩に教えるが、この先この先輩から習うことが多くなると思ってのことである。

三月十六日は朝から雨であったから、作業がないので休みである。この日隼人は、図面に照らし合せて建物に使う全ての金物の種類と寸法のリストを一欄表にして、翌日社長さんに明後日までに取り揃えるように、関口さんに手渡しながらお願いした。三月二十一日は春分の日であり大安であるから、この日に棟上げが決定した。四日後であるから、もう刻み加工も柱を残すのみであったから余裕があった。

大部分の加工が終わって、隼人と関口さんは、前々日の十九日に、土台の組み立てと敷き込み、防腐剤を塗って終わると、午後からは合掌梁を試しに三組ほど現場に運んだ。そして大工三人と関口さんの四人で組んでみた。予定通りの形に完成したので、工場の従業員に頼み、未加工の柱材を除いて全材料の運搬を依頼した。

この工場を簡単に述べると「原山炭団《たどん》工業株式会社」である。従業員は、男は社長を含めて八名、女は事務員を含めて十八名であるが、新工場が完成すれば、新たに十名程度募集する予定だと、関口さんが休憩の時に話していた。社長は若い時に習得した機械の技術者で、練炭や豆炭の製造機械は全部社長が管理している。当時の機械類は、まだ現在あるV（ブイ）ベルトなどはなく、モーターからの回転はすべて平ベルトで「スリップ」を防ぐために松ヤニを使用していた。

原山炭団工業株式会社工場上棟式

この日は寒かったが、日が昇ると雲が切れ晴天になった。棟上げの三月の二十一日の朝である。大工三名、工場の男の従業員三名、基礎工事をした土木作業員は親方を含めて六名の男十二名に加えて、工場の女性の従業員十名が手伝い、全部で二十二名で棟上げが開始された。その朝、事前に経験豊かな土木作業員の親方と綿密な作業計画を話し合っていた。まず全員で桁に柱を差しては起こし、次々と建てていく。柱立てが終わって休憩の後は、銀次さんが四名ほど人を使って、合掌梁の組み立てをしている間に、残りの全員で合掌梁を上げることにした。朝、土木作業員の親方と話し合った手順で、中ほどから先日三組だけ組んだ梁から上げることにしたのは、プロの集団と違って半分の人が素人だから、万一を考えて中程から上げることに決定した。

普通は、順序よく端から組み立てるのだが、それと別のねらいは、上げている別の半分の空間で梁を組み立てる組が作業を進め、梁を上げる組が、反対の空間が終了したら、場所を交替する利点があるからである。組み立てた梁を上げる方法は、逆三角形の梁を180度回転させて直立させて、次々と組み立てていく作業である。全部の梁十一組を上げ終わると、母屋と棟木を納めて、棟上げは終了した。

この日は六時には終わったが、まだ外は明るさが残っており、棟上げの日でも約半数の人たちは、練炭や豆炭の製造が忙しいのか工場は動いている。それでも棟上げが終わると工場は止めて、全員が新しく建った建物内に筵や茣蓙を敷いて、角材を二本並べて置き、簡単な台を作っている。社長と、年長の銀次さんに土木作業員の親方、高橋さんと隼人が、屋根に上がり棟木に幣束《へいそく》を立てて破魔矢を飾り、酒と塩と米を並べて、簡単だけれど上棟の神事をした。御酒《おみき》を四方に屋根から撒いて、みんなで柏手を打ちながら、四方遥拝して神事は終わった。

屋根から降りてくると、もう酒やサイダー、ラムネとともに、肴も大皿に十カ所ほど盛って並べてある。上座には、銀次さんから対面し、上席からは土木作業員の親方から、これも年長順に並び以下工場の従業員が、これに続いて着席した。この時はまだ少し明るさは残ってはいたが、工場側から電線を引き込み、裸電球を三カ所組み立てたばかりの陸梁からぶら下げていた。従業員たちの動作が終わるのを待って明るくなると、社長の上棟の挨拶が始まった。「今朝は早くから寒くはあったが、好天に恵まれて、無事に上棟できました」と、職人および従業員の皆様にお礼の言葉から始まり、会社の概要や、今後の会社への協力などを、八分間余りの挨拶の言葉の後、「少しばかりの酒肴を用意しましたからお召し上がりください」で終わり、続いて、会社関係の来賓の祝辞に続いて銀次さんの上棟祝いの唄と、土木作業員の親方の短い言葉の挨拶が終わって酒宴になった。女の人が数人で六枚の諸蓋《もろぶた》（底の浅い木箱のこと）に、おにぎり、蒸し芋、お新香、沢庵などを盛って、台の上に均等に置くと、その女の人たちも末席に座った。赤い血の色をした解凍したばかりの大皿に盛った鯨肉を小皿に取り分けながら、思い思いに酒を飲んでいる。

社長は、取引関係の会社の人たちや、年長の職人さんの順番にお酌をしながら、隼人の横に来て、「ご苦労だった」と言ったあとで、一升瓶を目の高さに差し上げた。みんなの視線が社長に向かった。隼人を指差しながら、「この青年が今日建てた工場の中心に柱なしの建物を建てた。今みなさんが座っている場所に柱が一本もないのが分かるだろう」と、大きな声で言った。上機嫌である。みんなが、いっせいにこちらを見たから、隼人は顔が赤くなり恥ずかしくなり、前にある大皿の鯨肉の赤い血の色ばかりをしばらく見つめていた。

自転車での帰りに、通り道である炭坑の大きな浴槽（この当時は直径5ｍの大浴室が三室並んで、二十四時間必ず二カ所は無料で開放されて誰でも自由に入浴できた）に入り、家に着いてから、今日もらった祝儀袋を開けてみると、千円が入っていた。思ってもみない大金である。一年と少し前までは、月五百円だけの小遣い銭の時代から思えば、天と地ほどの変化であった。

翌日は、数日前に社長と銀次さんと土木作業員の親方とで隼人が提案した屋根だけは、なるべく早く終わらせたいとの意向を話し、大工と土木作業員とが協同で屋根工事をすることになった（現在ではこの工事の専門業者が施工する）。垂木なしで、直接母屋や桁に葺《ふ》く石綿大波スレート、フレキシブル板の屋根用建築工業製品である。施工方法は、薄い丸く加工した鉄板に、厚いフェルトの付いた大釘である笠釘で、母屋、または棟木、桁などに直接並べて、順番に重ね目を二山ほど重ねて葺いていく方法である。この作業を三人一組が屋根の片側ずつ六名で、三日間で終わった。屋根ができたので、雨が降っても窓や外壁工事ができるようになった。

　早速機械納入業者が、技術者とともに砕炭粉砕機、加圧熱成型機と、その部品、ベルトコンベアなどの現物をトラックから降ろしながら、社長と隼人に図面を示して、この機械を設置する基礎を、この図面通りに設けてもらいたいと説明を始めた。

　隼人は社長と納入業者の技術者から、念入りに説明を受けて、土木の親方と一緒に機械の基礎工事の遣方出しから始めて、高さと位置を正確に計測しながら、協同で型枠を組込んでいく。基礎と機械を据え付けるアンカーボルトは、前もって多少のずれが修整を可能にするため、ボルトの長さに応じて余裕の大きさにしてある。次にボルトの直径の五倍ぐらいの長い木箱を埋め込んでコンクリートが固まったら、この木箱を撤去して、空洞ができた穴にアンカーボルトを通し、この穴にコンクリートを充填して機械を固定する計画である。

教えられた通りに基礎を土木作業員の親方と相談しながら、五台の機械の基礎工事が、五日間でコンクリートを流し終わった。あとは約一週間の養生期間だけを待って、各種の機械が据えつけられていくだけである。

隼人が機械の基礎工事をしている間に、銀次さんは屋根工事が終わると、もう休んでいて、まったく来なくなったが、代わりに高橋さんが、関口さんに手伝ってもらいながら外壁の下地や、窓の敷居と鴨居などを加工し、着実な仕事をしている。真面目な先輩である。

隼人は、機械基礎が終わって、桁行には柱があるから筋違は取り付けられるが、梁行には妻側以外は柱が一本もないから、筋違は取り付けられないのを補うのに、柱と同寸材を二ツ割した体積の「抱き合せ方杖」を梁ごとに、合掌梁、陸《ろく》梁、柱の三点を緊結する角材を使用する。

昔からある木造駅のプラット・ホームには、片流れ屋根を補強する目的に、斜めに大きな角材が使用されていたが、原理的には、まったく同じである。それと揺れや捩《ねじ》れなどを防ぐ目的で、陸梁の上の全面に45度の角度で水平に渡して組み止める長い木製の火打梁を設ける。

現在では、鉄骨造の建物に多く用いている15m／m丸棒鉄筋ブレースがあるから簡単で作業も早いが、当時でもあるにはあったが、まだ一般にはあまり普及してはいなかった。

古材とはいえ、もうこれだけ補強したのだから倒壊の心配はないが、高橋さんが間柱などの下地を作ったのに、15㎝幅ほどの板で外壁である下見板を三人で張り始めた。下から順次水平に張りを重ねながら張り進んで、出入口の上には庇《ひさし》（小屋根）を設ける。この外壁張りの工事は、内部造作工事と違って、雨が降れば、自然と休みになる。この四月は、一日、四、八、十の四日間雨が降った。外壁工事が全部終わったのは、四月の十六日で、もう内部の炭田工場は一部の機械は動いていた。

「長い間お世話になりました」と、工場の人たちに頭を下げ、別れの挨拶をして、全部道具を自転車に積んで帰った。

産炭地公害復旧工事

翌日は休んで、銀次さんと高橋さんと三人で水田工事をした。天道にある水沢組の事務所に行って、現在工事中の「産炭地郊外復旧工事図書」の図面や書類を見せてもらいながら話し合った。

水田工事には、水田陥没復旧工事と住宅傾斜復旧工事の二種類があって、まず水田に通水している水路の陥没箇所から始めて、コンクリートを流し込んだ。養生期間が、だいたい七日から十日間ぐらいあるから、その間に住宅復旧工事での二カ所を交互に作業を継続して進めようと話が纏まり、明日十八日から着工することになった。

場所は三菱飯塚炭坑の裏山一帯に広がる山野地区で、菰田《こもだ》地区から国道211号線に沿って稲築町《いなちくまち》に通じる広大な水田と点在する住宅である。

この地方の地下には、大企業が開発している炭層が、上下左右に帯状で3m前後の厚さで筋状に幾層にも分かれて堆積しているために、効率よく採取するには、その石炭層だけを掘り進む。トンネルを掘るために地下全体が蜘蛛の巣状に張り巡らされているので、長い年月で徐々に地盤は沈下することはあるが、例えば数十年間に数cmが全般に沈下するのであれば影響が少ないが、部分的に点々と陥没したり、一枚の水田で、ある部分は20cmも陥没したり、水路も途中で数カ所も陥没すると、その先へは充分に水は届かず、その場所で水が溢れることになる。

土木作業員と協力して、その箇所を解体除去して岩石や砂利を搬入して突き固めた。ベース、コンクリートを流した上に内側の側溝の型枠を組んで、鉄筋を組んだ順を追って、外側の型枠を組み込んでは緊結する。この繰り返しである。

一方の水田のほうは、大工の仕事ではないが、時々見ていると、一枚の水田で、三割から四割ぐらいの面積で陥没している。その箇所の表土を深さ40cmぐらい剥ぎ取って、正常な場所にリヤカーや一輪車を使って運んでは、積み上げていく。その車輪が通る下には、木製の30cm幅ほどの板を縦に並べて敷いている。その剥ぎ取った場所に水準器を使って、杭を数m間隔に打ち込んで、その水平杭の高さまで、細麻糸を張ってトラックで搬入した土砂を平らに投げ込み、その上に剥ぎ取った表土をまた埋め戻す作業の繰り返しである。作業そのものは、平凡で単調ではあるが、何ぶんにも人手が多く必要な作業ではある。

ジャッキ

一方住宅復旧工事は、この地方には「家引業」または「重量物運搬引揚業」の専門業者が多数存在する。その業者と土木作業員と大工の三者が、一体となって工事を進めていくのである。

まず、簡単に重量物を持上げる「ジャッキ」から説明すると、おおよそ三種類に分けられる。長さが10㎝から40㎝に分類する「ダルマジャッキ」、1・5mから1・8mぐらいの「大鉋ジャッキ」、隙間のない所に使用する「爪つきジャッキ」である。これはこの地方の呼び名であって、他の地方ではこのジャッキの呼び名はまたそれぞれ違うのではないかと思われる。

この三種とも基本の螺子《ねじ》である、巻き上げ部分は全部同じである。直径が7、8㎝ぐらいで工場の機械の歯車と同等の肉厚の鋼鉄製で、螺旋《らせん》形であり凹凸の溝が切ってある。

大鉋ジャッキをもう少し詳しく説明すると、使用する場所により、2mから4mぐらいまでの長さまで使用できる。替柱を自由に交換できるように、ジャッキは1mから1・3mぐらいまでは木製で、中心が空洞になっており、外側は桶の箍《たが》と同じように鉄の輪が、数カ所に固定されている。その空洞の中に、直径10㎝ぐらいの丸太替柱が入るように作製されている。他の二種は時計回りに回せば上がるし、反対だと下がるので平凡だから省略する。

現在では、各種の油圧ジャッキや、圧搾空気利用などはコンピューター制御で、同時に建物を水平に揚げる大規模な機械も開発されている。その他にも固定していない重量物を吊り上げる工具に「チェーンブロック」がある。普通1トンから5トンぐらい吊る種類があるが、丸い歯車に主荷重を受ける。両端が半円形で中央が並行した長円形の金層を交互に繋いだ太い鎖と、その歯車だけを回す細い鎖は、鎖そのものが4mぐらいの長さで輪になっている。つまり、その歯車から2mの長さにぶら下がって永久に回るエンドレスの状態のチェーンである。このチェーンを「ガラガラ」と音を発して左か右に回すことによって荷重チェーンが、ゆっくりと上がったり、下がったりするのである。

さて工具の説明はこれくらいにして本題に移ると、家引業の職人さんは五、六人が一チームになって親方の合図で、いっせいに水平を保ちながら徐々に巻き上げ、隙間ができると、その都度すぐ隣に木材片を井桁に組み立てながら、いつジャッキが転倒してもいいように予防して、落下に備えるのである。

こうして家屋が予定の高さまで水平になると、大工は土台や柱などの腐った部分を除去して、新しい木材片で継ぎ木をする。それを今度は、土木作業員が陥没した箇所に石や砂利等を突き固めて、コンクリートベースを作り、その上に基礎を作ってゆくのである。

ここで重要なことは、この三者の作業時間が重複しないようにすることだ。よく話し合って、お互いに邪魔にならないように時間を調整することであるが、幸いにも、同地区内だけでも十数軒を同時に受け持つので、その家によって順番を決めながら、できるだけ重複しないように作業を進めていく。

三輪車、姿を消す

六月五日、この日は朝から雨だったから、休んで姉の家に行くと、昨日大安だったので、正式に売買契約して、あの家を買った。四日後の九日が大安になるから引っ越すことにしたと言う。その日は手伝うと隼人は言って、帰った。

翌日、水沢組の弘一さんに、「六月九日と十日の二日間、姉の引っ越しの手伝いで休みます」と断って了承してもらった。

その日、材木屋のオート三輪車*注1が特別に大きな荷物だけを運んでくれた。当時ではオート三輪車とはいえ、荷台の長さは3mで、幅が1・65mのマツダ製のロングボディ仕様の2トン車である。この車が二回運んでくれたので、大半の荷物が運ばれたから、残りは自転車に積めるくらいの荷物だけだから、数回に分けて運んだ。一日目は運ぶだけで終わり、次の日は、荷物は部屋ごとに配置しながら整理していく。午後三時過ぎには、ほとんどの荷物が片付いたので、ささやかな引っ越し祝いをした。今までの二間だけの借家から、土間を除く部屋が五カ所もある大きな家である。

水路復旧工事と家屋傾斜直しを交互に工事をしながら、七月に入ると、初日から四日まで続けて雨が降った。

休んで本を読んでいると、「明日から天気は回復しそうだ」と水沢組の社長が、銀次さんの家に来て言ったそうだ。降り続いた雨により、前からその兆しはあったが、「佐賀県杵島《きしま》郡大町町」の炭坑のボタ山の一部が、麓の住宅地に近づき、山崩れの危険があるから、急遽うちの会社で工事をすることになったらしい。

飯塚から、大町町まで直線距離で70㎞あり、少し遠いけれども、現地に空き家を借りた。

「明日、資材と男の土木作業員二名に、隼人の三名だけを予定を組んでいるから、ぜひ行って

*注1　その後の日本各地の道路整備により全体に速度が上がり、もうこれ以上ブレーキ3カ所だけの車では無理になり、しだいに四輪車以上に限定されて、三輪自動車は姿を消していった。ブレーキは車輪の数が多いほど効力が増えてくる

くれ」と要請してきた。銀次さんは、最初は反対していたが、社長が現地で大工と土木作業員を臨時に数十名を雇って短期間だからと説得した。結局根負けして、隼人だけ二週間ぐらいの予定で泊りがけの用意をして、七月五日の朝早くに発った。運転席は、骨組みは鉄だが屋根とドアは厚い布地の幌《ほろ》で覆った、材木屋と同じ形のオート三輪車である。

運転席に社長の次男である圭次さんと隼人と運転手の三人が座り、荷台の上に資材の落下防止の理由で二人の男の作業員が乗って五人で飯塚から国道２００号線を西南方向に国道３号線までの約27㎞を走った。飯塚市街地を過ぎると、国道といえども砂利道である。所どころは穴だらけで、雨の日にタイヤが道路を削るから、現在のアスファルト道路と違って時間が三倍ぐらいはかかるが、その代わり当時は、交通渋滞はなく、事故以外は心配なかった。

国鉄（現ＪＲ）原田駅から鹿児島本線鳥栖駅までは、国道３号線が並行して走っている。もう佐賀県内である。南下して鳥栖市から、西方向に国道34号線で佐賀市まで約24㎞である。原田から鳥栖市までが約８㎞だから飯塚市から佐賀市までは59㎞である。ここまで、もう五時間余りかかり、午後一時を少し過ぎていた。国道34号線と２６３号線の交差点を２・５㎞ほど南下すると、国道２０７号線に突き当たる。そこら一帯は佐賀城跡であり、コの字型に長い掘割で囲まれており、堀の内側は、佐賀県庁をはじめ博物館や各種の官庁街になっている。

堀の外周は数多くの神社や仏閣が広大な敷地に広がって、道路は銀杏並木が続いている。ここで美しい堀の水面を眺めながら大衆食堂に入り、遅い昼食を五人ですると、もう午後二時近くになっていた。ゆっくり行ってもあと18㎞余りだから二時間もあれば着ける予定である。

佐賀城跡の美しい風景をあとに国道207号線を西方向に8㎞ほど走ると、再び国道34号線に合流した。さらに西へ6㎞ほど走ると、小さな町だが江北町に入り、ここで並行していた国鉄長崎本線と国道207号線は、直角にカーブしながら南下していく。この江北町から西へ佐世保線になるが、もう大町町までは4㎞余りである。

市街地はコンクリート道路ではあるが、郊外になれば、ほとんどが砂利道なので、ハンドルを取られるから、時間が大幅にかかる。石炭から石油に取って代わって副産物のアスファルトが大量に産出される。高度成長期以降の日本全国の道路がほとんどアスファルトに生まれ変ったから移動時間が三倍以上速くなった。砂利道で尻が痺れた経験のある隼人は、現在の道路は、ほんとうにありがたい存在である。それに運転手も大変である。現在と違って、交差点ごとに方向指示器を開閉しなければならず、今の点滅式の自動で戻る方式がない時代である。もちろん、それと同時に、前後左右の確認をしながら、クラッチ操作にも切換えしなければならなかった。オートマチックのない時代である。

ボタ山落石防止工事

午後四時頃に大町町炭坑の坑山事務所に着いた。臨時に借りた六畳と四畳半に、台所が一坪ほどの平屋建ての宿舎に入り、一休みした後、圭次さんと隼人は、事務所の公害営繕《えいぜん》課を訪ねて、工事の図面を見せてもらった。まず平面図であるが、駅の北側に広がる広大な炭田地帯に、住宅地に一番接近しているボタ山の麓に、長さ200mにわたって土止め工事をするのが目的である。

二枚目の図面は、立ち上がり詳細図である。直角三角形に丸太材を組んで、ボタ山の麓にゆるやかな曲線に、約2m間隔の三角梁を下部だけ埋め込んで約200m余りにわたって設置する。その中間に、末口は12cm、長さ5mの丸太杭を「真棒胴突き櫓《やぐら》」を使って打ち込む。その三角梁と丸太杭に、厚さ3cm幅20cmぐらいの板を、大釘やカスガイなどの金物で下から順次組み止めていく工法である。

現場に案内してもらって、辺り一面を見渡すと、木材はすでに運び込まれて現場に山積されている。圭次さんと話し合って、明日から隼人が何組か試しに加工するが、「大工一人では間に合わないから二、三日の間に大工二名ほど助っ人に頼みます」と言ったら、圭次さんは「分かった」と言った。「明日から作業員は男五名、女は十数名をすでに手配している」と言って、緩い下り坂を二人は宿舎に向かった。

午後六時を過ぎてはいたが、真夏の太陽はまだ天空にあり、強い陽射しではあったから、もう車から全ての荷物は降ろすと、作業員と運転手は宿舎で寛いでいた。水沢組には一台しかない車だから、運転手は一晩泊りで明日の朝早く飯塚の現場に戻る予定である。食事はすぐ近くに住む初老の小母さんが通ってきて料理してくれる。この地から近い南に面した有明海沿岸の有明町と隣接した南の鹿島市から水揚げされたばかりの新鮮な雑魚を、年季の入った手料理のお母さんの味付けで作ってくれる。

次の日から、主柱である直径20㎝の丸太と、水平土台になる丸太との欠き込み加工をして、斜材の丸太は、それよりやや細めの丸太を選んで欠き込み加工をする。

使用する道具は、主に荒削りが鉞《まさかり》で、仕上げに手斧《ちょうな》を使って削《はつ》っていく。それに加えて鋸《のこ》と鑿《のみ》も併用して使用する。二日間で十二本、四組の加工が終わって、試しに人夫さんに手伝ってもらい組み立ててみた。大釘とカスガイを使って緊結すると、営繕課の係長さんに、検査*注1に立ち会って了承してもらい、合格したら明日からは大工が二人来るから、三人で、これと同じ物を約百組ほどの加工作業を続ければよいわけである。

一方圭次さんは、土木作業員や他の作業員を指導して、巻尺や間竿《けんざお》を使い寸法を測りながら、この三角梁を埋める位置に細い木杭を目印に打ち込んで、ボタ山の斜面に幅が30㎝、深さが1mの溝を掘らせている。

隼人は、七月八日の朝から三角梁加工の二人の大工さんに頼んで、圭次さんが準備した材料を使って、真棒《しんぼう》胴突き櫓《やぐら》の製作を土木作業員の一人に手伝ってもらい作り始めた。櫓の外枠だけは、いたって簡単である。長さ4mの10㎝角材を、上部は80㎝、最下部で2mの正四角形の四方転び（各側面が内側に傾斜している）に平角材で、五段ぐらい四面を大釘で繋ぎ止めるだけである。

二時間で櫓だけは完成したが、次は杭を打つ大蛸《たこ》作りである。普通基礎の地固めに使う二人用の手蛸は、重量が30㎏ぐらいだが、大人数で杭を打ち込む大蛸は、約三倍の重量になる。100㎏余りの堅い樫《かし》の木で、長さ1・5m、直径が26㎝ほどの丸太で、その中心に直径6㎝の

＊注1　この検査は、坑内では危険なために、薬品・煙草・火気類等は原則、坑内持込み禁止である

丸太の長さが４ｍの、見た目には蛸の足に似た形になる材料を取り付ける。櫓の最上部の中心に、この細い丸太を上下に自由に動く余裕のある大きさのこの穴を開けて通す。この真棒蛸が振れないようにするためである。

ここまでできたら大蛸の左右に、８番線で太いロープを両方に固定して締め括る。次に櫓の左右の上部に、このロープを滑車に通して、上下運動により杭を打ち込めるように工作するのである。この太いロープに枝分れして、細いロープを複数結んで、大人数で引っ張れるようにロープを加工する作業が必要である。この杭打ち櫓工事は、ロープや滑車取り付けを含めて、作業員と二人で一日近く費やして完成した。

七月九日は雨だったが、それ以降は曇りであった。今日十六日は夕方から雨になり、夜半まで降り続いたが、ラジオの天気予報では今後しばらく気温が30度以上の日が続くが、雨は降らないと放送している。

夕食の時、圭次さんが「明日は会社の車が資材を運んでくる」と隼人に教えたので、明後日の十八日の朝、「その車で私は帰りたい。この現場もあと五、六日もあれば、大工工事だけは終わりそうだから、二人の大工に任せて、土止めの板を取り付けるぐらいは、土木作業員や他の作業員で充分だから」と説明した。すると圭次さんも、「そうだね、重要部分はないし、もう七割ぐらいは完成しているから、飯塚の家屋の傾斜直しに戻ってもらおうか」と、隼人の申し出に納得した表情をした。

七月十八日の朝、運転手と七時半頃に大町町炭坑をあとにした。前の晩に「４㎞ほど遠回りになるけれど、小城《おぎ》町を通りたいが」と言うと、運転手は頷いてくれた。江北町を過ぎて、牛津町から北方向に3・5㎞ほどで、小城町がある。この町は鍋島支藩の旧城下町で、佐賀市から唐津市に沿った旧街道であり、江戸時代からの家屋が多く残っており、農業が中心だが製紙工場もある。特に有名なのが小城羊羹で、九州一円に、その名は知られている。隼人は佐賀への出張土産に、この羊羹を買った。

帰りは荷台が軽い荷物だけだから、来る時よりも早く、途中で二回ほど休憩して、午後二時頃にはもう飯塚に着いた。クッションのない椅子なので、仕事をするよりも疲れたから、今日はこれで終わりにしますと言って、銀次さんの家の近くで車から降りた。

家に帰り着くと、二歳の民枝が傍に寄ってきた。土産の羊羹を手渡すと、うれしそうにその小さな手でやっと受取った。今日はいつもより帰りの時間が早いので、手を引いて民枝と炭坑の風呂に行くと言って家を出た。途中に寄り道をして姉の家に寄り、佐賀に十三日ほど出張して、今日帰ってきたと報告し、小城羊羹を手渡した。

次の日から、隼人は高橋さんとともに家屋傾斜の復旧工事を続けた。

坑内機械基礎工事

それから十日ほど過ぎた夜に、原山炭団工場の代理人が、銀次さんの家を訪ねてきて、炭鉱の坑内に新型の機械を設置することになったと告げたらしい。その型枠工事の依頼である。この炭団工場は、原料の粉炭を下山田にある古河鉱業の炭坑から取引している、古くからの関係だと代理人は言った。銀次さんは、坑内は特別手当がつくから興味があるらしく乗り気である。社長は自社の工場で機械の基礎工事を隼人が完成させたことを知っての依頼だったが、銀次さんは水沢組と日程を話し合って、三日後までに返事をしますと答えた。

六日後の朝、上山田線平恒《ひらつね》駅から、臼井、大隈を経て下山田の駅で降りると、すぐ東側にある古河鉱業の事務所で一緒に原山炭団工場の基礎工事をした土木作業員の親方と図面を見ながら、工事内容の詳細な打合せをした。銀次さんと二人で坑口に近い作業小屋で型枠の加工を始めた。土工の親方は、若い者を数人連れて、坑内の基礎である根切り作業のため、斜坑のトロッコ貨車で降りていった。＊注1 高橋さんは、水沢組の現場を空にするわけにはいかないからと、飯塚に残った。

銀次さんと二人で、六台の機械の基礎の型枠を二日間かけて加工が終えると、次の日、頭に被るヘルメットにはキャップランプが前の中央についていて、ゴムで覆った蓄電池（バッテリー）が電線で繋がり、それをベルトで腰に巻きつけてから、道具袋を持って検査室で簡単な持込禁止品のボディー・チェックを受けた。トロッコ貨車に乗り込む坑口から長い斜道を20m間隔ほどに金網を被った裸電球が吊り下がっている。30分近くかかって目的の場所に着くと、トロッコ貨車から資材を降ろして、土木作業員の人たちと合流して型枠を組み立てては、アンカーボルトの箱を宙吊りにし、図面を見ながら機械の台座の寸法に合せて組み込んでは緊結していく。馬蹄形の坑内は、全面が黒光りしている石炭層だが、この石炭は今から約三億年前後の

＊注1　トロッコ貨車の速度は比較的に低速である。それは、坑内ではレールと車輪の摩擦による、熱や火花の発生を防ぐためである

動植物の遺骸が堆積して分解し、天然の加圧および地核の変動による圧力や地熱の影響などの物理的、化学的な作用を受けて石炭は生まれたと、考えられている。

銀次さんと土木作業員の協力で、この工事は三日間かけて坑内の大工工事だけは終わった。道具を持って、帰りの列車は途中の臼井駅で停車したが、ここだけは炭田地帯特有の黒光りする景色ではなくて、白に近い薄い灰色の石灰岩である「セメント」工場群が続いている。この場所は、麻生太郎元総理の父・故「麻生太賀吉」元国会議員の麻生産業グループ経営の多角経営会社の一部であるセメント工場群である。終戦後間もなく総理大臣になった「吉田茂」の娘・和子さんを嫁にしたとして、当時この地方では話題になった人である。

下山田の古河鉱業会社の坑内作業は、八月九日で終わった。翌日十日からは銀次さんは、もうお盆休みにし、隼人は高橋さんと、家屋傾斜復旧工事を土木作業員たちとともに八月十二日まで働いて、十三日から五日間はお盆休みである。その朝はゆっくりとして、風呂敷包みだけ持って日田に帰った。

十五日の夕方から、兄弟で本家の墓参りに行って、帰りに回り道をし、夕涼みに近くの三隈川河畔に出た。遊歩道は、三年前隼人が作った河岸道だが、まだコンクリートが新しい。散歩しながら見ていると、送り火である手作りの麦藁《むぎわら》の舟に、だんご、野菜、果実などを乗せて、それぞれ浴衣を着た子どもたちが、水面に浮べて流している。いつものお盆風景である。

この日を含めて、もう一カ月近くこの地方には雨が降っていない。だから農作物への影響からか、長崎、佐賀両県知事が数日前から要請していた人工雨を降らせるために、自衛隊機に依頼して空からドライアイスを散布した。ところが効果があり過ぎて、翌日の八月十七日には台風九号の通過で、九州、中国地方などに死者や行方不明者が続出して、三十八名の被害が出たと、翌日のラジオや新聞が報じている。

幸い隼人の周りの日田、飯塚地方は大雨ではあったが、被害はほとんどなかった。八月十七日は、昨夜からの台風の影響で、雨は降り続いてはいたが、列車は時刻通りに動いており、夕方には銀次さんの家に辿り着いた。水郷日田銘菓の土産を民枝が走り寄ってきて、その小さな手で受け取った。

翌日からの作業は、盆前から続きの水田水路と家屋傾斜復旧工事を一カ月後まで続けて、九月二十日には大工の工事だけは全部終わったけれども、この工事だけで五カ月も要したのは、範囲が広く家屋の軒数が多かったからでもあった。

しかし、五カ月間も一緒に仕事をしていると、近所の人と自然に親しい間柄となり、休憩の時などの話題に家の修繕や改造、増築といった相談を受けるようになる。ある人から、「大工さん、一度見に来て」と言われて隼人は、仕事が終わってから、その家の希望を聞きながら、紙に略図を書いて説明し、見積り金額も簡単に説明した。場所は、今工事中の山野地区から約2㎞南東にある漆生《うるしお》炭坑地区の稲築町である。その夜銀次さんに、この話をして隼人の見積額を説明すると、「お前の意見を参考に先方と交渉するよ」と言って、次の日の夕方仕事を終わってから見に行った。

九月十三日は雨で休んでいると、日本でも大企業である「建鉄建設」の下請か孫請かは知らないが、地元では数多く工事をしている「佐田野組」の係長が、銀次さんの家に訪れてきた。「炭団工場の原山さんから聞いたのだが」と言って、すぐ側にある住友忠隈炭坑の機械基礎工事の依頼があった。銀次さんは、早速この仕事に積極的な態度で話を進めて、稲築町の増築、改造工事を後回しにして、決めてしまった。

九月二十一日の朝、歩いて数分の忠隈炭坑構内にある営繕課に行くと、工事の図面と仕様書を渡された。佐田野組の監督さんと詳細に段取りや材料の打合せをするが、よく見ると、三種類の工事である。「機械基礎工事」「従業員休憩所」「坑内備品倉庫」である。

材料は、急ぐからと営繕課の支給だが、特に基礎工事が優先して加工を始めた。この型枠加工を地上で二日間かけて終わると、貨車に積み込む。次の朝に、土木作業員の親方と作業の段取りの詳細な打合せをして、坑内には下山田の古河鉱業と同じ手順で、トロッコ貨車に乗り込み銀次さんと、高橋さんと三人で降りていく。

この季節はまだ外気は蒸し暑いが、坑内に入るにつれ、最初は涼しく感じるが、だんだん馴れてくると凌ぎやすくなり、適温の20度ぐらいになる。この地下１００ｍの深度では、年中一定の温度を保ってはいるが、時折、水滴がしたたり落ちてくる。空気は超大型のコンプレッサーで絶えず循環させてはいるが、やはり空気中は微粉炭で、一日中坑内で作業をすると、鼻の中は黒くはなる。石炭は、元は植物が主なので、他の鉱山と違って普通はマスクを着けることはない。しかし最先端の削岩機を使用する現場では、空気の流通が悪いために特殊なマスクを着けているようである。時々坑内ですれ違う人にマスクを着けている人を見るからである。

大工は基礎型枠組み立て作業が終わると、地上に上がって休憩所または倉庫の床や壁などの材料を加工すると、また坑内に戻り休憩所の床張りや椅子などを製作する。その場所は、坑内の要所の地点に横穴を掘って設置するのであるが、それも坑内のそのほとんどが、湿気が多い場所ではある。稀にではあるが、湿気のまったくない場所を選んで、備品倉庫を長四角の巨大な箱型に組み立てて、厚い板で完全に密閉して湿気を防ぐのである。

九月二十五日の朝、新聞の社会面に大見出しで、二年続きの米の大豊作でパンが売れなくなり、全国のパン屋さんの約一割が、前年から今年にかけて休業、または廃業の危機と記事が出ている。日本も主食の欠乏で長い列で並んだり闇米を買い出しに行ったりすることも、これで終わりになり、これからは米だけではなく、衣食住の全体が豊かになり、国民生活全体が向上すると思った。

坑内の大工の作業は、十月五日には全て終わった。翌日から、稲築町の大江壮五さん宅に行って、増築と改造工事に、銀次さん、高橋さんと隼人の三人でまず増築工事の縄張りをして遣方の杭と貫を水平に取り付けた。基礎工事は土木作業員の人たちに任せて、最初は土間である台所の改造から始めた。薪や石炭などを使用する竈《かまど》部分だけ残して、その他の部分の床板は、大曳、根太を組んで約十畳ほどの広さに張る。その土間にはスノコ＊注1を並べて、床面から降りて使用できるようにすれば、その都度履物を脱いだりしないで使えるから、今までより少し便利になるだろう。

大江さんの土地は、見た目には敷地と畑の区別がつかないが、三百坪（９９１㎡）ぐらいは

＊注1　スノコ…細幅の板や竹などを透間を開けて裏桟の上に並べて張った、長方形の工作物で、この他にも、外に設けたぬれ縁等もスノコの一種である

ありそうである。その増築工事は、土台と柱は高橋さんが、屋根の部分は隼人が分担を決めて、隼人は丸太梁から始めた。当時の丸太梁は、その全部が真円であったが、昭和四十年代に入ると、もうその大半は断面が太鼓落しに変っていった。それは体積が減るだけでなく、輸送するのにも透間が小さく転がらずに安定して運べるのと、もう一つ大きな理由は、大工の墨付け作業が安易になり、作業時間の短縮できるメリットがある。木材でも金属でもそうだが、幅に対して成《せい》は、その強度において二乗で計算されるから、設計上幅を増やすよりも、成、つまり上下の長さを増やすほうが、同じ体積でも強度は倍の数値で計算される。こうして近代になって丸太梁は、真円の両側を製材所で削り落して太鼓落しの形になったのである。

十月十五日、大工と土木作業員たち六名で、子ども部屋になる増築工事をした。このところ好天気が続いて順調に午前中には棟上げは終わり、歪み直しをすると、屋根垂木と野心板張りも早く終わった。夕方までにルーフィング張りも全部終わったが、この好天気はまだ、しばらくは続きそうである。簡単ではあるが、一応上棟の神事をして職人と近所の人たちも参加して、手作りの酒肴を持参して祝いの席に十数名が集まり、増築祝いをした。

この増築工事の翌日の十月十六日の朝刊の一面に黒い太い字で、三重県の国鉄（現ＪＲ）参宮線、六軒駅構内で上下線、快速列車が脱線衝突、修学旅行生等の四十名が死亡、九十六名が重軽傷と報じている。

その翌々日の十月十八日の朝刊には、九州地方の人々には久しぶりに明るいニュースのプロ野球西鉄ライオンズが、後楽園球場の日本シリーズ第六戦で、読売ジャイアンツを破って初制覇を達成したと、関連した記事や写真とともに、九州ファンの喜びの声も特集している。

この増築している子ども部屋の他には、八畳と六畳の続きの部屋があり、廊下を挟んで十畳の台所と六帖の部屋がある。この全ての部屋の修繕と改造工事が終わったのは、十一月十二日である。

この工事が終わる半月ほど前から、飯塚の二瀬地区から西北へ1・3㎞の伊岐須《いぎす》「相田炭坑」がある住友忠隈炭坑の坑内作業で知り合った「佐田野組」からの仕事があった。

隼人は図面を見せてもらったが、トラックに石炭を積み出す設備の貯炭機[*注1]（ポケット）であるが、形は大形の角型漏斗《じょうご》のあるトロッコ貨車で運ばれた石炭を、この漏斗に落し込むために、高さ4mほどの長い栈橋を架設することになった。その漏斗は、栈橋との接続部分は間口が3mの奥行が2mの長方四角形で、これを二個連結して作製するから、合計では長さ6mの奥行2mで、排出口は二カ所で交互に石炭を落し込んでは、トラックに積込むようである。

一方栈橋は、断面図を見ると、全長が30mで貯炭機に接続する部分の10mは水平だが、地面よりゆるやかな上り勾配部分は20mだけれども、地面自体も栈橋に接続する部分までは、同じ勾配の上り斜面に描かれている。

その石炭トロッコ貨車を引っ張るワイヤーは、複数の滑車を組み合せて、機械室内の大型ウィンチで操作する方法は、どの会社も同じであるが、ただし大企業の会社は、この一連の設備全体が、コンクリート製か、または鋼鉄製であるのに対して、当時好調の石炭景気の中で資金の少ない新興の会社が、早くできて安価な木造での工事を「佐田野組」に発注したのであろう。

＊注1　貯炭機…この地方では通称でポケットと呼んでいる。なお英名は「ストック」「コウル」と発音するそうである

佐田野組の監督が十月末日に銀次さんの家に来て、最初に図面を見せてもらった時に、「お前、この工事ができるのか」と、銀次さんが隼人に問うたから、一通り読んでから、ゆっくりと答えた。

「太い丸太の組み合せは弟子の頃、天ヶ瀬の発電所の復旧工事に参加してケーブルの櫓《やぐら》や、最近では水沢組での佐賀の大町町炭坑ボタ山の土止め工事も、全部太い丸太での建造物であったから、この桟橋も貯炭機も形は違うが、原理的には同じであるからできると思います」と、監督と銀次さんに向って答えると、その場で稲築町の工事が終わり次第着工することが決定した。

十月から十一月にかけて、好天気が続いており、雨の日も数日はあったが、室内での工事が主だったから、今まで休日なしに高橋さんも隼人も働いたので、大江さんの工事が終わった十一月十二日の翌日は休みにした。

久しぶりに自転車で飯塚の中心街に行った。石原慎太郎が『太陽の季節』で芥川賞を受賞すると、翌年の三十二年にかけて弟の裕次郎が、スクリーンに登場した。その後、数々の太陽族映画と言われた兄の作品に三十一年だけはちょい役だったが、翌年以降からは、映画も歌も大ヒットして、まさに嵐を呼ぶ人気のスーパー・スターぶりであった。

隼人は、飯塚市の内外やアーケード街を散策しながら午後になって映画館に入り、松竹の木下恵介監督作品の「野菊の如き君なりき」を見て、新人である民子役の有田紀子を演出した木下氏の力量は、大監督に値すると思った。特に少年「政夫」の老人役の笠智衆と病弱の母親役の杉村春子の脇役の好演が、主役の若い二人を支えて見ごたえのある映画であった。

十一月十四日から銀次さん、高橋さん、隼人の三人は、北西に6㎞余りを自転車で出かけた。伊岐須地区の相田炭坑の広い範囲に大小の鉱山が今度の現場である。その一角にある現場事務所に着くと、末口が直径25㎝前後の丸太と、20㎝前後の柱とに選り分けた。桟橋は一組で柱が三本、梁が一本と、直径が10㎝の二ツ割材をXの字形に使用するから、丸太が64本と二ツ割材が足固めを含めて48本になる。

一方貯炭機の骨組みは、大梁が三本、柱が六本、横桁丸太が四本である。それに加えて二ツ割材で筋違と足固め材を用いて組み立てる。図面を一通り読んでいると監督が、「桟橋から始めてくれ」と言った。

レール架設や桟橋と地面との接続する部分の石垣を積む工事の土木作業員と作業手順の都合もある。隼人は「ハイ、分かりました」と答えた。梁丸太十六本は、柱当たり欠きと穴墨だけだから、高橋さんにお願いして、隼人は中心の柱は直角だが、両端の柱は末広がり、つまり下部が斜めに広くなり、角度が全部同じなので、軽い型板を作って、台の上に並べた。左右でもまったく同じなので、どんどん墨付けを始めた。同時に土工も土木作業員も、柱を乗せる基礎工事の作業を続けている。

十日余り墨付けや加工をしていると、桟橋の独立基礎が出来上がったので、大工や土工も含めて全員で、柱に梁丸太を乗せて組み立て始めた。高い水平桟橋の長さ10ｍだけを最初は組み立てて、足固めとX字形の筋違を取り付けて、金物なども併用して固定すると、斜面桟橋は水糸を斜面角度に張った。それぞれ高さが異なるから、基礎の上に細い角材を立てて、順次移動しながら印を付けていき、最下部では十本目の柱になる。この定規を基に隼人は、柱の長さを調整しながら栈橋だけは、墨付けが終わった。

続けて、貯炭機の骨組みの墨付けを始めた銀次さんと高橋さんが、斧や手斧《ちょうな》を使って、刻み加工をする。この二人を比較するのは悪いとは思うが、つい目が向くので見ると、作業の手順や能率がまったく違っている。高橋さんの作業は、参考になるから時々眺めるが、この人とは炭団工場で三月から偶然にも一緒に働いて八カ月ぐらいになる。この現場のような「野丁場的」な仕事でも、すぐに適応して周りの事情にとけ込んで適応する天性の素質を持っている優れた人で、隼人はこの人から今までにも、素知らぬふりをして、数多くの技術を盗んでいる。

一般に盗むという言葉は、過激ではあるが、長い年月と資金をかけて、新しい技術は現在「特許法」に守られているのを盗めば、当然非難されるべきだが、昔から伝えられて一般に広く認知されている技術は、後輩が先輩の技術を盗んでも問題になることはないと思う。むしろ積極的に技術を吸収して、少しでも世の中に生かして役に立てることが、大切だと思っている。各種の学校の教育で学ぶより、昔からの口伝えからの図解や図面、文字によって何度でも繰り返し習得するまで、一人だけでも学べるのは、数多い動物界の中でも人間だけの特権で、ありがたいことである。

水平栈橋組み立てから十日ほど過ぎた十二月四日、斜面の栈橋を組み立ててから、栈橋の頂上である丸太梁の上に、直角に角材を50㎝間隔に並べて、その角材の上に厚さ6㎝の、幅は20

cmから30cmぐらいの不揃いの厚板を敷き詰めると、ネジ釘で角材に止めてゆく作業は、全員で工事を進めて長さ30mの桟橋が十二月十二日には全て終了した。夕方からの冷たい雨が降り出したが、全員で材料や道具を片付けた。明日は一日中降り続くとの予報である。

普通、雨で休んだ日などは、道具の手入れをすることもあるが、外へは行かずに家の中ですることは、本を読むことぐらいしかできないから、近所の知人や仕事先などで知り合った人の家にある古書を借りて読むのが、雨降りでの日常生活になっている。どうしても必要であれば、新刊書でも買うが、仕事柄やはり道具などを揃えるのが優先する。趣味で新書を買うのは、どうしても後回しになる。

それに借りる本や古書店で安い本を買う時は、好きな歴史本が多い。だから自然と歴史の本を読むようにしている。

貯炭機と桟橋

十二月十四日は、昨日の雨がやんで青空が広がっている。隼人は残っていた貯炭機の丸太の墨付けを刻み加工など三人で始める。同時に土木作業員たちも、この桟橋近くに建築する倉庫の基礎工事を始めた。

刻み加工は、六日間かけて十九日には終了して、翌日の二十日には全員で貯炭機の組立作業をした。午後三時頃には、ほぼ原形が組み上がって桟橋との接続部分も完了し、金物などで全体を補強しながら緊結していく。この日をもって組立作業と、倉庫の基礎工事が終わった土木作業員さんたちは去っていったが、残った大工三人と他の作業員の二名で貯炭機の丸太梁に角材を取り付けて、漏斗型に厚さ3㎝の板で加工しながら取り付けていく。この作業は、十二月二十三日には桟橋および貯炭機の全てが完成した。

貯炭機工事が終わった翌日の二月二十四日から好天気が続き、休みなしで土工が基礎工事をした倉庫の墨付けと刻み加工を近くの空地で作業を始めた。この倉庫は間口が二間（3・636m）で長さが五間（9・090m）なのだが、この炭坑の作業に使用する材料や、トロッコ、線路などの保線作業に使用する工具や部品を収納する小屋であり、全部木造骨組で材料の全てが角材なので簡単である。外壁は杉板に15m／m、厚の幅21㎝の下見板張りで、継目には反りを防ぐ押えの小角材を取り付ける。この工具等を収納する建物は、昭和三十一年の年末の十二月二十九日に全て終了した。

幸袋線の目尾学校現場

翌日、国道201号線の日鉄二瀬から幸袋線の目尾《しゃかのお》駅の、二つ先にある駅で東側に歩いて300mほどの場所に、新しく学校ができることになった（現在、この路線は廃線になっている）。今日は現場の下見に来たのだが、来年早々の昭和三十二年一月六日から監督さんに図面を見せてもらい、一通り目を通した。弟子の頃から見なれている図面なので墨付けは、ほとんど先輩が付けていた。が、当時の隼人は刻みだけの経験しかなかったのだが、丸太を用いた和小屋組ではなく、本なども読んでいたから知っていた。その基本は三角形を組み合せた山形の姿をしたトラス梁構造、つまり通称合掌組立梁という中間に柱を建てない施工方法である。そして端先は切妻型でなく、二等辺三角形の方形屋根の形で、当時は公共の建物や学校、官庁の建物は、ほとんどこの型の屋根が多く見られた。

学校は大きな建物だし、工事期限があるから大工だけで十八名が集まった。元請の監督と図面の打合せを先輩の数人で話し合っていたが、手間賃の下請けだけの請負の親方である勝正は、仕事を始める前に、それぞれの職人さんたちや、道具の手入れをしていた隼人に「ちょっと来い」と言った。先輩達の傍らに寄っていき、監督さんに頭を下げて挨拶をすると、目を隼人に向けて、「君、この図面が分かるか」と問いかけられたので、「弟子の頃ではありましたが、真玉村の学校や安心院《あじむ》の農業高校の屋根は、いずれも方形屋根でしたから、私は若輩なので墨付けは先輩が、仕事を受持っておりました」と答え、続けて言った。

「私は、夜には監督さんの許可を得まして図面を見せてもらいながら、お話を質問しており、また本も並行して読んでおりました。まだ墨付けの経験はありませんけど、木材を刻みながら注意して学びました。分からない箇所は、監督さんに聞きましたので、方形屋根はたぶんできると思います」

と答えて、「ただ対角線である角陸梁《すみ》や角合掌よりも、難解なのは配付陸梁や配付合掌のほうが、その仕口および勾配×勾配の取り合せだから、より複雑な仕口になりますから」と言った。

十八人の大工の中では、棟梁の経験者は五人ほどいて、まだ洋小屋はやったことはまったくなく、太くて長い松丸太の重ね合せの和小屋組は、数多く手がけていた。しかし数十年の経験のある棟梁さんの面子を思いながら笑顔で、へり下って先輩と話し合った。

真玉の現場を詳細に表した。おさらいのつもりで再生すると、型枠に使用するパネルを平らな地面に敷きつめて、合掌梁は梁間が五間（7・272m）なので、真束の中心より左右は同一で梁間の半分の型起しのためのパネルの上に、合板を仮止めして図面を見ながら現寸を描いていく。陸梁、合掌梁、真束、垂直バタ角材、方杖などに、それぞれの接合部の仕口を指金《さしがね》で描いて、同寸幅の杉板で型を写し取って、仕口を刻んで原寸板の上に置いて確認する。その型板を使って、それぞれの棟梁さんが墨付けを始めた。

パチンコブーム

昭和三十二年五月十八日、目尾の学校は二棟の平屋建てで、平面図の通りの配置で施工され、木造部分の大工十八名、作業員六名で、四カ月でほぼ終了した。一日休んで、上山田の炭坑の坑内に入り、幹線坑より直角に10mほどより幹線坑に並行して、湿気のない場所に作業員の休憩所および物品倉庫を厚い杉板を地上で加工し、枠板を坑内で組み立てながら取り付けていく。

昭和三十二年五月二十九日に終了してから、上山坑の一つ手前の中山田駅近くの古河鉱業へ移った。現場の仕事は石炭貨車巻揚機の基礎工事の仮枠の加工を地上でして、アンカーボルトの位置などを、監督さんに図面と照合してもらい、合格の許可を得て六月二日から入坑して、金物や番線などを用いて固定する。その重機械のアンカーボルトの位置に10㎝角の長さ1ｍの箱を、地上で多数加工していたのを図面と照合しながら上部を固定していく。下地部は、セパレーターを挟み込みながら固定する。機械の形は多少の違いはあるが、アンカーの箱を埋め込む作業は類似している。数カ所の機械の基礎のアンカーの箱を設置終了は六日間、三十二年六月七日の金曜日で古河鉱業の工事は全て終了した。

次の日は一日休養して、六月九日の明日は大安の日だから、上山田のパチンコ店の改造工事に向けて、建材や、その他の材料の準備を始めた。床板、棚板、枠板などを鉋で仕上げてから、この工事を請負った勝正と専門の業者と話し合って、平面図と立面図および絵姿図などを書いて、職人五名でその下拵えは一日でほぼ終わった。その日の夜に上山田の現場まで運搬してもらう業者と共にトラックに建材を積み込んだ。

翌朝現場に五人が揃い、まず両端にパチンコ機を腰枠台の上に固定して、水糸を一直線に張って固定した後、パチンコ機を順次一台ずつ頭を揃えながら、ほぼ垂直に立てて、固定していく。その当時のパチンコ玉は、下の受箱に溜った玉を、台裏で女の従業員が、いちいち台上の受皿に受皿の玉が減少すると運び上げていたから、従業員の歩く廊下通路を台裏に設置する。またお客は立って、パチンコを楽しんでいるが、現在では個々に椅子に座り、玉も自動で上に上がる新機種になり人手が大幅に改善された。店の改造は床、壁、天井など全てが新装されて六月二十日に終了した。

このパチンコ店のオーナーは、戦前から日本に住んで当時の廃品回収業、現リサイクルを主に戦後急速に財を成した、朝鮮半島出身の温厚篤実な人で、恰幅の良い紳士の人物との印象を受けた。

隼人の小学校低学年の頃はアメリカとの戦争中で、パチンコとは主に子ども相手であり、傾斜角が20度前後であり、玉は25m/m前後の堅い材木の加工した玉だった。ばねで弾いて絵が描いている穴に入ると、大小の飴玉やコンブ、ニッキ、ハッカ玉、駄菓子などを店主が、その景品と同じ絵の商品を渡してくれる。

隼人の生まれた家には歩いて五分以内に、商店街、映画館、劇場、銭湯などが軒を連ねており、自動車（モータース）やタクシーも三台ほど置いて営業していた。戦時中は一時中断した時もあったが、荷物の運搬は、主に馬車か牛車であり、市内循環バスは木炭の蒸気で走る型だった。

上山田のパチンコ店は、六月二十日に終了した。その工事中に店主の要請で名古屋から出張して指導に来たパチンコ台の専門家に休憩でお茶を飲みながら、なごやかに話し合っているひとときに、隼人は「なぜパチンコ店の機械を垂直の90度より7～8m/m少し前に傾けて設置するのですか」と何度問い質しても、ただニヤニヤと笑うだけで答えてくれなかった。それは企業秘密を他人に漏らすことが、できなかったからだろうと思う。

翌々日は土曜日の大安でもあり、開店前の九時頃から、早くも行列が二百名ほど並んでおり、客のその目つきは、それぞれ一攫千金を夢見ているが、帰りはその大半の人が負け、二割くらいがトントンくらいで、せいぜい少し儲ける人が一割ぐらいだろうから、しょせん賭け事は遊びなのだと割り切って、万一儲けが少しでもあったとしても、今日は運が良かったのだと思えば、あまり深入りはしないのではないか。

なぜパチンコ台や、その部品が名古屋附近に集中しているのかと疑問を抱いていたところ、七、八歳年上の先輩が戦時中、名古屋で一年余り働いたことがあり、説明してくれた。当時の武器や銃弾の玉は、そのほとんどがベアリング仕様で、戦後はそのベアリングの玉が多量に使うあてのないままに余っていたのを、戦後すぐパチンコは、子どもの遊びから、大人の遊びに変化した。大衆に普及し始めたのは、パチンコの機械が、オール10（途中の穴に玉が1個入ると10個出る）からオール15（15個出る）になり、オール20（20個出る）の昭和二十五年頃から爆発的に日本全国に広がっていった。

当時パチンコと並行して「ビンゴ」*注1が大繁昌しており、各地の盛り場ではマイクを持った女の人が黄色い声で呼び込みをしていた。当時の「ビンゴ」の仕組みを簡単に説明すると、まず二本の細いレールの上を70～80㎝の箱の底にテニスボールほどのゴム毬が入る少し大きめのマス目の仕切り板の中に、両側に並んだお客が銘々に投げ込む。その箱は声美人の若い娘が前後を行ったり来たり、絶えず移動しているし、ボールは弾むから、お客が狙いを定めても、思い通りの数の中には入らない。大勢の目の前で客自身が投じるのだから不正は起こらない健全な

＊注1　ビンゴが熱い…当時この地方では、物不足でもあり、五目そろえば必要物資が必ずもらえるビンゴのほうが、パチンコよりも熱中度が高かった

遊びである。

お客は、あらかじめ五目並べの紙に、不規則に数百万通りの乱数を印刷した紙を買い求め、普通は一人一枚、馴れた人は、一回で三枚くらいを同時に見ながら、色のついた紙をウグイス嬢の読み上げた数字の上に置いて縦、横、斜めに五目が揃えば「ビンゴ」と声か手を上げると、従業員が景品を渡してくれる。戦後のまだ物資不足の頃だから、現物の景品は魅力があったので、お客は熱中して大賑わいであった。

この六月二十三日の上山田のパチンコ店の開店は、大成功で無事に終了した。パチンコ店は、飯塚市の昭和通りの入口である永楽館通りより東町通りへの長いアーケード街にもあって、炭坑の景気が続いているから終日人出が多く大そう賑わっている。

その広いアーケード街に店を構えている栗田文具店を、安井親方の指導で、年末恒例の永昌会での大売出しを目的にした大改造工事に計画書通り取りかかった。建材店の一部にある空間を利用して、五人の職人が現場で、すぐに組み立て取り付け、仕上げなどができるように下拵えを始めた。

店舗改造に必要な材料の加工、刻み、仕上げの鉋掛け仕上げの下拵えは、四日間で終わり、二十七日は仏滅の日なので、次の日は赤口である。昼間の着工だから縁起は良いとのことから、前日に全ての建材を運送が終了していたから、二十八日より商売の邪魔に気を使い、なるべく大きな音を立てないように静かに工事を進めていった。この工事は、七月七日に終わり、翌々日の九日は大安なので、盛大に花環など祝いとして各取引先より多数設置され、新装開店が無事に運営された。

その夜九時を少し過ぎてから、関係者全員が奥の大広間に招待されて集まり、開店祝いの宴会が始まった。十時半頃にお開きとなって、それぞれ手土産の紙袋を手渡されて、帰路についた。

続いて、東町通りの長い商店街の店舗改装工事を安井親方が一手に引受けた。三十二年七月末から三十四年末頃まで次々に図面と絵姿図を示して、まず大型のガラスを使ってウインドウを店内の商品がよく見える形に改造する。今までは桟のあるガラス戸の引き戸を、出入口は一枚のドアにして見通しの良い店内にするのである。お客様が買いたい品物が外からでも一目見ただけで、すぐに分かるから、売上げも増えるだろうと、東町全体の商店を大改造して街を活気づけさせたい、との要請だった。

しかし飯塚の街に活気があったのは、昭和三十四年の末までで、中東で水よりも安い原油が、アメリカのメジャーによって開発されて、世界中の大手の会社が、今までの石炭から、石油に切り替え始めた。こうして石炭産業は、各炭坑で閉山が相次いで起こり、解雇反対運動やストライキなどで対抗したが、会社側もロックアウト、つまり坑口閉鎖のバリケードで対抗して泥仕合が続いた。たった一年前の好景気感から、あっという間に石炭は石油に負けたのである。中東諸国に、宝の山である石油のあることは知ってはいたが、大量に取り出す技術を知らなかったから、アメリカのメジャーに不利な条件で取引され、日本もまたアメリカに戦争で敗れ、石炭産業までもアメリカに敗れたのである。

その結果、炭坑関係の人々が、日本各地に職を求めて去っていった。当然その人たちが落とす金も、じり貧になり、その人たちと関わり合っていた人々も、有望な職を求めて日本各地に散っていった。隼人は、ボタ山の麓の忠隈、南尾、平恒、楽市、上穂波などの炭坑の仕事が主だったから、まだ仕事はあったが、先行きが不安だった。新聞などで関西地方は、当時大被害をもたらした伊勢湾台風の影響で大阪の職人たちが、伊勢湾の中心である名古屋地域に、知人、友人の要請で集まりつつあると報じられていた。

第六章　明日へ

石炭産業の衰退で大阪へ

石炭産業の衰退に伴い、大阪の職人が不足しつつあると、昔一緒に働いたことのある職人さんから手紙をもらい、隼人も、飯塚も不況に見舞われ始めたので、腹をくくって大阪で働いてみたいと思い立った。飯塚の友達も誘ってみたが、まだ飯塚に留まると言ったので、自分一人で大阪へ向かい、三カ月ほど市内で働いた。仕事は次々とあったが、雇主の月末の金払いに難があったから、月末の金を受け取ると、二、三日休暇を取って、もっと良い働き口を求めて、フラリと天王寺駅から阪和線に乗り、鳳《おおとり》の駅で途中下車して街中を歩いていると、鋸切り屋根の形の工場群が続いているその一角に、増築中の工場があった。

立ち止まって見ていると、大工の棟梁さんが近寄ってきて、「建物に興味がありますか」と問い質したので、「私は若輩ですが、弟子を含めて大工を十年余り仕事しており、今大阪市内で働いていますが、どうも九州と違って決まった日にお金を払ってくれません。大阪はそういう決まりでしょうか」と逆質問すると、笑顔で棟梁は、即座に「月末と月半ばの十五日に支払いが定着している」と答えてくれた。

そして「良かったら家に来ないか、君と話し合ってみたい」と言い、私も話は聞きたいし、ちょうど昼の休憩時間なので、一緒に棟梁さんの自宅に伺って話し合うことになった。名前は、辻原さんといった。

棟梁さんのお宅に着いて、奥様と対面して、お茶を飲みながら話し合いを続けた。外を見ると、主屋から庭を隔てた間に空地があり、向かい合せの物置小屋が見えた。半分は四畳半の部屋であり、あとの半分が風呂場と洗濯場とトイレなどがあり、屋根はトタン屋根で葺いていた。一時間ほどは仕事の話をした、そのあと条件面の話し合いの末、この大工の棟梁のもと、辻原工務店で働くことになった。

食事だけは主屋で家族と一緒にすることに決まった。代々大工の家系らしく棟梁の父も、隼人と同年齢ぐらいの職人と、近くの現場に別々に自転車で向かい働いており、棟梁とその弟と私の三人で同じ職場で働いていたが、通勤は、棟梁兄弟は125ccのオートバイで、隼人はまだ50ccのバイクだった。

建築材料などの運搬は全て材木店か、建材店がしていた。小物は大型の自転車に接続したサイドカーで運び、大型建材はマツダの三輪のトラックで運んでいた。道路も幹線以外は砂利道がまだ多かった。当時の泉南地方では、糸へん景気で次々に工場が建てられていたから、仕事は忙しく、当時は普通十時間くらい働いた。秋から冬にかけては、すぐに暗くなるから電球を灯して七時近くまで仕事を続けており、当時はそれが当り前だった。

織物工場は、その八割近くは若い女性従業員が日本の各地から出稼ぎで集まって働いていた。

織物機械は休みなく働いており、一人で三台くらいを受け持って糸の速度に綿織物が上から下に巻き取られていくが、縦糸は前後に交互に動き、横糸が矢のような速さで往復する。糸が切れないかぎり機械は休みなく動き続ける。機械前の女性従業員さんが歩く歩道の「スノコ」風の板張りは、時々歪みや罅割《ひびわ》れなどで疵になるから、その箇所を切り取って新しい板に張り替えるのは昼休みだから、逆に職人は女性従業員さんたちの休憩時間に働くことになる。

日曜日は、どうしても独身の隼人が、その日の仕事を引き受けざるをえないのである。

隼人は六十年前とはいえ、数カ月休みなしで働いたことがあった。まだ電動工具が一般に普及していない時代の刻み加工に比べれば、造作工事は肉体を酷使することは少ないから務まったのだ。

申し遅れたが、棟梁の氏名は辻原大伍さんと言い、先祖よりこの地に住みついている土地っ子である。大鳥神社がすぐ近くにあり、阪和線の鳳駅から北に500mほどを左に道幅3mの緩い曲線道路を40mほどの先に、次の仕事場と、淡い恋を体験することになる辻原さんの居宅があり、その道路の向かいには、父の弟の家や作業場などの建物が地続きで並んでおり、その一帯を占めていた。その作業場三本線である200ボルトの動力の手押し鉋と、厚みを揃える自動鉋の機械と、穴掘り機が設置されており、刻み加工は中庭の空地で作業をした。

落相レントゲンと高石浜のデート

この一帯は住宅街だが、従業員が二十人〜三十人未満の軽工場や、生活に必要な郵便局、病院、商店なども不自由のない程度揃っており、歩いて一分ほどの場所に、アメリカ帰りの学者が、レントゲンの機械器具を作る工場を建てる工事を辻原棟梁が請負っていた。その工場の名称は「落相《おちあい》レントゲン」であり、その工場と社長の居宅も並行して着工することが決定していた。

まず人間は食べることが優先するから、五十人〜八十人が一度に食事ができるように厨房の設備と、食堂の建設から取りかかり、関東地方では頭《かしら》と呼んでいる鳶職の人々が基礎工事から建物の組立工事、つまり棟上げや足場の架設工事を一手に引き受けて施工するが、関西地方では、この工事を通称お手伝さんと呼んでいる人たちが、大工などと一体となって協力しながら全部やりとげる。隼人の育った地方では「お手先」と言うが、地方や場所によっては、また別の呼称があるのではないだろうか。

食堂が出来上がると、すぐにプロのコックと近所の主婦数名が時間給で働き始め、曜日によってはアルバイトの人々も時々入れ替ることもあるが、これによって工事中での昼食は職人にも提供され始めたので、冷めた弁当が温かい昼食となった。

社長さんの敷地は、一反約三百坪（約１０００㎡）余りで、七割が社長邸と庭園や車庫などで、残りの九十坪（約２９７㎡）が工場と食堂と配達用のライトバン数台の車庫である。レントゲンの機械は、ライトバンに乗るほど細長くはあるが、そう大型ではないから、車庫も三〜四台ほどのスペースである。レントゲンの機械を配達する運転手は、学者でもある社長から数カ月にわたって機械設置、使用方法、万一の故障の簡単な修理方法などの教育を受けて合格して初めて本採用になるようだった。

社長邸の建物は、入口の門は全て屋根付きの欅《けやき》造りで、木目を生かすために透明のラッカー仕上げで、屋根や飾り金具類は銅細工である。庭園は三人の庭師が日本各地から取り寄せた銘石、奇岩、銘木希樹などを巧みに配置しながら眺めては、手直しをしたりして小さな池と水路も岩の間を、曲線をつけながら設置している。

辻原氏の居宅は、作業棟に隣接して民家が連なっており、その隣家に「大田紙工」と看板があった。隼人が朝六時過ぎに起きて外に出ると、雨降り以外は店先を箒で掃いている若くて美しい娘と出会った。最初の内は、目礼するだけだったが、馴れてくると、時候の挨拶を交わすようになり、さらにくだけてくると、夜にお茶を飲み交すようになり、故郷や旅行などでの日本各地の観光地の思い出話をした。名前は幾久美と言った。

隼人が付き合い始めた時、「名前は」と尋ねると、しばらく黙っていたが、恥ずかしそうな素振りで小さな声で、「中沢幾久美」とやっと答えた。何度か会った後に、実の母の家の台所を直してくれないかと頼まれて、「棟梁の了解を取ってみる」と言った。そして棟梁に、大田紙工の中沢さんという方から、実家の台所を修理してほしいと頼まれたので、四〜五日くらい休暇を取ってもよいか」と話すと、「建材や木材の手配は全部電話で手配はするが、今の仕事の区切りがつく十日後ぐらいなら」と許可をもらった。

幾久美さんの実母は２㎞ほど東の方向の田園地帯の住宅地に住んでいた。約束の日、幾久美さんの案内で実家に行くと、母親が厚い座布団に座って編み物や縫い物の内職をしていた。顔は瓜実顔の細面の美人で、大正時代のトップ女優を連想させる女性だった。

足が不自由らしいが、杖を使って歩けるから一応自立した生活だと思う。流し台の前の床や壁等は罅割れや疵のある箇所は切り取って新しい板に張り替えながら、五日間で全ての工事を終えて道具をバイクに積んで鳳に戻った。

隼人は前々から不思議だと思っていたことを、幾久美さんに聞いてみた。父親の姓が中沢なのに、なぜ「大田紙工」の家族と一緒に暮らしているのか。すると、それは父の二号さんであるからだと言う。大田さんは、「大田紙工」の経営者であり、彼女は利発であり、才能も豊かな人でもあるので、保険の外交や各種の紙類の中間卸し売りなどで財を貯えているようだと幾久美さんは隼人に説明した。

幾久美さんは美人ではあるが、実の母親ほどではなく、どちらかというと、父親のほうに似た容姿なのかもしれない。しかし、美人であった。幾久美さんとは、このことがキッカケで、休日などに高石の浜の石津川の河口附近や海岸沿いに浜寺の海岸線まで何回か二人で歩いたことがあった。彼女は何事も控えめで、人のいない時には並んで歩くが、人が来ると一歩下がって下を向いて歩く癖があったが、表情は笑顔が絶えない人だった。

その日は夏の暑い日なので、この綺麗な海岸で泳がないかと問うと、私は「カナヅチ」なのと言って、クスリと笑って、「あなた泳いだら」と隼人は言われたけれど、ランニングシャツにパンツと半ズボンだけで替えの下着を用意していなかった。いつもは仕事が終わったら仲間と、バイクで来て海に飛び込んだりはしていたが、この日は「この次にするよ」と言って観光客相手の涼み小屋に入った。幾久美さんはミルクセーキ、隼人はサイダーを注文して飲んだ。

この地は、戦後アメリカ兵の別荘として小さな家が海岸線に点々と建てられていた。時にはアメリカ兵からの依頼もあって、大工の仕事もしていた。別荘だから各地の格木だったが、アメリカ兵は床や壁、柱などにペンキを塗って、金属タワシや荒目のペーパーで表面を取り除いては、鉋で仕上げた。鉋では、どうしても端のほうが10㎝ほど残るから、ノミで昔の槍カンナの方法で表面を削り、完全にペンキを落した。

当時は鳳駅から支線の羽衣駅があったが、その駅から石津より浜寺海岸高石の浜までは鳳駅から2㎞くらいだった。現在はこの路線は廃線になっており、美しい海岸は埋め立てられて、今は工業地帯になり自然がなくなった。海岸の沖合から太いパイプで砂を吸い取りながら、海岸線を埋め立てるのを見るのを最後に、この地をあとにすることになった。

再び九州へ、そして結婚

隼人に結婚話が持ち上がり、九州に帰ることになった。辻原氏に、「二年余りでの短い間ではあったが、大変お世話になり勉強させていただき、ありがとうございます」と丁寧に頭を下げた。辻原氏からは祝金までいただき、深くお礼を申し上げた。

九州へ帰る列車の中から、日本初の高速自動車用の道路建設が西宮市より名古屋隣の小牧市までが始まったのを車窓から眺めながら、日本も本格的に自動車の時代に入ったと思った。

朝七時頃大阪梅田駅発の特急に乗り、小倉で乗り継ぎの準急の鳥栖行きに乗り飯塚駅で降りて、南尾の姉の家に一日後の吉日の日に嫁になる人の親に対面した。写真だけの話だったが、本人も母親も賛成してくれて、父親が隼人の体をジロジロと見て、口にこそ出さなかったが、明らかに反対の目つきになり、「返事は後日」と言ってお互いその日は別れた。

実は三年前に初めて本人と会ったのは二十三歳の時だった。住友忠隈炭坑の社宅であった六軒長屋が炭坑閉山後、すぐに一般の民間に払い下げたあと自分の所有物になった家を自由に改造して住む人が多くあった。頼まれて台所回りを五日間ほどかけて、修理したことがあった家の人だったので顔見知りでもあった。それは二十歳の頃から箱型のカメラで写真を写すのが、いつの間にか趣味になり、プリントした写真を本人に渡していたから、お茶を飲みながら話をする仲になっていた。

しかし、結局この結婚話は父親の反対で、御破算になった。娘さんも母親も言下に断らないで、「まだよく話し合いましょう」とは言ったが、父親が頑なに拒んだ。当時は父親の意見が絶対で、隼人も何も言わずに引き下がった。隼人は、その時はまだ若かったからショックはなく、相手はお互いに星の数ほどあるのだと思って、すっかり忘れていた。年齢は隼人のほうが三歳ほど年上だったが、身長と体重は一回りくらい大きい感じなので父親の御眼鏡にかなわなかったのだと思っている。

その数日後、雑貨店（マーケット）前の広場で母親と目が合った時、「ゴメンネ」と言ったあとで、「あなたは仕事熱心で、私の使いやすい流し台に作り変えてくださったから、料理をするのが楽しくなりました」と言った。続けて、「思ったより安価でした。ありがとう」と、笑顔で頭を下げて、ゆっくりと去っていった。

話を二年前の、大阪に行く前に戻すと、南尾地区のボタ山の麓に銀次さんの家があり、そこに寄宿していた。周りは道路沿いに住宅が建ち並んでおり、銀次さんの近くに、母親と弟と一緒に住んでいた美しい娘がいた。兄は坑内の事故により死亡したと言った。電気工だった。

隼人は数日前に頼まれていた建具の不具合を、休日に直しに行き、その場で道具などを使って調整して直したのがキッカケで母親が熱心に、「時々寄ってお茶を飲みましょう」と、世間話も含めて誘ったから、母親よりも若い娘が目的で休みになると遊びに行った。その当時、娘は住友坑山忠隈病院の看護婦をしていた。

美しい容姿よりも隼人が驚いたのは、その才能である。一般女性が嫁入り前に身に付けたいと思う習い事は、お花やお茶だが、その他に琴や速記の技術も身に付けて、日々練習をしていることだった。あまりにも完璧なその女性に接して「月とスッポン」のことわざを思い浮べて義務教育だけの隼人は、その才能の落差に気づき、いくら通っても歯が立たないと思い、次第に遠ざかっていった。その女性の名は「伊南登志子」と言った。閉山後は福岡市の大病院に移って毎年の年賀ハガキは交換していたが、隼人が大阪に出てから二回ほど便りがあったが、その後は途絶えた。

隼人が大阪に出ていく本当の「キッカケ」は、長年仕事をともにしていた兄弟子二人に、隼人が使用していた大工道具を持ち去られたことである。その被害は職人の七日分くらいの金額だったが、長年同じ釜の飯を食べた仲なので、まさか盗んでゆくとは思いもよらなかった。鯰田から通っていた中野さんの証言によると、三カ月前に流れ者職人が熊本県の小国からフイと現れ、勝正親方のところで働き始めた菊田克男という男が主導してコソコソと三人で話し合っていたのを、たまたま耳に入ったらしい。「三人で大阪に働きに出ないかとの相談中で、目が合うと急に話し合いを中断した。そしらぬ顔で通り過ぎたが、まさか大阪に行くだけで、道具を盗むとは思ってもいなかったので、勝正親方には報告はしなかった」と、中野さんが、三人が去ったあとのことを話してくれた。

一応地元の警察には被害届は出したが、「職人の世界で大都会の建設現場で働く大部分の人は偽名を使うから、捜しても無駄でしょう」と、忠告された。

結局、裏切られたから、人々の信用とは何なのかと、隼人は大阪まで出かけていって、建設現場を兄弟子たちと訪れては菊田を捜し回ったが、四、五日でこの広い大阪で捜し回るのを諦めたのだ。先述した通り天王寺から辻原氏の許で僅か二年余りしか働かないで、また飯塚に舞い戻った。結局大阪には二年だけで、古巣である飯塚で、また働くことになり、飯塚市内の商店街（アーケード天井）で再び、勝正、銀次さんと隼人と他の職人二名の計五名で働いた。

それから二カ月ほど経過した頃に、ボタ山の麓にゆるやかな曲線の幅１ｍぐらいの小道を隔てた銀次さんの家の目と鼻の先に、二人の兄弟が住み始めた。その兄弟の父は、戦前や戦中には大阪で建設業を営み、数十人を使っていた棟梁だったらしく、その兄も父について大工の作業はしてはいたが、長続きせずに別の仕事を始めたらしい。

兄は、終戦直後は、市町村の募集で道路の復旧工事をしており、弟は、高等小学校を卒業すると市内の木工所でしばらくは働いていたが、故郷の愛媛に戻ってはみたものの仕事がなく、仕方なく今度は戦後の炭坑が景気が良いとの聞き込みで、飯塚地区に来て働き始めたのだ。

隼人も、この兄弟とは時期は別々でもあり、また働く場所も別々だったが、二人共一緒に働いたことがあった。ただ彼らの親があまりにも偉大すぎたためか、平凡な職人のままで、兄とは二年、弟とは半年ほど銀次さんと一緒に仕事をしていたが、兄は飯塚市の土木工事、弟は半年ほどで、またどこかへ去っていった。

すると間もなく、浜好さんという兄妹が家に住むようになり、隼人は朝毎日顔を合せるごとに、挨拶から言葉を交すようになり、お茶など飲み合う仲になった。名前は、妹の名は弓枝さんと言った。それから半年ほど経ったある夜、突然兄が、「お前たち一緒にならないか」と言った。とたん、二人共びっくりしたが、お互い相手を見ては下を向いて思案した。

その娘は兄の実妹だと分かったので、次の日仕事から帰って夕食後、銀次さんの家から姉の住む高台の家に行って、「銀次さんの目の前に住んでいる浜好昭男さんから、妹と一緒にならないかと言われたので、姉の意見も聞きたい」と、今までの経緯を全部話すと、義兄でもある勝正はすぐに、「俺がよく話し合ってくる」と言って、そそくさと出かけていった。

こういう役は、飯より好きな勝正は十八番、つまり千両役者の活躍を遺憾なく発揮するのであった。

結婚の決心

義兄の勝正が、娘の実兄と話し合って、体形も同じだし、年齢も五歳違いだからと、もう決定してしまった。現在は四月の中旬だから、二カ月余り弓枝さんと交際してお互い好きだったら、六月中旬の吉日に結婚式を挙げるとすっかり日程を決めてきた。勝正の話しぶりに、隼人も相手の容姿を朝夕に見ていたのだが、勤務状態までは知らないから、穂波町の食品加工会社の責任者に会って話を聞いた。現在は加工部門から、飯塚の大手スーパービル内の食品会社の販売をしているとの話だった。隼人もそろそろ身を固めてもいいかなと考えていた時期だった。ただ、仕事の話までしていなかったので、実際働く姿を見てみたいと思った。そこで遠くから、そのスーパーで三十分近く見ていたが、他の店員とまったく同じように普通に勤務していたので、お茶など一緒にする機会もあったし、「この人なら」と結婚相手としても良いと安心し決心した。

隼人の義兄と、相手の実兄の敷いたレールの上に置かれた箱車に、二人共押し込まれて、動き出したように隼人は感じた。二月を除いて大体一カ月二十八日ほど働いて残業もするから、当時一日働けば大工の日給が七百円として二十八日は働くので、一万九千六百円になる。忙しいので残業が加わり二万円を上回ることが多い。今まで弟子上がりして給料がもらえるようになってから、必ず親に半分余りを郵便局から送っていたが、一年半ほど前のお盆に帰った時、父に「もうお前もそろそろ年頃だから貯金をしろ」と言われていた。今までの一年半で十六万三千円を貯えていた中から、結納金、指輪、石炭竈《かまど》、キッチン用品、七輪、その他生活などに最少必要な雑貨の合計八万二千円を支出して、残額九万一千円の中から新婚旅行用に三泊四日で二万円くらい予定している。

それから結婚までは、とんとん拍子に進んだ。

結婚当日は、姉の家の座敷の建具を取って広間にした。蓄えていた貯金をはたいて、仕出し屋から全ての料理を取り寄せて、身内と数人の友人たちだけ呼んで、こぢんまりと結婚式（当時では式場とは自宅が主流だった）を挙げた。

その他に結婚式の祝金として、親戚一同からの三万円余りを上乗せすると、五万円くらいが、お土産品を含めて使えることになる。

当時の宿泊費は、普通で八百円～一千円くらいであり、昼の定食は八十～百円程度であった。

夕方、式が終わってタクシーで筑豊本線の飯塚駅から原田駅で鹿児島本線経由、鳥栖駅より長崎本線小城の西南である肥前山口駅から、佐世保線に乗り換え武雄温泉駅で降りると、すぐにタクシーが目の前に止まったから、つい、つられて二人で乗り込んだ。「手頃な旅館がありますから」と、運転手は行き先も聞かずに走り出した。

毎年、六月はこの地方では農繁期なので、当時は旅行客が少なかったからか、隼人程度でも、上客の扱いであった。上品な館内であった。ところが、女中さんの説明の途中に、突然警察官が入ってきて、「ちょっとお聞きしたい」と問いかけてきた。「何ですか」と、すぐに反問すると、「今タクシーに乗りましたね」と尋ねられたので「はいそうですが」と答えると、「実はそれは白タクであり免許なしの闇営業です」と言われたのには驚いた。

「つまり、もぐりの違反車にあなた方は乗られたわけです。もちろんあなた方には罪はないのですが、一応お話をお聞きしたまでです」と言ったあとで、「この旅館は健全ですから」と話して十分ほどで引き上げていった。

通された部屋に入り、一服したあとで、個室浴場か、大浴場にするかで迷ったが、大浴場に入ったら周りが大小の岩石に囲まれた湯舟の中に、早くも弓枝が入っていた。

二カ月余り交際はしていたが、裸身を見るのは初めてである。最初は弓枝もちょっと驚いたようだったが、その後は二人きりになって少しは安心したのか、誰もいない湯煙の中で恥ずかしそうな顔をしている。翌日はもう二人は他人ではなくなってはいたが、まだ二人共ぎこちなさは残っていた。

新婚旅行、武雄温泉

次の日、武雄温泉から西南にある肥前山口駅から長崎本線で長崎に行き、駅前の案内所で長崎市遊覧を申し込んで、午前九時から午後五時までの日程を選んで待っていると、バス・ガールが大型バスに案内した。

長崎駅から北東、真東、東南に海岸線より直線距離にして２・２㎞余りで幕末の頃、名を馳せた英国の貿易商だったグラバー邸に着いた。長崎駅より広範囲が昔の名勝として観光客の目を楽しませている。

北西２・３㎞には、浦上天主堂があるが、これは農民である一般庶民が協同で建立したキリシタンの集まりで生まれたものである。

そのすぐ５００ｍ南に平和祈念像と平和公園があり、あの残虐な惨状である原爆投下の中心地である。

長崎駅より東一帯を一回りして、昼食には長崎名物であるチャンポンを食べた。中には、豚肉を中心に魚介類、練製品、野菜など十種類以上の具を混ぜて煮込んだめん料理である。

このバスは、五十人余りの客席がある観光バスだったが、やはり六月なので、半分以上の空席があり、乗員を含めて十八名であった。

長崎市内

昼食時に、国宝である崇福寺まで写した写真の申込みの受付けを係の人が来たから、一枚申し込んだ。解散時に引き渡すと言われた。

午後からは、午前中にめぐった対岸にある長崎最大の産業である工業地帯を次々と見物して回り、北九州に匹敵する重造船工業の盛んなクレーン群をあとにした。バス・ターミナルに着いてから、明日の雲仙への定期バスを申し込んだ。

翌朝、バス・ターミナルに行って乗り込むと、定刻より十分くらいして発車した。運転手と、バス・ガール、それに乗客は隼人と弓枝の四名だけだったが、旅馴れしていない隼人は、途中で乗客だけが合流するものと思い込んで、しばらく揺られていると、諫早市街に入ったから、バス・ガールに「この辺りで乗客を乗せるのですか」と問いかけると、「いいえ、お二人さんだけです」と答えたので、「まだ半分以上の距離がありますから、この近くに変更しませんか」と問いかけると、「それはできません、規則ですから」と途中の変更なしで雲仙岳に上っていった。

梅雨空であり、麓から霧が湧き上がって一面に真っ白で10m先も見えないほどの悪天候になったのだが、運が悪かったよりも、行きも帰りも、二人だけの貸切りにしたからバス会社に対して申し訳ない気持ちになった。

霧の雲仙岳

山頂から小浜《おばま》温泉に降りて昼食し、一服してから、ゆっくりと寛いで、帰りは海岸線沿いの251号線から34号線で長崎に戻った。

午後四時頃であり、一年で昼間の時間が一番長い季節なので、すぐに長崎本線で諫早駅から大村線で佐世保に着くと、西側一帯が海岸線なので、高台から海を見下ろした。大小の島々が数多く、まるで箱庭を眺めているような錯覚に陥って、この美しい景色に、しばらく見とれていたら、宿のハッピを着ている年寄りが近寄ってきて、「お宿はお決まりですか」と問いかけてきたから、「まだ決まってはおりません」と答えると、「安くします」と言ったあとで、「銚子一本、サービスをします」と、笑顔で隼人を見つめた。

職人とは、現場での広い野丁場小屋では、雑魚寝が当り前なのでどんな場所でも眠れるが、弓枝も一緒だから「いいよ」と言ってついていくと、民宿風の造りであった。

昼間、小浜温泉に入っていたから、湯舟に浸かるのは省略した。卓袱台を挟んで座っていると、女中さんが料理を運んで並べ始めた。

佐世保の海岸線

夕食時、新鮮な魚介類と山の幸が十皿以上お盆に盛られている。

武雄や長崎とほとんど変らぬ献立であるのに、翌朝の会計は、武雄や長崎のほぼ半値近くであった。民宿風の宿のせいなのか、そこで初めて隼人は建物の格式で料金は決まるものだと知って一つ勉強になった。

新婚旅行の最後の日だったので、佐世保市内の土産品店で、親戚や友人への品々をそれぞれが買い求めた。隼人は片手で持てるが、弓枝は両手いっぱいの荷物を買い込んでいる。その支払いで少し口論となった。結婚費用と旅行費用は、全て隼人が負担したが、土産品代はあくまで気持ちでするものだからと、別々の会計だと隼人の主張に、弓枝もしぶしぶ納得した。

雲仙での失敗は、現在では宇宙衛星から地上の測候所へ刻々と気象状態を「ピンポイント」で送れるし、「アメダス」などに設置して画面でも確認できるが、当時はまだ天候に関しては、当り外れが多くあった。バス会社が出発前に、二人だけだけれどもとの問いかけに対して、答えてくれれば、また別の観光地でも良かったのだけれど、もう出発したあとだったので、お互いに無駄な結果になってしまった。

復路は、佐世保から武雄に戻り、往路の逆路で飯塚に帰った。

その後、弓枝との新婚生活が始まった。最初にテレビを買った。振り返れば、昭和三十一年に職人になると、すぐに十四インチのシャープ製の白黒テレビを、当時は定価十四万円だったのを二万円値引きして十二万円で、月賦払いで買ったのを思い出した。この広い穂波町でも、まだこれで三台しか売れておりませんと、店の人はアンテナを取り付けながら話してくれた。

その頃、姉の店では、北側八畳で食品、雑貨などを売っており、続きの六畳と八畳の間は、連日夕方から大入り満員で、儲かっていたようだ。もちろん高価だったテレビを購入しており、客寄せのために店頭に設置していたので、当時大人気だった力道山のプロレスが始まると、身動きできないほどの人が集まってくる。このブームは、昭和三十四年の現上皇様と正田美智子様の結婚式の様子がテレビで実況放送されて大量に売れたからでもある。価格は年々値下がりし、昭和三十九年の東京オリンピックが決定して、さらに大衆が買い求めるようになった。七万～八万円に三十八年に値下がりしたから、日本国民のほとんどの人々がテレビを見たことになった。

隼人は昭和三十三年の春に、山口自転車製のオートバイ50ccをやはり月賦で買った。いずれも店舗改装工事を請負ったら、義理で買わされたのではあるが、やはり自分のものになると、すごく便利である。今まではペダルを踏んでいたのが、手元のアクセルひとつで、自動で走るからである。

二十二名で埼玉に向かう

しかし炭坑地帯は、昭和三十四年～三十五年にかけて炭坑離職者が急増し、十二月十八日に臨時措置法が公布された。日本各地への再就職の援護を各自治体に要請する定めである。

まだこの筑豊地方でも、真面目に働けば生活に困ることはなかったが、この地区の職人の仲間が夜に集まって話し合っている時、仲間の一人が、今埼玉の川口市では、戦後の復興で鋳物工場の景気が良く、人手を求めているし、宿舎も各所に建ち始めていて、二十名くらい大工を募集していると、知り合いから手紙をもらったので行かないかとの相談である。

その日は四十名余りが集まっていた。その半数の二十名が名乗りを上げて行くことになった。いろいろと準備をして、一週間後に飯塚駅から東京に向かった。

小倉駅で特急に乗り換えて、一昼夜以上かかって東京駅に着いた。すぐ京浜東北線に乗り換えて川口駅で降りると、駅前のロータリーから国際興業バスで十二月田《しわすだ》町で降りた。六畳と八畳が連なった総二階建ての長屋が並んでいる。

長屋は、障子や襖で、それぞれが区切られている。長い廊下の両端が、キッチンと便所になり、大きな流し台に蛇口が五カ所ついている。

屋根だけの土間には、七輪や石油コンロなどが使えるようになっていて、部屋以外は全て共同使用である。

すぐ側に122号線があり、歩いて七、八分ほどで銭湯がある。入浴料は大人が十八円だった。

家賃は七千円前後で大工の賃金の十日分になる。六畳を三人で使うから、一人当りおよそ二千四百円くらいであるので、飯塚より家賃はより割高であった。

埼玉の初仕事

仕事は、川口駅前通りの総合建設業である。社名は片中建築と言い、兄弟で運営している。兄の社長が、設計や積算を受け持っている。その社長の弟が、土木工事と建築物架設の足場などを受け持っている。事務と現場が五十人前後で、以上が社員で、その他に外注が五十人前後働くから、合計で百人前後が毎日働いている会社であった。

最初に、社長さんと面接した際に、「今までは、主にどういう種類の建物でしたか」と聞かれたので、「弟子の頃は、主に学校や病院、官庁舎が多く、職人になってからは、店舗改造などが多かった」と答えると、「ニヤリ」と笑った。「つまり何でもできるんだね」と言って、即決で川口駅前の店舗改造の絵図面を渡された。

その場所とは、通称八門道路の商店街である。最初は呉服店のウインドウであった。ウインドウの工事は飯塚市の東町のアーケード街で安井親方の許で造ったことがあったから、楢《なら》、樫《かし》の素材を加工して枠組を組み立てて、間口4・5ｍ、高さ2ｍに組み上げると、透明のラッカーを塗布して、ガラス屋が寸法を測っている。

昭和三十九年十月開幕の東京オリンピックの外国人婦人客を意識した店造りのようである。この工事は、社長さんが、二歳年上の新潟からの出稼ぎ職人さんと組み合せてくれて、二人で絵図面を見ながら打合せをしては、作業を進めていく。八角形の角度で変化をつけながら、間口のウインドウは完成した。

この新潟の人は、隼人と同じように仕事は真面目で一日も休まずに働き、一服時以外は常に体を動かしていて熱心である。佐藤正男さんと名乗った。田舎育ちの家族七名で、「田んぼはたった五反だったけど、余裕はなく農閑期には出稼ぎに各地を転々とした生活だし、冬期は雪が多いから、どうしても太平洋側に働きに出ることになります」と、一服の時間の時にポツリと話してくれた。隼人は、雪はめったに降らない土地で育ったから、雪国での生活の大変さはまったく分からない。

佐藤さんと二人で、この商店街の店舗の五カ所を一年余りかけて作業を進めたのだが、店は月に二日しか休みがないし、工事中とはいえども、店は営業しているから、工事には商品などにも埃がかからないように気配りをしながら作業を進めていかなくてはならなかった。

山三商店の改造工事

川口の現場が終わり、続いて蕨《わらび》市の西側駅前商店街通りの八百屋である。その屋号が、山三商店の大改造工事の図面を社長さんから渡されて、詳細な説明を受けた。その内容は、健康に必要な食品とは、三度三度消費する必需品だから、他の耐久品と違って長期の買い溜めができないし、当時は現在のように、電気冷蔵庫が普及していなかったから、二、三日休めば、もう客は他の店に行って、しばらくお客は戻ってこない。その対策として近くの空地を期限付で借りて、そこにテントを張って営業することにした。店舗は、間口を除いて三面は壁であるから、各種の商品ごとに一目で分かるように、コーナーを設ける。

例えば、瓶詰、缶詰、乾物などは、手が届く目の高さでも良いが、毎日必要な新鮮な野菜類は、出入口に近い中央の土間に設置する。

また葉もの野菜は、白菜、レタス、ミツバ、キャベツ、小松菜、春菊、ホウレンソウなどで、果実を食べる果菜類は、トマト、ピーマン、カボチャ、キュウリ、ナスなどで、根を食べる野菜は、ニンジン、サツマイモ、タマネギ、ジャガイモ、大根、里芋などで、花蕾を食べる野菜は、ブロッコリー、茗荷、カリフラワー、菜心《さいしん》、紅菜苔《こうさいたい》などがある。

近年には、レンゴーといった会社が、蜂の巣の形状をした段ボールの箱を大量に売出したから、各方面の業者が、自社の商品の寸法に合った形の箱を注文して売出し始めた。この箱を使って、山三商店は種類別に、各コーナーを区切って展示する。方法は、紙箱の蓋を切り取って出荷した紙箱の姿状をそのまま見せて、生産地より今着いたばかりの新鮮さを前面に打ち出す方法である。

大売出しの前日にチラシを配っていたので、当日は朝の九時からの開店前に、早くも八時頃から大勢の人々が行列を作り始めて、大盛況であった。閉店後に関係者の全員が開店祝いに招待されて、職人には祝儀袋が配られた。隼人は、二十日余りは不休で働いたが、酒を飲みながら、これですっかり疲れが取れたし、請負った片中建築の社長さんからも、工事の終了後にも「ご苦労さん」と金一封をいただいた。

川口市から戸田町に引っ越し

隼人がＪＲ京浜東北線の蕨や川口間の仕事が多くなったから、不便な川口市の十二月田《しわすだ》から西川口や蕨に近い北足立郡戸田町喜沢（現戸田市）に引っ越した。

飯塚に残してきた妻の弓枝も、世帯道具一式を国鉄（現ＪＲ）の貨物で送ってきて、戸田町の六畳一間に引っ越してきた。玄関に入って、押入れと流し台は部屋の隅にあったが、トイレは共同であり、近くには銭湯もあったので心配はなかった。

便利が良くなって、家賃も市から町になり七千円が六千円と安くなった。近くには、小さな小川を境に川口市宮町と、戸田町喜沢があった。

バス停から二分ほどの場所であり、周りは川の土手に牛を放牧しており、辺り一面は、まだ畑地の中に家がある道路側以外は遠くまで見渡せる風景であった。

その道路の向い側に、紙を大量に積んでいる大型の倉庫には、芳野出版の看板が見える。

東京オリンピック、両親が来る

その先の西南の方向1km先には、オリンピックに使用する戸田ボート会場がある。東京オリンピックは十月十日からで、長女の桃代が一歳半の時に、次女の陽子が十月十二日に誕生した頃だった。

その四、五日前に両親を呼び寄せて、幼児の面倒を見てもらおうとしたが、隼人はもう十日以上休みが取れず、急ぎの仕事がまだ多く残ってはいたが、三日だけ無理に休みを取った。一日目は東京都内周遊を、二日目は千葉の成田山参拝を、三日目は栃木県の日光の参拝をした。

特に父が、行きたいと言っていた明治神宮、泉岳寺、靖国神社、皇居の二重橋は周遊コースに入っていたし、その他にも東京タワー、浅草寺、上野公園も含まれていた。昼食は浅草の食堂街でしたが、これもバスツアーの中に入っていた。父はオリンピックの期間中、長女の桃代を背負ってほとんど毎日飽きもせず、ボート会場付近を散歩していた。その振舞いに呆れたが、おかげで隼人は休まずに仕事ができた。

北本に土地を買う

東京オリンピックが終わって二カ月が過ぎた頃、新聞広告で土地販売の大売出しの記事が出ていた。

月賦でも可能だが、残金には利子がつくと書いてあった。弓枝が「自分の土地が欲しいから買いたい」と言った。それで「現場を見てみたい」と言って高崎線で出かけていった。少しは家計に余裕が出てきた頃であった。

桶川駅で降りてから、バスで北本二ッ家のバス停で降りて、西に一分の所にその土地がある。北側と南側には、それぞれ4m幅の道路に下水用のU字溝が設置され、土地と道路との境界は長さ91cm、厚さ12cm、高さ30cmの大谷石で区切ってある。

弓枝が現地で見て、四十坪132㎡を、すでに申込んできたと、夜帰った隼人に話したので、その翌日現地に行ってみると、赤羽から戸田、大宮と宮原の中間辺りで、旧中仙道とX型に交差する。高架鉄橋で高崎線の上に新大宮バイパス道が新しく片側三車線でできていた。鴻巣の先の吹上までで、その先の吹上バイパス道は、工事中であった。

戦後の超インフレが続いている時代で、物資や土地は必ず上がり続けると信じられているから、早い者勝ちと思って次々と申込んでいるらしい。地元の人々の話からすると、三倍強の値段ではある。全額を払う金は持ち合せがなかったので、手付金の三万円を支払って、書類に印を押すと係の人が、「十日から十五日くらいで登記が完了するので、もう使用しても差し支えございません」と答えてくれた。

そして「毎月決まった期日までに残金を振込んでください」と、隼人に念を押すように問いかけた。登記の完了の通知を受け取ると、すぐに近くの材木店と建材店に材料を現地に運ぶように手配して、基礎は重ブロックを二段積んで高さ40㎝布基礎で中心は独立コンクリート石を数個運んでもらった。車はまだ持っていないし、通勤はバイクなので大きな物は去年暮れから、川口の元知人のトラックで、鋳物の五右衛門釜と中古のガラス戸やその他の建具十六枚とドア二枚の計十八枚を運んでもらった。

新聞広告には、「北本の帝分の大売出し、初の月賦販売」と出ていた。右上に写真入りで出ていたのは、かつて日田市の映画館で終戦直後、再映されていた無声映画を舞台の上で、楽隊と共に映像に合わせて語っていた徳川夢声をはじめ、そのグループが中学生の頃から見ていたので知ってはいたから信用しての申し込みであった。

これが北本に住む、キッカケである。

その後、子どもたちが成長し東京の学校に通いたいと言いだした。十八年暮した北本から少しは東京に近い大宮市（現さいたま市）に、前から土地だけ買っていた。大宮に少しずつ木材を蓄えていたのを職人一人に手伝ってもらい、三階建ての延べ坪四十九（約162㎡）、七部屋の家を建てた。

　一階はもう電気熔接ができたから、H鋼の鉄骨造りの車庫と物置、および倉庫で、水洗トイレにまだ初期のTOTOの製品を業者に勧められて設置した。

　資金は、JR高崎線行田駅前に買っておいた土地を売って、その金で建てた。その土地は七割くらい入金済みだったのだが、年々値上がりし、購入時の五倍にもなったので、楽であった。しかし、子どもの学校への通学の利便さのためとはいえ、慣れない大宮市では、また振り出しに戻り、始めなくてはならなくなった。

屋号「ボタ炭」の食堂

　その頃は、もう隼人でも車が買えるほどにはなってはいたが、三人の子どもの養育と請負金の金繰りは、しばらくは綱渡りの状態であった。

　北本に住んでしばらくすると、近くに広大な邸と土地を所有している星川さんと知り合い、話している内に土地を貸してもらい、「ボタ炭」と屋号をつけて、食堂と、宴会場を始めた。

　この方は資産家でもあって、主な職業は地質調査（ボーリング）の専門家で、雨の日以外はほとんど仕事に行っていた真面目な好人物でもあった。七十代で天国へ行ったが、真に惜しい知人との別れとなったのは残念である。

了

〈図解〉建築用語集

本文の「＊注」などで説明した用語の一部を、図解で紹介しています。

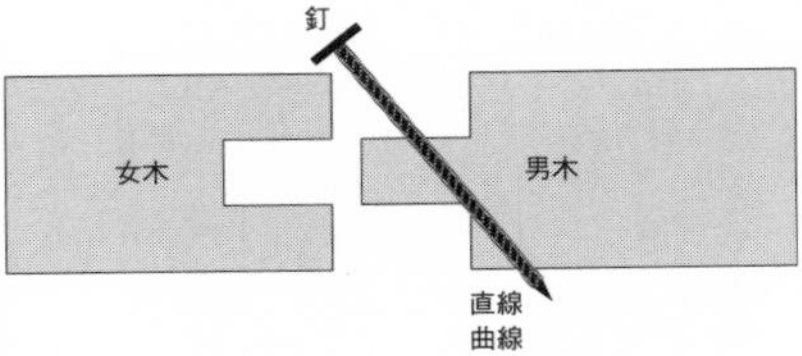

本実張り（P51 ＊注３）

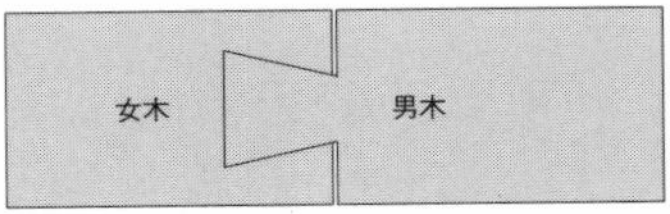

蟻継ぎ（P63 ＊注３）

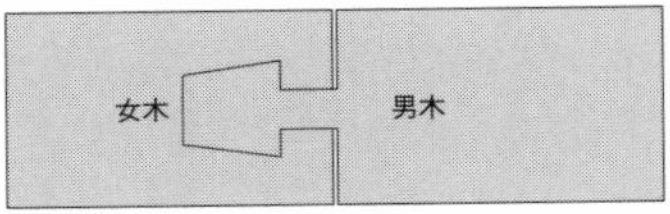

鎌継ぎ（P63 ＊注４）

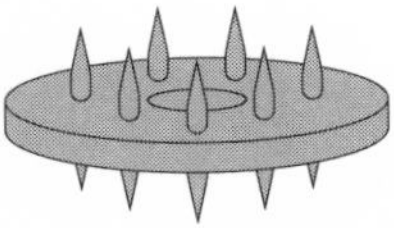

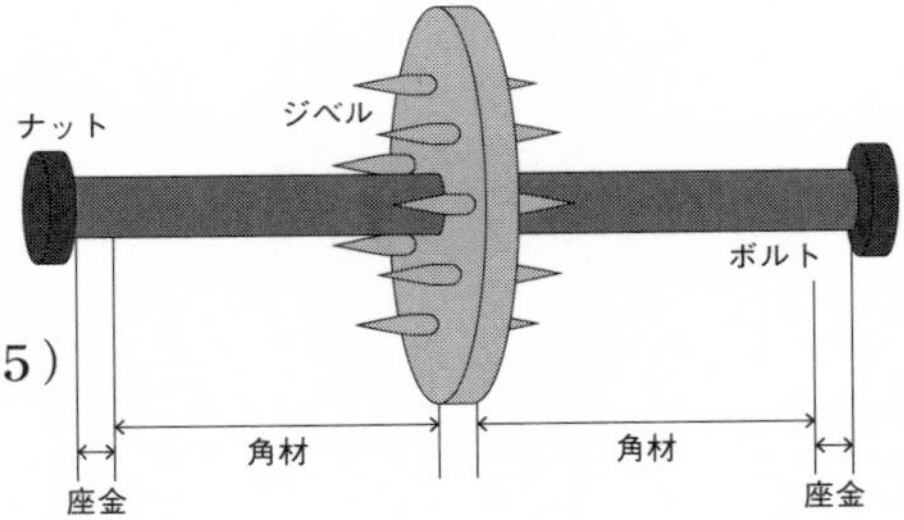

ジベルとジベルの使い方（P65 ＊注５）

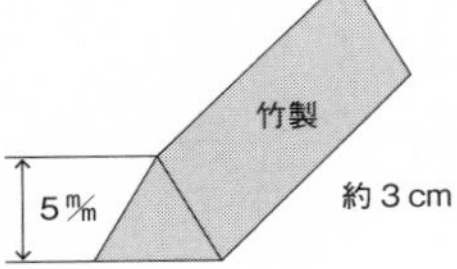

イナゴ
（P77 ＊注３）

かぐらさんとぼうず柱
（P65 ＊注６と７）

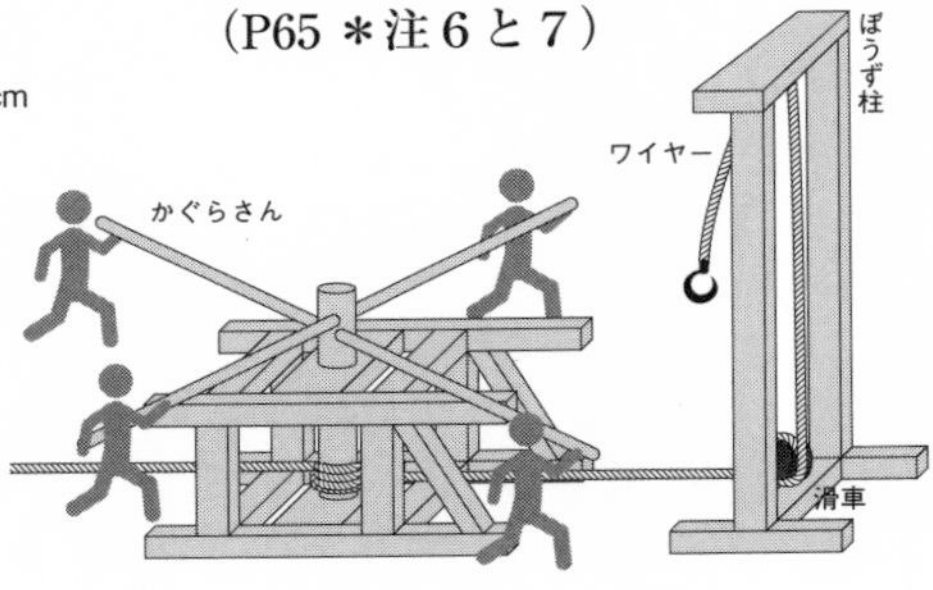

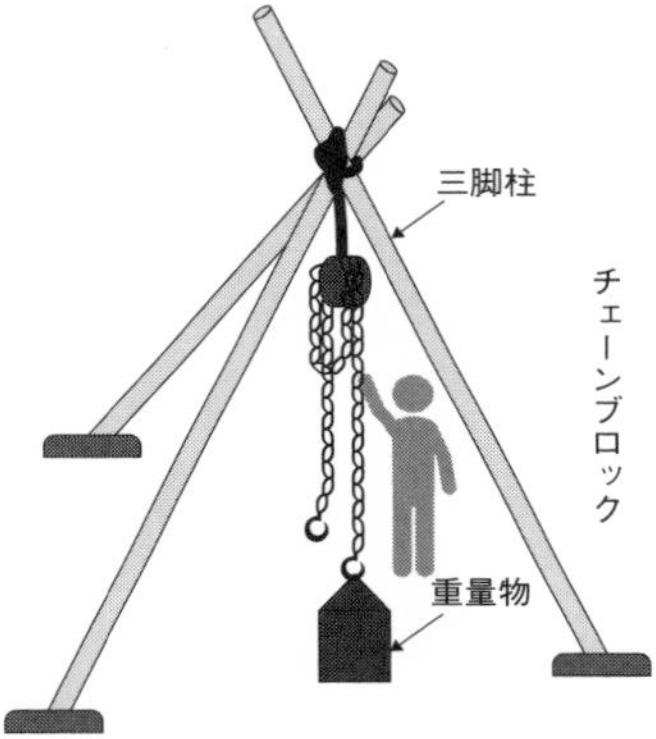

チェーンブロック
（P274、10行目）

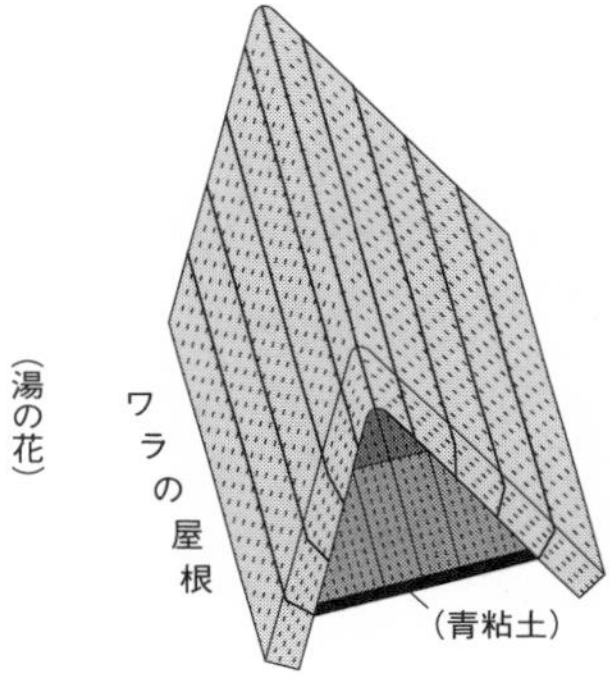

湯の花
（P214 ＊注1）

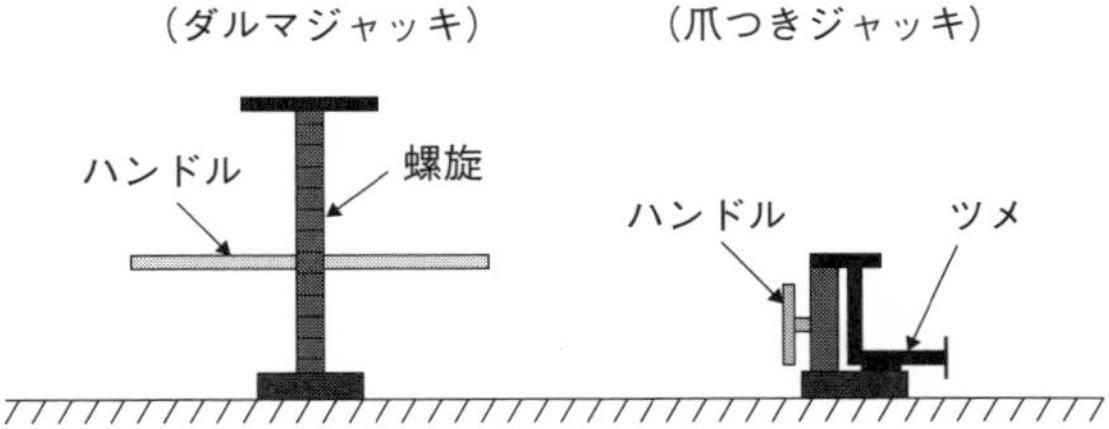

ダルマジャッキ
（P273、16行目）

爪つきジャッキ
（P273、17行目）

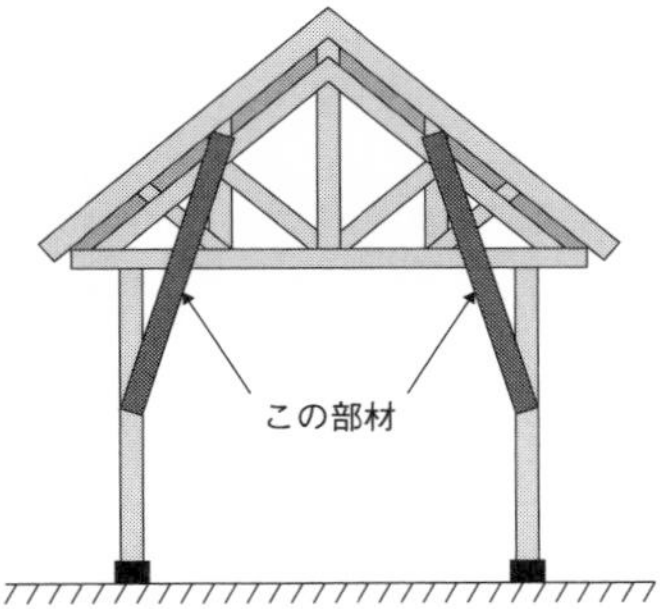

抱き合せ方杖（P271、7行目）

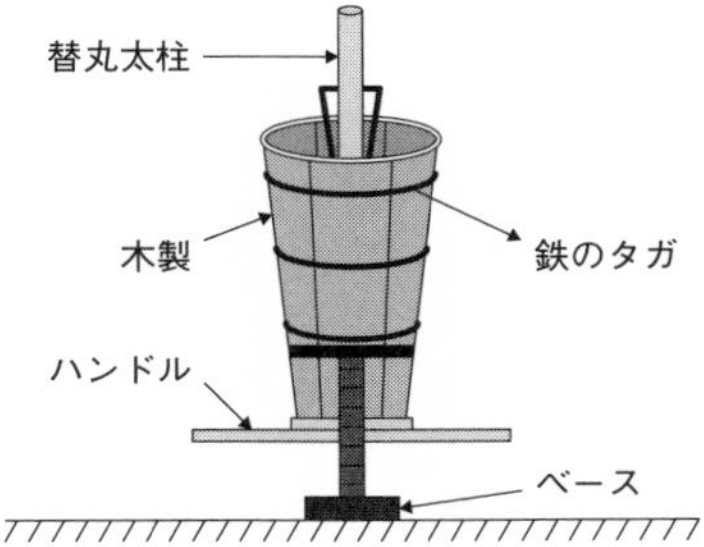

大鉋ジャッキ（P274、3行目）

丸太作業の大工道具
(P280 など)

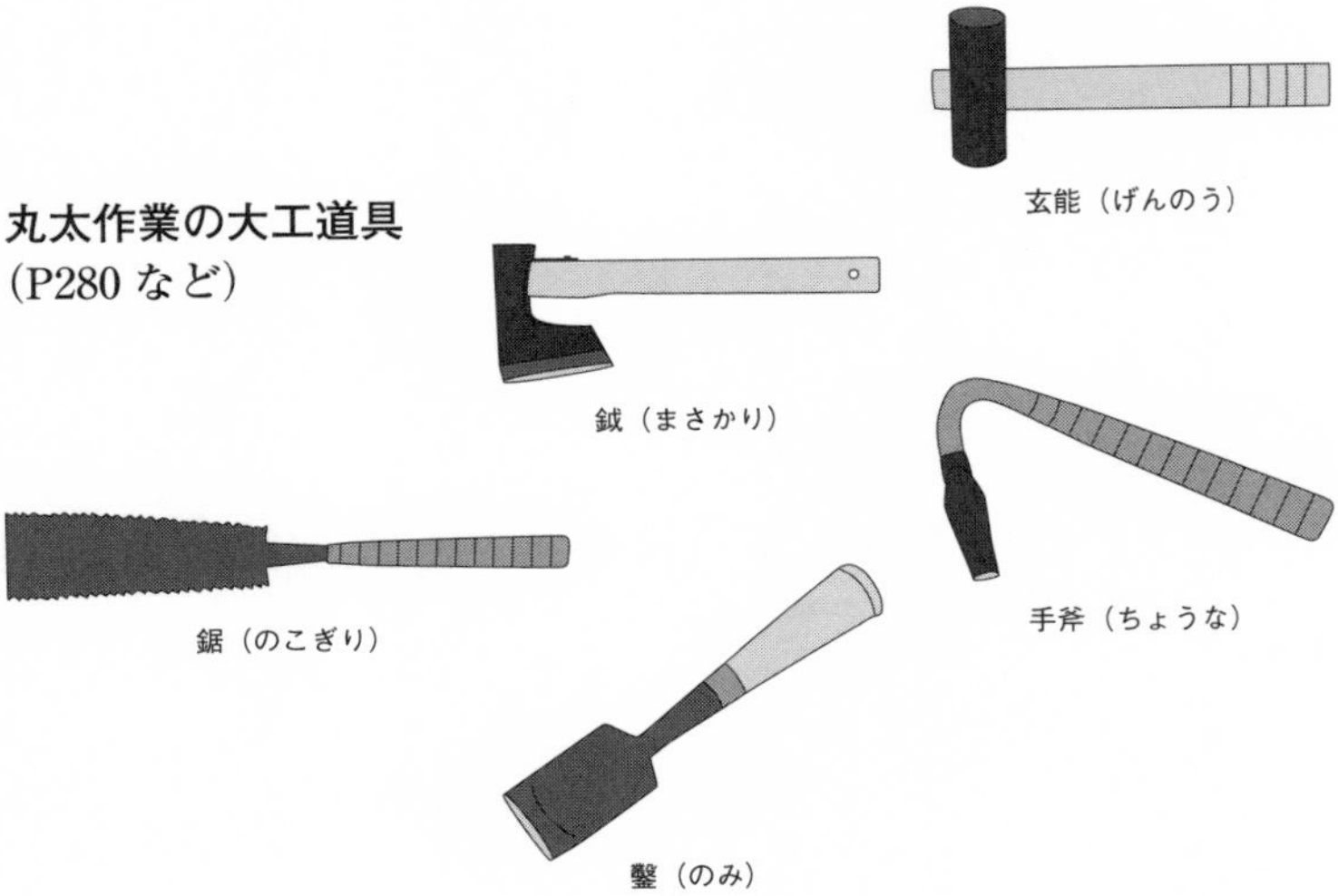

真棒胴突き櫓
(P279、1行目)

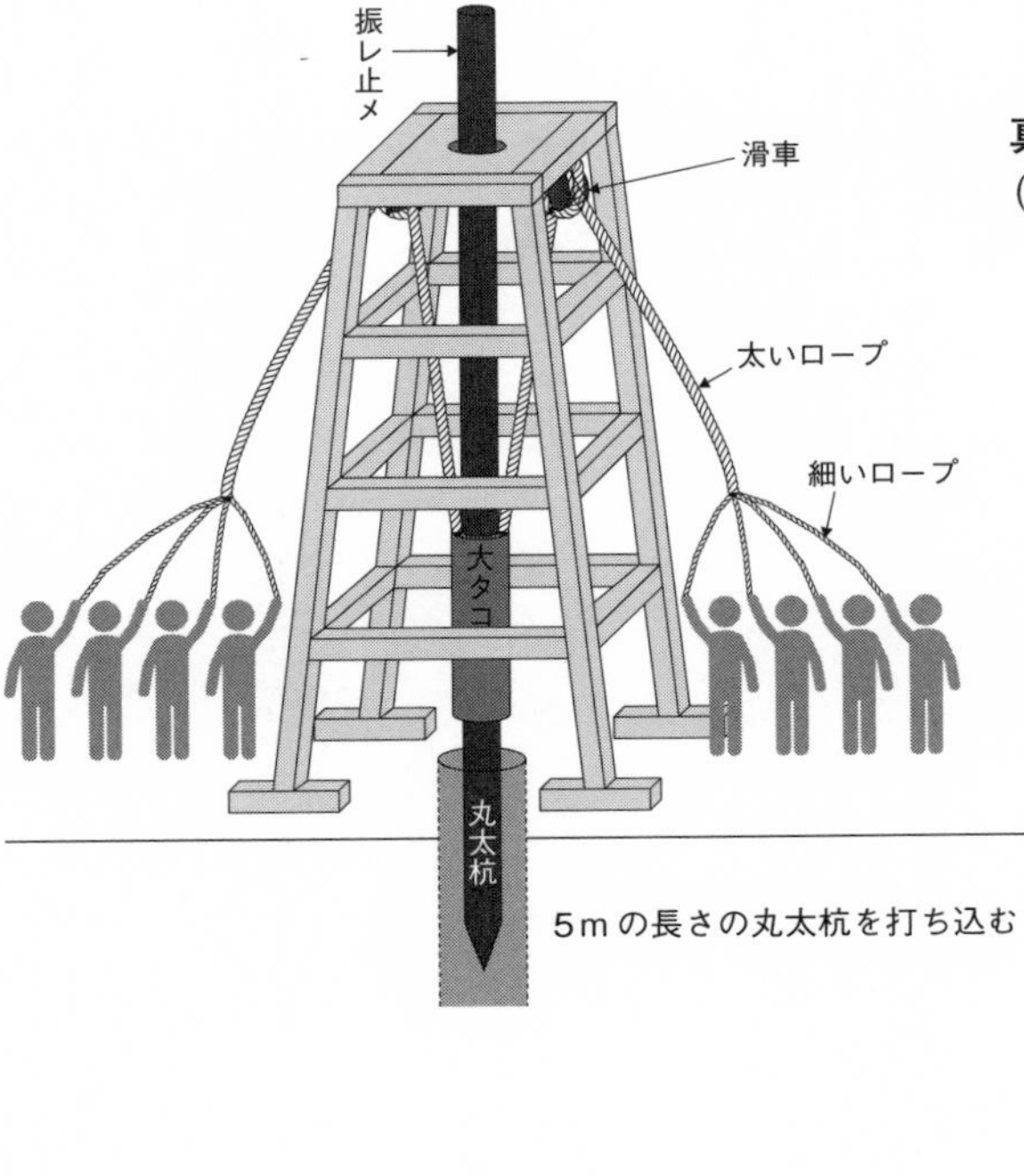

あとがき

まえがきでも触れましたが、野球の基本は「投げる」、「走る」、「打つ」が原則ですが、その「打つ」が、現在では右利きと左利きでは明らかに不平等です。

なぜなら、本塁のベースと両側の白線とでは、少なくとも50㎝の差があり、なお左打者は打った反動で一塁側の姿勢になりますが、右打者は打った反動でより1塁側より遠くなり、左打者に比べて、少なくとも70~80㎝の差が出ます。

一塁のアウト、セーフのこの差は、記録で見ると明らかに出ており、首位打者はその大部分を左利きが占めています。

太陽や地球の円形四分の一の直角、90度の図形は、日本ではおめでたい形の八の字で、夏の必需品である扇を型どった競技場ですから、ここはぜひとも、鐘や太鼓を叩いて踊ってこの不平等を主張したい。

しかし、まったく無名の私では、このルール変更は現実には通用しません。だからデモなどで実績のある有名なご婦人が、国会前で捩り鉢巻きで先頭に立って、私の代わりに主張してほしい。この私の切なるお願いを押し進めてくれますよう、心からお願いを申し上げます。

なお、さいたま市西区宮前町の関根芳男氏と、同地区内の興徳寺の住職さんとその奥様には写真にご協力いただきました。ご住職は、若年の頃から福井の永平寺で修行して、解脱僧として長年にわたり伝統のある興徳寺でお勤めしているお方であり、また奥様は、本場インドをはじめ東南アジア方面やヒマラヤ地方の高僧などとの対面をしながら交流を続けて来たお方で、仏教に関しては生き字引みたいなお方です。

この御三方に対して改めて、御協力を心から感謝を申上げます。

長々とした拙文ではございますが、会社名、人名以外は、記録ですから真実を書きました。ここでペンを擱きます。ありがとうございました。

令和五年

財津 光夫

付記　私が同人誌に投稿した詞に曲を書いて下さった先生方（五十音順）

一、板谷隆先生
　　曲名　筑後川哀歌
　　　　　日田の女　（編曲）原まもる　（唱）山田光介

一、さとう時志先生
　　曲名　大宮駅　行くわ
　　　　　プロポーズ　（編曲）中島昭二　（唄）杉浦裕美

一、古川治生先生
　　曲名　博多慕情
　　　　　湯布院慕情　（唄）上原ひろみ

一、松根あや先生
　　曲名　心の故郷ボタ山　（編曲）大場吉信　（唄）美都桃子

著者プロフィール

財津 光夫（ざいつ みつお）

昭和10年２月　大分県日田市生まれ。
昭和16年春　淡窓町の男子国民学校に入学。
昭和20年９月　小学五年生のとき、三本松町の旧女子校にて男女共学に。
昭和22年３月　小学校卒業、同年４月　田島町の中学校に入学。
昭和25年３月　十二町町の中学校を卒業。
昭和25年春　大工の見習いとして弟子入りをする。
昭和30年　職人として独立する。
その後、福岡県飯塚市及び北部九州地方で働き始める。
一級建築大工技能士、二級建築士、職業訓練指導員

失敗しても 明日があるさ

2023年５月15日　初版第１刷発行

著　者　財津 光夫
発行者　瓜谷 綱延
発行所　株式会社文芸社
〒160-0022　東京都新宿区新宿1－10－1
電話　03-5369-3060（代表）
03-5369-2299（販売）

印刷所　株式会社平河工業社

ISBN978-4-286-23810-4